人民共和國文化與文學叢書

五 編

李 怡 主編

第 1 冊

中華人民共和國文學史論
（1949～2015）（第一冊）

丁 帆 著

花木蘭文化事業有限公司

國家圖書館出版品預行編目資料

中華人民共和國文學史論（1949～2015）（第一冊）／丁帆 著─
初版─新北市：花木蘭文化事業有限公司，2017〔民106〕
目 4+178 面；19×26 公分
（人民共和國文化與文學叢書 五編；第1冊）
ISBN 978-986-485-072-3（精裝）
1. 中國文學史 2. 文學評論史 3. 中國
820.8   106013281

特邀編委（以姓氏筆畫為序）：

吳義勤 孟繁華 張 檸
張志忠 張清華 陳思和
陳曉明 程光煒 劉福春
（臺灣）宋如珊
（日本）岩佐昌暲
（新西蘭）王一燕
（澳大利亞）鄭 怡

人民共和國文化與文學叢書
五 編 第 一 冊
ISBN：978-986-485-072-3

中華人民共和國文學史論（1949～2015）（第一冊）

作 者	丁 帆
主 編	李 怡
企 劃	北京師範大學民國歷史文化與文學研究中心 四川大學現代中國文化與文學研究中心
總 編 輯	杜潔祥
副總編輯	楊嘉樂
編 輯	許郁翎、王 筑 美術編輯 陳逸婷
印 刷	普羅文化出版廣告事業
出 版	花木蘭文化事業有限公司
社 長	高小娟
聯絡地址	235 新北市中和區中安街七二號十三樓 電話：02-2923-1455／傳眞：02-2923-1452
網 址	http://www.huamulan.tw 信箱 hml810518@gmail.com
初 版	2017 年 9 月
全書字數	918587 字
定 價	五編30 冊（精裝）台幣56,000 元

中華人民共和國文學史論（1949～2015）
（第一冊）

丁帆　著

作者簡介

丁帆，男，1952 年出生於蘇州，現爲南京大學中國新文學研究中心主任，博士生導師。南京大學校務委員會副主任、南京大學學位委員會委員。國家社科專案評議組成員、中國現代文學研究學會會長、中國當代文學研究學會副會長、中國作家協會理論委員會副主任、《中國現代文學叢刊》主編、江蘇省作家協會副主席、《揚子江評論》主編。

論著有《中國鄉土小說史》、《文學的玄覽》、《十七年文學：人與「自我」的失落》、《中國大陸與臺灣鄉土小說比較史論》、《重回五四起跑線》、《中國西部現代文學史》、《文化批判的審美價值座標》、《中國新文學史》、《文學史與知識分子的價值》、《中國新世紀鄉土小說轉型研究》、《尋覓知識分子的良知》、《「頌歌」與「戰歌」的時代》等著作十餘種。

自 1979 年至今在各種學術刊物上發表論文總計 400 多篇。散文隨筆集有《江南士子悲歌錄》、《夕陽帆影》、《枕石觀雲》等。共發表散文隨筆 70 萬字左右。

已經培養博士生、博士後 80 多人，碩士生 70 多名。1989 年以來獲得國家社科重大專案 1 項、一般專案 5 項，教育部基地重大專案 2 項。獲得省部級一等、二等獎項 7 項。

提　　要

中國新文學的歷史已歷百年，有豐富的創作實績，也生成了各種現代性語境中的文化問題。從邏輯上來說，中國現代文學史總體上可以切分爲民國文學與共和國文學兩大板塊。這兩大板塊相互交交錯，形成一個龐大的文學範疇。就中華人民共和國文學史而言，它和文化史相互融合，形成半個多世紀充滿價值重估和審美選擇的歷史時空。在這個充滿「價值判斷」的六十餘年，純粹乾嘉學派的治史方法，自然科學式的研究方式在梳理這段文學史的時候變得力不從心。主體的介入意識因而成爲焦點問題，歷史的和美學的最低標準因而成爲最高標準。站在文學的高度並把對整個文化的掃描囊括其中後，審美方式才不僅是文學的，才能在文學的背後暗含整個人類文化的定位，才能體現出現代知識分子和古代知識分子學術、學識和學理的治學方法的根本區別。

本書對中華人民共和國文學史治史的歷史觀念變遷和文學史研究中存在的問題進行了多角度的探討，對存在於共和國文學各個分期的作家作品和文學現象進行了既宏闊又細膩的勾勒和觀照。

論者基於多年在鄉土文學、女性文學和知識分子文化心態方面的學術深耕，管窺共和國文學的風雲變幻和文化變遷，質詢和反思知識分子的靈魂操守，歷史鉤沉和審美解讀並行不悖，描繪出一幅色彩斑斕的共和國文學畫卷。

當代的意識與現代的質地——
《人民共和國文化與文學叢書》第五編引言

李　怡

　　我們對當代批評有一個理所當然的期待：當代意識。甚至這個需要已經流行開來，成爲其他時期文學研究的一個追求目標：民國時期的文學乃至古代文學都不斷聲稱要體現「當代意識」。

　　這沒有問題。但是當代意識究竟是什麼？有時候卻含混不清。比如，當代意識是對當代特徵的維護和強調嗎？是不是應該體現出對當代歷史與當代生存方式本身的反省和批判？前些年德國漢學家顧彬對中國當代文學的批評引發了中國批評家的不滿——中國當代文學怎麼能夠被稱作「垃圾」呢？怎麼能夠用作家是否熟悉外語作爲文學才能的衡量標準呢？

　　顧彬的論證似乎有它不夠周全之處，尤其經過媒體的渲染與刻意擴大之後，本來的意義不大能夠看清楚了。但是，批評家們的自我辯護卻有更多值得懷疑之處——顧彬說現代文學是五糧液，當代文學是二鍋頭，我們的當代學者不以爲然，竭力證明當代文學已經發酵成爲五糧液了！其實，引起顧彬批評的重要緣由他說得很清楚：一大批當代作家「爲錢寫作」，利欲薰心。有時候，爭奪名分比創作更重要，有時候，在沒有任何作品的時候已經構思如何進入文學史了！我們不妨想一想，顧彬所論是不是大家心知肚明的事實呢？

　　不僅當代創作界存在嚴重的問題，我們當代評論界的「紅包批評」也已然是公開的事實。當代文學創作已經被各級組織納入到行政目標之中，以雄厚的資本保駕護航，向魯迅文學獎、茅盾文學獎發起一輪又一輪的衝鋒，各

級組織攜帶大筆資金到北京、上海，與中國作協、中國文聯合辦「作品研討會」，批評家魚貫入場，首先簽到，領取數量可觀的車馬費，忙碌不堪的批評家甚至已經來不及看完作品，聲稱太忙，在出租車上翻了翻書，然後盛讚封面設計就很好，作品的取名也相當棒！

當代造成這樣的局面都與我們的怯弱和欲望有關，有很多的禁忌我們不敢觸碰，我們是一個意識形態規則嚴厲的社會，也是一個人情網絡嚴密的社會，我們都在為此設立充足的理由：我本人無所謂，但是我還有老婆孩子呀！此理開路，還有什麼是不可以理解的呢！一切的讓步、妥協，一切的怯弱和圓滑，都有了「正常展開」的程序，最後，種種原本用來批評他人的墮落故事其實每個人都有份了。當然，我這裡並不是批評他人，同樣是在反省自己，更重要的是提醒一個不能忽略的事實：

> 中國當代文學技巧上的發達了，成熟了，據說現代漢語到這個時代已經前所未有的成型，但這樣的「發達」也伴隨著作家精神世界的模糊與自我偽飾。而且這種模糊、虛偽不是個別的、少數的，而是有相當面積的。所謂「當代意識」的批評不能不正視這一點，甚至我覺得承認這個基本現實應當是當代文學批評的首要前提。

因為當代文學藝術的這種「成熟」，我們往往會看輕民國時期現代作家的粗糙和蹣跚，其實要從當代詩歌語言藝術的角度取笑胡適的放腳詩是容易的，批評現代小說的文白夾雜也不難，甚至發現魯迅式的外文翻譯完全已經被今天的翻譯文學界所超越也有充足的理由。但是，平心而論，所有現代作家的這些缺陷和遺憾都不能掩飾他們精神世界的光彩——他們遠比當代作家更尊重自己的精神理想，也更敢於維護自己的信仰，體驗穿梭於人情世故之間，他們更習慣於堅守自己倔強的個性，總之，現代是質樸的，有時候也是簡單的，但是質樸與簡單的背後卻有著某種可以更多信賴的精神，這才是中國知識分子進入現代世界之後的更為健康的精神形式，我將之稱作「現代質地」，當代生活在現代漢語「前所未有」的成熟之外，更有「前所未有」的歷史境遇——包括思想改造、文攻武衛、市場經濟，我們似乎已經承受不起如此駁雜的歷史變遷，猶如賈平凹《廢都》中的莊之蝶，早已經離棄了「知識分子」的靈魂，換上了遊刃有餘的「文人」的外套，顧炎武引前人語：「一為文人，便不足觀」，林語堂也說：「做文可，做人亦可，做文人不可。」但問題是，我們都不得不身陷這麼一個「莊之蝶時代」，在這裡，從「知識分子」

演變為「文人」恰恰是可能順理成章的。

在這個意義上，今天談論所謂「當代性」，這不能不引起更深一層的複雜思考，特別是反省；同樣，以逝去了的民國為典型的「現代」，也並非離我們「當代」如此遙遠，與大家無關，至少還能夠提供某種自我精神的借鏡。在今天，所謂的批評的「當代意識」，就是應該理直氣壯地增加對當代的反思和批判，同時，也需要認同、銜接、和再造「現代的質地」。回到「現代」，才可能有真正健康的「當代」。

人民共和國文學研究，我以為這應當是一個思想的基礎。

目次

上　篇

第一章　共和國文學的文化語境

第一節　「現代性」與「後現代性」同步滲透中的文學

　　回眸 20 世紀，可以看出這樣一種跡象：20 世紀的前八十年，其「現代性」受到了過多的質疑，從鄉土文學到都市文學（沈從文的「邊城」系列鄉土小說與茅盾的大都市小說《子夜》，甚至於像「新感覺派」的小說，其價值定位都是一致的。而惟有魯迅的價值判斷是特立獨行的）基本上是排斥「現代性」的；而到了 90 年代，人們似乎又走向了另一個極端：過份地強調「現代性」與「後現代性」文化的優勢，而忽視了它的矛盾與弊端。

　　誰也沒有預料到的一個問題是，90 年代世界格局發生了根本的變化，人類試圖在「全球一體化」的語境之中尋求共同的利益。中國大陸在蘇東巨變與一場政治風潮後，毅然堅持在經濟領域裏開始向「全球一體化」邁進，然而，僅僅在經濟領域內實行接軌，而在文化和文學上對「現代性」和「後現代性」進行排拒卻又是不可能的，試圖在經濟與文化之間形成一個「滯差」〔註1〕格局的政治訴求，幾乎成爲泡影，甚至文化與文學上的變化可能要比經濟上的變化更快、更深、更習焉不察。從這裡，我們可以看出一個在世界文化與文學的整體框架中，東西方世界又有了重新回到共同文化起點的可能性。人們預言 21 世紀將是一個高度信息化、全球化、區域化的物質時代，而文化語境的衝撞與合流也成爲歷史的必然。在這樣的背景下，我們從歷史的角度

〔註 1〕　關於「文化滯差」，見筆者《社會轉型期知識分子的文化選擇》，《粵海風》1997
　　　　　年第 10 期。

去回顧和重新考察「20 世紀文學史」，尤其是「新時期文學」以及 90 年代文學，似乎更加有理由對轉型期的文學現象作出一個符合於歷史發展的判斷。

一、文學背景：作爲「現代性」與「後現代性」的社會文化生成

「20 世紀文學史」的論題的提出，其本身就是對文學史依附於政治史價值判斷的一種反撥，其實質內涵就是將五四時期「現代性」訴求的宗旨，作爲判別一個世紀以來文學發展的整體價值框架體系，這顯然是半個世紀以來文學史斷代分期方法的一大進步。但是，論者們所沒有料到的問題是，90 年代以來，尤其是逼近世紀末的最後幾年裏，中國在文化體制沒有突變的情況下，能夠如此迅速與世界文化對接，如此深刻地融匯於西方文化，五四的沉重命題沒有也不可能在漫長的歷史過程中完成，它卻使人們在「全球一體化」的演進之中看到了新世紀文化的驟變，高速運轉的經濟物質發展的巨輪將中國悄然帶進了一個「全球一體化」的軌道上，輕輕地、悄然無聲地就消解了近現代以來那個十分沉重的啓蒙文化語境，這就難怪一些原是五四文化啓蒙的學者們，亦只能「放逐諸神」而「告別革命」了。當然，五四精神與啓蒙宗旨的實現，可能也不是由「全球一體化」的物質變化歷史過程就可一蹴而就而簡單完成的，它的最後儀式畢竟要靠國民整體文化素質的提高來完成，未來尚難以預料。在這樣一個複雜而光怪陸離的文化和學術背景下，我們究竟用什麼樣的標準來判斷文學的歷史構成和臨界呢？

儘管西方後現代的學者們將馬克思的歷史分析方法也歸屬於被淘汰之列：「我將部分地放棄使用任何對文明（或文化）命運的循環解釋，即關於文明由誕生到成長、再到死亡的固定說法及其各種翻版……以及卡爾·馬克思關於從原始社會、奴隸社會、封建社會、資本主義社會到社會主義社會的階段論。」[註2] 儘管馬克思對於社會主義歷史階段的設想有許多未曾料到的複雜因素而出現了蘇聯的解體，但是，馬克思的這種歷史斷代分期方法卻仍是可取的，它不僅仍適用於人類社會文化發展的階段性歷史描述，而且它也更適用於中國社會文化發展的形態描述，尤其是對中國 20 世紀末社會文化「現代性」轉型的歷史斷代分期有著十分重要的指導意義，更不必說它對文學史的「現代性」進程所產生的至關重要的制約作用了。

〔註2〕 〔法〕費爾南·布羅代爾：《徘徊在十字路口的歷史》、《資本主義的活力》、《歷史與時段》，引自《資本主義論叢》第 151 頁，顧良、張慧君譯，中央編譯出版社 1997 年 3 月版。

就中國的社會文化發展形態而言，漫長而強大的封建主義文化體制將一個靜態的、田園牧歌式的農業文明修煉和維護得十全十美。然而近些年來，有些學者提出了我國明朝的資本主義形態問題，也更有些學者提出了唐朝的資本主義萌芽問題。這些觀點的提出固然對我國的歷史經濟發展演變提供了一個新的視角，但是，歷史的發展並不是以其主觀的意志爲轉移的。毋庸置疑，一直到 1898 年康梁策動的「戊戌變法」，才正式在大廈將傾的封建主義文化體制和語境之中，提出了要解決向資本主義過渡的社會變革命題，其實質就是要解決中國的「現代性」問題。但是，看似風雨飄搖而不堪一擊的封建清朝政體卻是百足之蟲，死而不僵，它以幾千年的沉重文化軀體的質量和能量，足以使得向資本主義轉型的社會文化命題胎死腹中。而五四新文化的艱難命題仍然是在試圖解決前者沒有也不可能解決的「現代性」的問題。但是，它亦如魯迅悲觀的預言那樣難以實現，對著曠野而找不到出路和找不到攻擊強大敵手的恐懼和悲哀，作爲一個悶在「鐵屋子」裏的文化絕望者的悲鳴，這就是魯迅在「吶喊」過後「荷戟獨徬徨」的眞正緣由。「儘管商人和貪官在地方範圍內有所勾結，中國國家卻不斷阻撓資本主義的繁榮，每當資本主義利用機遇有所發展時，總是要被極權主義國家拉回原地（這裡的極權主義沒有貶意）。眞正的中國資本主義僅在中國之外立足，例如南洋群島，那裏的中國商人可以自由行動，自由發展。」〔註3〕因此，經過多元文化思潮的衝擊和洗禮之後，20 年代末與 30 年代中期就中國究竟走沒走、走不走資本主義道路，以及社會價值選擇問題的討論，就變得舉足輕重了。這些由文化界發起的社會性質的大討論，都是對「現代性」的巨大質疑，同時也是放棄中國「現代性」契機的一次次歷史的反動。毫無疑問，20 世紀後半葉，我們仍然沉浸在無邊的農業文明的社會形態和文化語境之中，儘管我們的沿海地區在80 年代已經完成了從農業文明向工業文明的轉型，那些資本主義原始積累時期的文化矛盾疊映在中國這一沿海地區的時空之中。但是相比之下，中國還有大部分的內陸省份，尤其是西部地區，仍然在充滿著試圖進入「現代性」文化語境的希望的田野上耕耘，就此而言，儘管農業文明與工業文明的落差已經形成，但是它還不足以形成使中國完全擺脫農業文明的社會肌理。亦如

〔註3〕　〔法〕費爾南·布羅代爾：《徘徊在十字路口的歷史》、《資本主義的活力》、《歷史與時段》，引自《資本主義論叢》，第 98 頁，顧良、張慧君譯，中央編譯出版社 1997 年 3 月版。

鄧小平所說的那樣：「我國經歷百餘年的半封建、半殖民地社會，封建主義思想有時也同資本主義思想、殖民地奴化思想互相滲透結合在一起。」〔註4〕以此來形容和概括那一時期中國社會多元文化的生成狀況，是再準確不過的了。

而90年代卻有了一個根本的改變，這就是社會機制的運行開始受著「全球一體化」的影響和制約，表面上它首先是經濟上的市場化帶來的種種社會現象的變化，但是，更深層面的文化意識形態的入侵，包括從生活觀念到思想觀念，乃至小到審美觀念的迅速蛻變，卻是改變這個世界的根本動力。況且，就空間而言，即便是內陸的西部地區也開始走出農業文明的陰影籠罩，逐漸完成向工業文明的過渡，因此，將此作為中國漫長的農業文明一個恰好在世紀末的社會文化終結，其立論不是沒有道理的。

「後現代主義」的理論家詹明信「試圖根據向晚期資本主義（社會全球化了的資本主義）的第三個更為純粹的階段的發展，來確定後現代文化產品的地位。這裡他注意到了，由於資本和信息流的迅速積累所推進的國際市場的擴大，為民族——國家提供基礎的國家——社會之二元對立，已經為後現代文化所完全淹沒」〔註5〕。其實，一個更有誘惑力和挑戰性的命題，乃是具有世界意義與人類意義的「後現代」文化命題的討論。如果說那一場發生在80年代中期文壇上的關於「偽現代派」的討論，還是在一種一元的啟蒙文化語境中討論問題，其所得出的「中國尚未形成適宜現代派成長的土壤和溫床」的結論在當時還有理論市場的話，那麼，如今這個論題卻早已過時，「土壤和溫床」已然形成，而其時所面臨的「後現代」文化討論，也正是由於中國的沿海與發達的城市開始步入與西方社會經濟和文化同一起跑線的表徵，是同步進入信息時代的表徵，是共同進入人類二難文化困境命題的表徵，也是西方文化意識形態與我們的文化意識形態對撞和融合的徵兆。人類處在高科技文化語境之中的困惑的共同命題——資本主義和後資本主義的文化矛盾已經先期抵達中國文化的彼岸，而20世紀的「現代性」問題也將不作為一個可以懸置到21世紀以後再進行討論和解決的艱難命題了，它在中國的不同地區，同時與後現代文化一起進入了我們的視野。

毋庸置疑，「20世紀文學史」所提出的問題無非就是本世紀的一個不死的

〔註4〕 《鄧小平文選（一九七五～一九八二年）》人民出版社1987年7月第1版。
〔註5〕 〔英〕邁克·費琴斯通：《消費文化與後現代主義》第91頁，劉精明譯，譯林出版社2000年5月版。

文化思想命題——中國的「現代化」過程的闡釋。其文學的使命也圍繞著這個命題而展開它想像的翅膀。20 世紀的一代代知識分子以及一代代的作家們，都置身於這個啓蒙文化語境的烏托邦之中而不能自拔，然而，當這個文化語境正悄然無聲地來到我們身邊時，我們反而不以爲然，顯得手足無措，而失去了判斷的能力。

根據上述闡釋，我們似乎可以得出這樣的一種結論性判斷：就中國的社會文化結構而言，它已經走出了農業文明的羈絆，在現代化的「補課」中，逐漸完成工業文明的全面覆蓋，而且，隨著後工業文明的提前進入，社會文化結構的某些部分在某種程度上已經提前與西方社會一同進入了人類新的文化困境命題的討論之中。因此，與之相對應的文學藝術在 90 年代以後所發生的質的裂變，也正是其在擺脫農業文明和封建文化體制過程中的症候反應。如果把五四到 90 年代以前僅僅作爲「現代化」與「現代性」的一個漫長過渡，那麼，90 年代在完成了社會結構轉型的最後陣痛後，文學已然脫離了以農業文明爲主導內容的封建文化母體。在這一時間的維度上，和西方社會文化結構相似的是，「現代性」和「後現代性」同時進入了中國的沿海發達的城市，貝爾所描寫的「資本主義的文化矛盾」，以及詹明信、吉登斯們所描寫的「後現代主義文化的矛盾」，也同樣在中國的沿海地區與大都市中並存著。亦如鮑曼所言：「作爲劃分知識分子實踐之歷史時期的『現代』與『後現代』，不過是表明了在某一歷史時期中，某一種實踐模式占主導地位，而決不是說另一種實踐模式在這一歷史時期中完全不存在。即使是把『現代』與『後現代』看作是兩個相繼出現的歷史時期，也應認爲它們之間是連續的、不間斷的關係（毫無疑問，『現代』和『後現代』這兩種實踐模式是共存的，它們處在一種有差異的和諧中，共同存在於每一個歷史時期中，只不過在某一個歷史時期中，某一種模式占主導地位，成爲主流）。不過，即使是作爲一種『理想範型』，這樣的兩種實踐模式的劃分依然是有益的，有助於揭示當前關於知識分子的爭論的實質，以及知識分子可以採取的策略的限度。」〔註 6〕無疑，80 年代和 90 年代的中國同時面臨著「現代」與「後現代」社會和文化的轉型與過渡，以此爲標誌，它預示著一個新的歷史紀元與文學紀元的到來！這樣的斷代與分期並非是歷史的巧合，而是帶有充分的歷史必然性。

〔註 6〕 齊格蒙・鮑曼：《立法者與闡釋者——論現代性、後現代性與知識分子》第 3 頁，洪濤譯，上海人民出版社 2000 年 11 月第 1 版。

二、「新時期文學」：「現代性」的重溫與「後現代性」預支的潰敗

　　其實誰都知道社會變革對文學所發生重大影響的道理，這種「反映論」是任何時代與歷史都無法改變的：「事實上，一種強大的號召通常出現於重大的歷史轉折之後。一種新的歷史語境形成，文學肯定會作出必要的呼應。這時，文學不僅作為某種文化成分參與歷史語境的建構，另一方面，文學又將進入這種歷史語境指定的位置。二者之間的循環致使文學出現了顯而易見的歷史特徵。很大程度上，這種歷史特徵同時可以在另一些類型——諸如經濟學，社會學，法學，倫理學，哲學——之間得到相互的驗證。」〔註7〕但是，還須強調的是它們之間的互應與互動關係。

　　「新時期文學」作為一個沿用社會政治的歷史分期，它反映出70年代末與80年代初，人們的歷史觀還局限在一個舊有的依附於改朝換代的政治分期情結中的狀況。當然，我們不能否認文學與政治的必然關係，但是，文學有其自身運動的規律，它有時往往是超越政治的，比如，70年代末文學首先以「傷痕文學」的批判現實主義姿態重新回到五四文學的人性與人道主義的邏輯起點上，率先回到「現代性」的文化命題軌道上，儘管中經了諸如人道主義異化等問題的討論，但是由這一命題所引發的中國經濟上的「現代化」的加速「補課」過程，無疑又反作用於文化和文學的迅速蛻變。

　　因此，當文學在90年代急劇膨脹，「新時期文學」的內涵和外延不再適用時，人們就不得不用不斷翻「新」趨「後」的方式追趕文學發展的潮頭，而適應社會文化結構迅速調整的需求。如果將這些文學現象放在文學史發展流變的長河中去考察，我們會陷入一個時間的陷阱，在不斷加「新」的過程中，將文學史切割成一個個細小的時間單元，而不能真正廓清文學史在通過量的變化而達到的質的飛躍的本質特徵。雖然有一些理論家已經注意到了90年代中國社會和文化發生的驟變，但是，他們仍然想依賴於舊有的歷史分期方法，將這一文學時段無限止地延續下去：「進入90年代，中國的文化狀況發生了引人注目的轉變。從70年代後期開始的『新時期』文化正在走向終結，各個文化領域都出現了轉型的明顯徵兆。有學者將這一文化的新變化定名為『後新時期』。關於『後新時期』文化的討論目前正在進行。但一般認為，『後新時期』是對90年代以來中國大陸文化新變化的概括，它既是一個分期的概

〔註7〕　南帆：《雙重的解讀——八九十年代中國文學的一種描述》，《文學評論》1998年第5期。

念，又是對文化中出現的眾多新現象的歸納和描述。」〔註8〕既然「新時期」這一概念已經不再適用，那麼，我們就沒有必要再用「後」的方式去概括本質已經發生裂變的文學「眾多新現象」了。從文學史宏觀的時空角度來看「新時期文學」與「後新時期文學」，它們只是文學史斷代與分期的一個短暫的轉型階段，它出現在未來的文學史中，充其量只能是一個概括彼時段的專有名詞而已。而我們只需看到的是——這一轉型期對中國的社會文化結構與文學結構的本質性改變的意義是空前巨大的，是具有劃時代（從農業文明進入工業文明和後工業文明）意義特徵的。

隨著人類歷史文明進程速度的加快，歷史的週期也相應地縮短，所以，我們在分析事物現象時，就不可能用「長時段」的歷史切割方法去解析文學，「於是出現了一種新的歷史敘述方式，即所謂『態勢』、『週期』和『間週期』的敘述方式，供我們選擇的時間可以是十多年，二十五年，甚至是康德拉捷夫的五十年週期。」「歷史學家肯定擁有一種關於時間的新尺度，按照嶄新的方位標及其曲線和節奏定位，使時間的解釋能適應歷史的需要。」〔註9〕當我們在具體分析歷史細節的時候，我們往往信奉的是克羅齊的那句「一切歷史都是當代史」的名言，以及杜威的「歷史無法逃避自身的進程。因此，它將一直被人們重寫。隨著新的當前的出現，過去就變成了一種不同的當前的過去」〔註10〕。

緣著上述的新歷史觀，「新時期文學」的每一次「新」的理論解釋，都顯得那樣疲憊與牽強，那種追趕理論潮頭的窘迫感，也正是人們企圖在發現與適應中國「現代性」和「後現代性」的過程中的一種必然結果。中國80至90年代的每一次文學現象的發生與每一次文學運動的操作，都恰似一個個有著必然因果關係的環鏈那樣緊密銜接。

從「傷痕文學」、「反思文學」、「改革文學」的政治分期的價值判斷中突圍出來以後，在「現代性」的惶惑和眩暈中，「尋根文學」作家們以其反啟蒙反五四的文化姿態，試圖以民族主義的話語進入「現代」，乃至「後現代」的

〔註8〕 謝晃、張頤武：《大轉型——後新時期文化研究》第1頁，黑龍江教育出版社1995年12月第1版。

〔註9〕 〔法〕費爾南·布羅代爾：《徘徊在十字路口的歷史》、《資本主義的活力》、《歷史與時段》，引自《資本主義論叢》第178頁，顧良、張慧君譯，中央編譯出版社1997年3月版。

〔註10〕 〔美〕約翰·杜威：《邏輯：探究的理論》（1938年）第239頁。轉引自〔美〕Robert E·Spilier 著《美國文學的週期》「中譯本序言」第7頁，王長榮譯，上海外語教育出版社1990年6月版。

文化語境之中。如果說他們在進入世界性的文學描寫技術的表層結構中取得了一些成功經驗的話，那麼，他們的這種文化保守主義是對進入「現代性」文化語境的又一次巨大的質疑，比起 20 世紀 20 年代末到 30 年代中期的那一場對「現代性」的質疑，更有其社會文化的對抗性。因為，從另一種角度來說，它又和西方「後現代性」的文化反抗話語相像，「後現代性」的文化話語中對「現代性」的「資本主義的文化矛盾」有著尖銳而深刻的哲學文化批判，但是，「尋根文學派」的作家們卻退守到反啟蒙的文化立場上，試圖刪除「現代性」這一歷史的必然進程，而直接進入與世界文學對話的「全球一體化」的「後現代文化」語境之中，雖然他們在具體的創作中又在無意識層面回歸到五四文化啟蒙的「現代性」母題上，但是其「透露出的『尋根』作家民族認同的虛幻性及其文化民族主義情結的偏執與內在矛盾已經是顯而易見了。可以說，當時的文化『尋根』正是一種近乎偏執的文化保守主義，但又是一種充滿矛盾的文化保守主義，這種矛盾幾乎表現在每一位『尋根』作家的小說之中」，「『尋根小說』的內在矛盾導致了對其文化和文學史價值評估的複雜性」〔註11〕。可以說，「新時期文學」在以「傷痕文學」重回啟蒙話語發端後，試圖在走出文化困境中尋覓一條新路時，「尋根文學」引領我們的文學走過了一段歷史的彎路，而恰恰是這樣一個有礙於「現代性」進程的觀念，卻引起了另外一種文化觀念的反彈。

被當時一些理論家們指責為「偽現代派」的作家作品，現在看來卻是對文學和文化加速進入「現代性」的過程起著文化與生活觀念蛻變的重要作用。可以將他們看作是對「尋根文學」歷史觀的一次反動。與文化保守主義相反，他們在技術層面並不像「尋根派」文學家們那樣走得更遠，而是注重將一種新的文化和生活觀念輸送給文壇和青年一代。劉索拉和徐星將《你別無選擇》和《無主題變奏》中的新潮生活方式與存在主義的生存觀念，在一夜之間就烙在了青年們的靈魂之中，把森森和孟野式的思想觀念於閃電般的瞬間寄植在青年一代的思想深處。作為現代主義文化生活觀念在 20 世紀後半葉的第一次「補種」，它的思想史意義是大於文學史意義的。

〔註11〕 丁帆、何言宏：《論二十年來小說潮流的演進》，《文學評論》1998 年第 5 期。今天看來，當初對「尋根文學」的看法有局限，從文學史的「現代性」角度來重新審視，可能更能清晰地透視出這一文學現象在轉型期的本質和歷史作用。

　　如果所謂「僞現代派」給當時的文壇帶來的僅僅是思想與生活觀念的文化蛻變，那麼，更大的反彈則是「前先鋒小說」〔註12〕家們（指80年代中後期以馬原爲代表的那批以激進的敘述姿態進行創作的作家作品，亦稱「實驗小說」或「新潮小說」）直接拋棄了文學的內容的敘述，在形式的技術革命領域裏「乘滑輪遠去」。「冷漠敘述」、「敘述魔方」、「敘述迷宮」，成爲他們決絕敘述內容與情感的革命大纛，似乎他們也與西方的後現代文學藝術家們一同進入了「後現代」的社會文化語境當中，可以天馬行空地操作「純線型敘述」方式了。殊不知，這才是一次眞正的文化錯位——在沒有「後現代」文化語境「溫床」下的這次文學革命，很快就在失去「聽者」與「觀者」的孤芳自賞中偃旗息鼓了。「由此可見，『實驗小說』對現代性的文化挑戰主要不是源自中國本土文化的發展邏輯，而是對外國後現代小說的提前模仿」。「可以說，中國的現代性工程不僅是尙未完成的儀式，更是甫才開始的序幕，其啓動的代價也是眾所周知的。而且我們也有理由要求我們後現代主義的實驗者，不要簡單地拋棄一切價值關懷並因此而由表面的『激進』變爲犬儒式的『保守』」〔註13〕。當然，它在小說形式探索上的功績是有目共睹的，甚至，它的幽靈一直徘徊在90年代的「後先鋒小說」創作之中。事實證明，任何試圖超越和悖離社會文化語境基礎的錯位性文學藝術的描述，都將是徒勞的，它仍然須得退回到二者同步的邏輯原點上來，於是，這次文體的技術革命就又引起了一次形式與內容的反向性的極端反彈。

　　視點下沉的「新寫實小說」和「新歷史小說」似乎標舉著一個新的文學歷史時期到來。他們的寫作技法與歷史觀，顯然與以前的作家有了本質的區別，尤其是他們在敘述方式上有別於「遊戲迷宮」式的「前先鋒小說」，而在內容上又區別於人們所厭棄的「宏大敘事」，況且與批判現實主義相去甚遠，而與自然主義相近。所以，人們對它的警惕性不夠。其實，從很大程度上來說，「新寫實小說」與「前先鋒小說」在許多思想和藝術觀念上都是相似的，

〔註12〕　我將他們稱爲「前先鋒」，是要區別90年代中後期出現的60和70年代出生的「後先鋒」作家。

〔註13〕　丁帆、何言宏：《論二十年來小說潮流的演進》，《文學評論》1998年第5期。今天看來，當初對「尋根文學」的看法有局限，從文學史的「現代性」角度來重新審視，可能更能清晰地透視出這一文學現象在轉型期的本質和歷史作用。

這在我們以往的論述中已經闡釋得很清晰了。﹝註 14﹞但是，須得強調與修正的是：「新寫實小說」在面對「現代性」與「後現代性」兩種不同文化語境時，犯下了一個至今人們都習焉不察的錯誤──它們用「存在主義」和「虛無主義」的姿態，一方面否定和解構了 20 世紀「現代性」的啟蒙文化的價值取向，另一方面又對「全球一體化」的文化語境抱以冷漠與疏離的態度。前者消弭了人們對「現代性」文化歷史過程的嚮往激情，後者則刪除了人們對「後現代性」文化弊病的警惕。儘管它也十分關注小人物的命運，也對瑣細的生活傾注了過份的熱情，但是，它對人性中的那些卑微猥瑣的下意識和潛意識的熱衷，顯然削弱了五四「現代性」的人性要求；而對生活中那些「一地雞毛」式的人生煩惱的「原生態」描摹，恰又是對「後現代」文化語境將人充分物化缺乏清醒認識與批判的體現。毫無疑問，「新寫實」恰好又伴隨著那個特殊政治社會背景，閃耀出它那種「去魅化」的身影，導引了 90 年代文學在逐漸進入全球化過程中走向無序格局的文學思潮。就此而言，「新寫實小說」作為文學史斷代分期層面上承上啟下的一種特殊文學現象和思潮，也就不足為奇了。它恰恰又是橫亙在 80 年代與 90 年代之間的一種變體的文學，正好成為文學分水嶺中的特殊文學現象。

三、90 年代文學：正在進行的「後現代性」與尚未終結的「現代性」

利奧塔認為後現代主義「不是現代主義的終結，而是它連續的新生狀態」﹝註 15﹞，從這個意義上來說，世紀之交的中國文學面臨的仍然是兩種、甚至三種（包括前工業社會時代的現實主義文學）模態的文學境遇。在這一點上，詹明信也將西方文學世界概括為現實主義、現代主義、後現代主義三種文學藝術模態並存的時代，﹝註16﹞是有一定道理的。

我們之所以將 90 年代作為中國文學的轉型期，除了上述的社會經濟和文

﹝註14﹞ 丁帆、何言宏：《論二十年來小說潮流的演進》，《文學評論》1998 年第 5 期。今天看來，當初對「尋根文學」的看法有局限，從文學史的「現代性」角度來重新審視，可能更能清晰地透視出這一文學現象在轉型期的本質和歷史作用。

﹝註15﹞ 轉引自〔英〕邁克‧費瑟斯通：《消費文化與後現代主義》第 113 頁，劉精明譯，譯林出版社 2000 年 5 月第 1 版。

﹝註16﹞ 詹明信（Fredric Jameson）：《晚期資本主義的文化邏輯》第 287 頁，三聯書店、牛津大學出版社 1997 年 12 月北京第 1 版。

化基礎的變革外，其中更重要的原因就是文學經過了十年「現代性」的反覆回歸與「後現代性」的超前演練，以及政治風浪的磨洗和西方後現代文化理論的傾瀉，變得愈來愈趨向於單一化，在表面多元化的掩蓋下，文學的本質卻愈來愈向「後現代文化」設置的單一物質化的理論陷阱墜落。可以說，西方「後現代文化」理論家們正努力批判與克服的種種「後現代文學」的弊端卻毫無保留地出現在 90 年代的中國文壇。文學的媚俗化、商品化、感官化、物欲化、非智化、非詩化、唯醜化、唯惡化……凡此種種，正預示著中國文學在「全球一體化」經濟的框架中，超前預支了西方文化意識形態的矛盾與弊端。

　　90 年代「女性主義文學」的興起，當然不能簡單地看成是對西方後現代文化語境中的「女權主義」的模仿，但是過份地強調女性的主體地位，而忽略了兩性同構的人類文化學意義，徹底地反掉男女平等、平權的「現代性」內涵，正是它走向沒落的標誌。從「女奴書寫」到「女性書寫」，這是走向符合人性發展的「現代性」描寫；而從「女奴書寫」到「身體書寫」，卻是「後現代性」急待克服的違背人性發展的文學描寫因素〔註 17〕。從這一文學走向來看，女性文學領域內所面臨的理論困惑已經與西方文學描寫闋的困惑同步了。「事實上，代表著後現代藝術特徵的『身體』審美（aestheticization of the body），在創造它或欣賞它的時候，都需要解除對情感的控制。同樣，後現代理論，那些發現或促進了精神分裂、多元神經緊張的理論，或者說，一種對體驗身體緊張的、解碼過的前戀母情結（pre-oedipal）的『返回』，也要求更大的情感控制的解除」〔註 18〕。這種摒棄了現實主義與現代主義審美內容的病態描寫，只能是超越人性的文學倒退。

　　同樣，在 90 年代的「晚生代」的作家作品中也存在著一個「複製」生活而缺乏深度的「後現代性」問題。詹明信認為「後現代主義的第一特點是一種新的平淡感」，「這種新的平淡阻礙藝術品的有機統一，使其失去深度，不僅繪畫如此，就是解釋性的作品也是如此。也就是說，後現代主義的作品似乎不再提供任何現代主義經典作品以不同方式在人們心中激起的意義和經驗。」「後現代主義的那種新的平淡，換個說法，就是一種缺乏深度的淺薄」

〔註 17〕關於「女性主義文學」的有關論點，可參見筆者在 1998 年中國當代文學研究會年會「女性文學討論會」上的發言，見《紅岩》1999 年第 1 期。

〔註 18〕引自〔英〕邁克·費瑟斯通：《消費文化與後現代主義》第 69 頁，劉精明譯，譯林出版社 2000 年 5 月版。

〔註 19〕。當然，在「晚生代」作家作品中，也會因人而異、因作品而異。即便在同一作家的同一時期的作品之中，也往往會呈現出審美內容的二律背反觀念來，他們對「後現代性」尚缺乏一種邏輯的、理性的自覺自主意識，「這些作家脫離了舊的東西，可是還沒有新的東西可供他們依附；他們朝著另一種生活體制摸索，而又說不出這是怎樣的一種體制；在感到懷疑並不安地做出反抗姿態的同時，他們懷念的是童年那些明確、肯定的事物。他們的早期作品幾乎都帶有懷舊之情，滿懷希望重溫某種難以忘懷的東西，這並不是偶然的」〔註 20〕。因此，在他們的作品中，雖然其理性上主張平淡化的生活「複製」與「克隆」，但是，那種烏托邦的浪漫主義情結還時時在他們的描寫閾中「閃回」。如果說他們對「後現代性」的理論還沒有足夠的邏輯把握的話，他們似乎更像達達主義那樣「採取反人類的活動」，「他們把德國浪漫主義哲學家們的美學全然與倫理學分離的原則加以改寫──『藝術和道德毫無關係』」〔註 21〕。作為「後現代主義攻擊藝術的自主性和制度化特徵，否認它的基礎和宗旨」〔註 22〕是有其文學史的必然的，但是，將文學反叛置於對人類進步優秀的審美經驗和藝術框架之中，恐怕也是「後現代性」的一次審美誤植：「後現代主義發展了一種感官審美，一種強調對初級過程的直接沉浸和非反思性的身體美學，這被利奧塔稱為『形象性感知』」；「後現代主義無論是處在科學、宗教、哲學、人本主義、馬克思主義中，還是在其他知識體系中，在文學界、評論界和學術界，它都暗含對一切元敘述進行著反基礎論的（anti-foundational）批判。利奧塔強調以『微小敘事』（petits recits）來取代『宏大敘事』（grands recits）」；「在日常文化體驗的層次上，後現代主義暗含著將現實轉化為影像，將時間碎化為一系列永恒的當下片段」〔註 23〕。這些文學敘述的徵象都一一表現在 90 年代的許多「晚生代」的作家作品之中，這不能不說是他們對「後

〔註 19〕 引自〔英〕邁克·費瑟斯通：《消費文化與後現代主義》第 69 頁，劉精明譯，譯林出版社 2000 年 5 月版。

〔註 20〕 〔美〕馬爾科姆·考利（Malcolm Cowley）：《流放者的歸來──二十年代的文學流浪生涯》第 133 頁，上海外語教育出版社 1986 年 10 月版。

〔註 21〕 〔美〕馬爾科姆·考利（Malcolm Cowley）：《流放者的歸來──二十年代的文學流浪生涯》第 133 頁，上海外語教育出版社 1986 年 10 月版。

〔註 22〕 〔英〕邁克·費瑟斯通：《消費文化與後現代主義》第 179～180 頁，劉精明譯，譯林出版社 2000 年 5 月版。

〔註 23〕 〔英〕邁克·費瑟斯通：《消費文化與後現代主義》第 179～180 頁，劉精明譯，譯林出版社 2000 年 5 月版。

現代性」文化和文學審美的一次超前性預支。

　　如果「晚生代」是處於「後現代性」浸淫於中國文壇的先鋒和前衛的位置的話，那麼，90 年代的一些所謂「現實主義衝擊波」的作家們卻是從另一個端點來解構文學的「現代性」，與「後現代性」的作品解構「現代性」一樣，達到了殊路同歸的目的。在 90 年代這個同一時間維度界面上，爲什麼會出現兩種不同的創作觀念和創作方法呢？究其原因，我以爲，恐怕是一大批作家仍然沉湎在農業文明烏托邦式的田園牧歌之中使然。農民與平民的階級本位、對靜態文化形態的現實主義再現與描摹的本位與本能，對一種宗教情緒頂禮膜拜的本位與本能，就決定了他們必然站在更加保守的立場上來對這種「現代性」與「後現代性」交混而失序的社會文化形態，作出自己的文化價值判斷。但是，值得注意的問題是，他們在回歸舊現實主義時，並不是恪守古典寫實的價值立場：「這種思想鼓勵我們向生活提示盡可能高的、啓示錄式的要求，並告訴我們說，我們能夠衝破索然無味的日常生活方式，而達到光彩奪目的大同和完美。它斷言，我們和我們生活的世界，比社會或原罪觀念想要我們相信的，具有更大的可塑性，更充滿可能性，更不受環境的約束。」〔註 24〕從某種意義上來說，在他們悲涼而無奈的身影中，又帶有一種對某種權力的肯定，而這又恰恰是「後現代性」之義中的重要內涵，這一點不幸被「後現代主義」的理論家所言中：「烏托邦現實主義的觀點承認權力是不可避免的，而不認爲只要使用權力就一定有害無益。最廣義的權力是實現目標的工具。在全球化加速發展的情況下，最大限度地抓住機會並把有著嚴重後果的風險降到最小，需要協調權力的使用。這對解放政治和生活政治來說，都是如此。同情弱者的困境是所有解放政治的內在組成部分，但是實現解放的目標通常又要依賴特權階層的代理人的參與。」〔註 25〕因此，當我們來解讀那些經理、廠長、鄉長、鎮長、縣長們與工人、農民、平民們之間「分享艱難」時的文化疑惑，就會猛然頓悟了。

　　文學表現上的「後現代性」症候不僅在創作觀念之中，而且已經滲透到了具體的描寫技巧技法之中了。進入 90 年代以來，一個不易被人覺察的巨大描寫空洞已經形成──風景畫面的逐漸消亡！它預示著人類在「現代性」的歷

〔註 24〕〔美〕Morris Dicksten：《伊甸園之門──六十年代美國文化·前言》第 1 頁，上海外語教育出版社 1985 年 5 月第 1 版。

〔註 25〕〔英〕安東尼·吉登斯：《現代性的後果》第 142 頁，田禾譯，譯林出版社 2000 年 7 月版。

史過程中忽略了它的延展性與成長性，在「後現代」的文化語境中，我們在將文學的重心一味地「向內轉」時，全然捨棄了對於外部世界的關注，堵塞了人與自然的和諧溝通的透迤天路。而那些堅信「現代性」的寫作會給文學帶來一幅美麗圖畫的夢想已然在「後現代性」的文化語境中冰釋和解體：「它把森林和沼澤地變成鄉村和花園；它修建了數以百計寬廣、井然有序和美麗的新城市；它的產品直接豐富和改善了平民百姓的生活……靜與動之間、鄉村與城市之間、活力與機械力之間都取得平衡。」〔註26〕可惜的是，這幅美妙的圖畫在「後現代性」的描寫語境之中，已經成為碎影與泡沫。如果稍加留意，你就會發現，不知何時我們的小說、散文、詩歌裏已經很少再見景物與環境描寫了，就連戲劇舞臺的布景中，風景也多被在刪除之列。從中我們可以看出文學在物化的歷史變遷中的症候性表現。用「裝飾美化」的方法來拯救潰敗的非人性化描寫，顯然是徒勞的，文學描寫的滑坡是不以人們意志為轉移的：「把日常現實理想化，使美國場景同阿瑟王的宮廷和耶穌的巴勒斯坦相一致；在詩歌中給動詞加上古體的詞尾，使美國語言詩歌化；高度讚美美國風光，使其能與阿爾卑斯山和尼羅河媲美──總之，裝飾美化。」〔註27〕這種具有「現代性」的烏托邦描寫的消亡，是人類在返歸與自然溝通的路途中須警惕的命題。

「現代主義和後現代主義之間並沒有一層鐵幕或一道中國的萬里長城隔開；因為歷史是一張可以被多次刮去字跡的羊皮紙（原注：『羊皮紙』是指原先書寫的文學可以刮去而重複多次，但每次都會留下依稀可見的字跡），而文化則滲透在過去、現在、未來的時間之中」〔註28〕。當90年代以後中國文學確實走進了一個「現代性」與「後現代性」並存交叉的文化語境之時，我們需要做什麼？我們能夠做什麼？恐怕是當務之急。我們需要做的首先是弄清楚其理論存在的必然基礎，「一種壟斷不再時興了，新的壟斷又重新出現！資本主義不免一死，但祖父和父親死後，兒孫輩仍將生息繁衍」。〔註29〕「後現

〔註26〕〔美〕Richard H. Pells：《激進的理想與美國之夢──大蕭條歲月中的文化和社會思想》第128～129頁，盧允中等譯，上海外語教育出版社1992年3月第1版。

〔註27〕〔美〕Larzer Ziff：《一八九〇年代的美國──迷惘的一代人的歲月》第13頁，夏平等譯，上海外語教育出版社1988年10月第1版。

〔註28〕〔法〕讓一弗·利奧塔等：《後現代主義》第118頁，趙一凡等譯，社會科學文獻出版社1999年1月第1版。

〔註29〕〔法〕費爾南·布羅代爾：《資本主義論叢》第44頁，顧良、張慧君譯，中央編譯出版社1997年3月第1版。

代主義導致了當代社會中文化領域的轉型」（詹明信語）〔註30〕。廓清了這一理論前提以後，我們再來確定價值判斷：具有「現代性」的資本主義固然不免一死，但是，我們更難看清楚的卻是「後現代主義」在反「現代主義」文化的過程中，所表現出的更加反文化的立場：「後現代主義中代表欲望、本能與享樂的一種反規範傾向，它無情地將現代主義的邏輯沖瀉到千里之外，加劇著社會的結構性緊張與惡化，促使上述三大領域（筆者：係上文所指的『政治、文化和經濟』三大領域）進一步分崩離析」〔註31〕。或許惟有這樣，才可能進入文化批判的層面，最終解決同時襲來的「資本主義的文化矛盾」與「後資本主義的文化矛盾」。

　　無疑，一切歷史的發展，包括文學史的發展，都必須遵循人類物質與精神兩個層面的需求，尤其是要符合人性的規範，因此，從這個角度來看，用人性、人道主義和美學的眼光來治史，是十分必要的。它作爲超越一切歷史與國界時空的文學史惟一能夠永存的衡量標準和價值判斷，將成爲我們今後治史與衡量文本的重要依據。

四、「文化滯差」下的創新與價值的位移

　　我們的人文社會科學面臨著前所未有的挑戰，在世紀的轉折點上，理論的創新則成爲一個人們關注的聚焦點。「當威廉‧奧格本在 1922 年出版的《社會變革》一書中提出了『文化滯差』這個概念的時候，這個術語很快就成爲知識分子中間一個重要的日常用語。」一言以蔽之，「文化滯差」就是「『文化』落後於科技和工業的發展」〔註32〕。

　　各個國家的社會發展是不平衡的。從空間上來看，它形成了世界範圍內的「文化滯差」；而就時間上來看，一個國家內因爲社會變革所引起的物質與精神的斷裂，則形成了歷史環鏈上的「文化滯差」。歷史往往是有驚人的相似之處的。一個十分有意義的現象是：歐美國家在 20 世紀初所面臨的人文困境，

〔註30〕〔英〕邁克‧費瑟斯通：《消費文化與後現代主義》第 179～180 頁，劉精明譯，譯林出版社 2000 年 5 月版。

〔註31〕〔英〕邁克‧費瑟斯通：《消費文化與後現代主義》第 179～180 頁，劉精明譯，譯林出版社 2000 年 5 月版。

〔註32〕〔美〕Richard H. Pells：《美國文學史論譯叢》，《激進的理想與美國之夢——大蕭條歲月中的文化和社會思想》，盧允中等譯，上海外語教育出版社 1992 年版。

赫然呈現於 20 世紀末的中國。從農業社會狀態向工業革命轉型，從工業革命向後工業時代轉化，又從後工業時代向電子信息時代邁進，中國在本世紀的最後 20 年裏，幾乎濃縮了歐美一個世紀的社會變革的歷程，高速發展的科技與經濟，無疑給知識分子帶來了目迷五色的文化眩暈症。我以爲要想在理論上有所創新，可能首先須得解決的是價值理念的改變。

毋庸置疑，五四以後在知識分子心目中所建立起來的以人爲本的價值體系，一直是我們判定事物的標準，而這一標準如今卻在強大的物質主義衝擊下搖搖欲墜。怎樣才能克服這一「文化滯差」所帶來的人文理論的困惑呢？我們的許多理論家們似乎從西方以往經驗性的現成理論中尋求答案：「芒福德和杜威試圖在實際和理想，社會和經濟事務與精神領域之間建立平衡。他們承認知識界的一個重要部分因看到現代工業主義的醜惡面而極度反感，但他們還是希望證明，藝術和技術、人文主義和科學、人和機器其實是可以共存的。」〔註 33〕作爲一個平衡因社會變革所帶來的文化滯差、落差與反差的理論預設目標，杜威們是不錯的，但是，經過這七八十年來的實踐，資本主義的文化矛盾不僅沒有得以平衡和緩解，反而隨著資本主義經濟的高速發展愈來愈尖銳了，這在貝爾的理論著作裏已經闡釋得很清楚了。

這是一個兩難的悖論。在中國這 20 年的資本發展和積累過程之中，國人首先嘗到的是物質和經濟帶來的甜頭，對人文本體的喪失並無太多的痛感，而這種痛感只有隨著經濟發展的不斷提升而愈加深刻。然而，作爲一個人文知識分子，如果沒有提前獲得這種痛感，則是可悲的。而作爲一個「闡釋中國的焦慮者」，要想用一種創新的理論來詮釋這種斑爛的社會現象似乎已經是十分徒勞的了。因此，許多人都以爲開發性的多元理論框架是解決一切問題的最好方法，允許不同的闡釋角度、價值標準，造成一種眾聲喧嘩的理論氛圍，就可以從多元的理論框架中獲得對表象世界的平衡與瓜分。殊不知，在人類文化發展的任何一個歷史環鏈中都有一個恒定的超越一切時空、國家、民族、階級的價值標準，這就是以人性與人道主義爲底線的人文價值標準。它是任何創新理論的一個支點，任何價值的位移都無法避開這一撬動人類文化歷史的支點。

〔註 33〕〔美〕Richard H. Pells：《美國文學史論譯叢》，《激進的理想與美國之夢——大蕭條歲月中的文化和社會思想》，盧允中等譯，上海外語教育出版社 1992年版。

在「雅馴文化」與「商品文化」之間，我們須得更多地注入人性文化的內涵：「人類更明確地理解科學和機器的進程之後可能把世界上所有散亂的、錯綜複雜的東西納入一個比較井然有序的精神領域。」〔註34〕因此，我要提醒大家的問題是：在任何理論的創新和建設之中，在任何價值的位移和創立之中，都千萬不可忘卻人類文化價值的底線。

第二節　被中國「後主們」誤植和篡改的賽義德立場

讀到張隆溪的《賽義德筆下的知識分子》(《讀書》1997年第7期)，有不少感觸。所謂「東方主義」倡導者賽義德的主張反對西方文化霸權的論調一直與所謂後現代主義和後殖民主義理論形成合流，在中國大陸這塊文化焦土上流行著。似乎賽義德就是為弘揚東方文化，弘揚中國現行文化而存在的思想家。一方面是文化投降主義者以賽義德為旗，大肆販賣「後現代」和「後殖民」主義的泡沫文化理論。另一方面，是文化保守主義者在維護傳統時，把矛頭瞄準了「東方主義」的始作俑者，將賽義德與後現代、後殖民主義文化理論者一炮轟了。

與我們近些年通過介紹而認識的賽義德恰恰相反，賽義德不僅不是一個毫無立場和一個不具備文化價值判斷的思想家，而且還是一個堅定的知識分子立場的文化批判者和人類思想情操的守護者。且不說他在《東方學》和《文化與帝國主義》那些著作中所闡述的對東西方文化的客觀描述和公允的立場（也許正是不偏不倚的描述，給有些人提供了斷章取義的可能）。就是從其新著《論知識分子的代表性》便足以看出賽義德的知識分子錚錚鐵骨和那永遠不屈的文化批判的人文立場。他認為文化立場「絕不可像用手術刀切割那樣，分成東方、西方這樣大略而基本上是意識形態意義上的對立物。」而是一種超民族、超國度、超地理區域的思想存在物。有沒有一種固定的知識分子立場呢？有！那就是每一個知識分子應該恪守的準則：個人的獨立性和文化批判的職責。他不被任何體制、集團和階級所收買，他是為受壓制的弱者而存活著。這就是知識分子的良心和良知所在。這就是「真理的標準」。賽義德認為真正的知識分子「不怕被燒死在火刑堆，

〔註34〕〔美〕Richard H. Pells：《美國文學史論譯叢》，《激進的理想與美國之夢——大蕭條歲月中的文化和社會思想》，盧允中等譯，上海外語教育出版社1992年版。

不怕被孤立或釘死在十字架上」他們是「有倔強性格的徹底的個人，而最重要的是，他們須處於幾乎隨時與現存秩序相對立的狀態。」﹝註35﹞這些話本身就是給了鼓吹「後現代」和「後殖民」文化，試圖取消一切文化中的人文內涵的文化小丑們一記響亮的耳光。知識分子的「守恒定律」，無論是過去，還是現在，乃至將來；無論中國，還是外國，都只有一條，即陳寅恪、王國維之輩一再聲言的「獨立之精神，自由之意志」也。在中國，尤其是在這個物欲橫流的文化時代，保持知識分子的獨立人格似乎被一些文化投降主義者形容成堂吉訶德的舉止行為，正如張隆溪先生所言：「經濟活動已成為當前中國社會最引人注目的活動（這在很多方面都有積極的意義），商業大潮迅速席捲社會的每個角落，人文知識分子面臨消費性的通俗文化的全面挑戰，而一些接受西方後現代、後殖民主義理論的批評家們一面否認知識分子對現存秩序和體制文化的批判責任，一面以民族主義式的東西方對立根本否定知識分子個人的獨立性格。在這種情形下，讀一讀賽義德這本論知識分子的近著，無疑是有好處的。」﹝註36﹞我們可以「告別革命」，但決不能放棄一個知識分子的文化批判職責，決不可以喪失一個知識分子的良知，更不能與一切背離人類文明的行為妥協。

知識分子的思想羈絆在哪裏？它可能來自各方面的阻力，包括官方的贖買和階級集團的收買。要使其不泯滅那顆良心，不喪失「自由之意志，獨立之精神」，賽義德認為要建立「一種近乎烏托邦式的空間」，這一點不僅在中國做不到，即便是美國也難以完全做到。所以，賽義德提出了一個保持知識分子獨立性和消除專門化局限（賽氏認為職業化的傾向使知識分子變得毫無鋒芒，「越來越帶技術性的特別形式」和「虛玄的理論和方法」消蝕了人文知識分子的敏銳觸角）的可行性文化視角。這就是知識分子所要具備的那種超功利的文化素質和視野。——以「業餘愛好者」的心態介入文化批判，可能會獲得更多更大的獨立性空間。他說：「今天的知識分子應當是業餘愛好者，他認為要做一個有思想、負責任的社會一分子，就應當在哪怕最技術性和職業化活動的核心提出道德的問題，尤其在這類活動牽涉到自己的國家及其權力，牽涉到其與本國公民和與其他社會的相互關係時，更是如此。此外，知識分子作為業餘愛好者的精神可以深入我們大多數人習以為常的職業化常

﹝註35﹞張隆溪：《賽義德筆下的知識分子》，《讀書》1997年7期。
﹝註36﹞張隆溪：《賽義德筆下的知識分子》，《讀書》1997年7期。

規，將其變得更有生氣，更具激進意義；於是他做任何事就不只是按部就班
地去做；而是問為什麼要做這件事，這樣做對誰有利，怎樣才能重新與個人
的計劃和具原創性的思想聯繫起來。〔註37〕

　　賽義德要求知識分子具備的立場是超功利的，超民族的，超國家的，超
階級的。這種立場究竟是什麼？我以為這就是他提出的「道德問題」，其根本
就是知識分子的人性和人道主義立場，也即賽氏提出的「為受壓制的弱者說
話」的原則，能夠「面對強權說出真理」的勇氣。這就是知識分子所需遵循
的普遍真理和道德標準。如今的中國知識分子圈子內流行著一種通病，這就
是徹底褻瀆人文精神，無論是採取他褻或是自褻的方式，都認為人格理想、
人道情感、人性道德是不齒於後現代文化過時的思想垃圾，棄之為敝履。只
有消解了一切人文意義，完全成為一個純職業化、技術化的人，才有可能具
有現代知識分子的意識與資格，才有可能主宰這個物化了的世界。殊不知，
放棄了人性的標準，就是放棄了人類文明進程的根本，沒有誰能夠在放棄這
一標準的前提下自稱為知識分子的；（包括那些自認為是從事自然科學的技術
知識分子們）也沒有誰能夠在放棄了這個標準後能使人類的文明程度得以提
高。歷史的進步應該包含著兩層意思：一是物質的豐富，二是精神的向上。
但由於人類職業的不同，所採取的文化立場也就不同，即使用的行為標準也
不同，正如賽義德所描繪的那樣：「對於一個美國、埃及或中國政府的官員說
來，這些權利至多不過應該『從實際出發』加以考慮，而不必有始終一致的
立場，可是這只是當權者的標準，絕非知識分子的標準，知識分子最起碼應
當一視同仁地隨處應用整個國際社會現在在書面上已經集體接受的標準和行
為準則。」〔註38〕這個人性、人道、人權的標準和準則，應是任何知識分子
堅守的立場。

　　在對賽義德的思想誤植和篡改的背後，我們不僅看到了中國翻譯界的理
論素養的低下；同進也看清了一些鼓吹後現代、後殖民主義文化理論者的用
心嘴臉；而且還認識到在文化思想交流中，理論家所必須具備的語言功能和
閱讀修養，只有這樣才不至於受騙上當。我本人以前撰文時曾痛罵賽義德的
「東方主義」理論所造成的「誤傷」，在此，我只能對美籍巴勒斯坦的文化理
論家「老賽」表示最誠摯的道歉。誰能想到我們竟是同道者呢？

〔註37〕張隆溪：《賽義德筆下的知識分子》，《讀書》1997 年 7 期。
〔註38〕張隆溪：《賽義德筆下的知識分子》，《讀書》1997 年 7 期。

第三節　20世紀後半葉中國文學研究的價值立場

一、差序格局中的價值立場

　　人文價值判斷的「無意後注意」現象表明：知識分子的價值觀念之思終將突顯在二十一世紀中國思想界。在中國當代文化漫長的政治化過程中，剝離主流意識形態，就像安泰想拔著自己的頭髮離開大地，幾乎成了知識分子的非分之想。在文化建設層面對主流話語的質疑、對後現代文化的反抗都隱含了人文價值判斷，歷史正從「客觀中性描述」的幻影中走出。「任何一部歷史都是當代史」，歷史作為敘述主體價值立場滲透的產物，要求完全客觀中性的描述確是一種苛求。如果承認無為而治在骨子裏面滲透著自由意識，那麼，文學史治史中的人文價值判斷將是一個無庸迴避的問題，也無法迴避。90年代，隨著主流話語控制的逐漸解壓，很多知識分子產生了身在邊緣的幻覺。就表象而言，商品經濟、後現代文化的擠壓實現了五十至七十年代的政治放逐所沒有達到的結果，知識分子基本上被淘汰出局。這種表象促成了一種知識分子夢寐以求的對話立足點，促成了「知識分子本身應在邊緣」的意識暗流。「在邊緣」與價值判斷消弭的等式使現代化中的學術研究誤入迷途。就現代文學治史方式而言，體現為這樣的價值觀念：治史不需要文化批判立場，只需要客觀、中性的描述或力圖用純學術的方法切入，如用「民間話語」來置換純學術、純美學的概括，實際在無形之中化解了知識分子的人文立場。中性描述中的雙關語、隱語的價值立場暗含需要很大的操作技巧，極易產生偏差直至消泯。90年代以後，知識分子的價值立場要不要？知識分子的價值立場是否已經下降到民間的層面？廣場、民間的概念究竟適用不適用於知識分子這一文化群體？究竟存在不存在知識分子文化群體與民間文化群體的「差序格局」？諸如此類的詰問已經盤旋在文學史治史者的腦際。

　　「差序格局」是中國文化的重要特質。《講話》之後，知識分子自覺進入政治通道，「非智性化」、「非詩性化」接連出現，五四啟蒙精神隨之成為遙遠的歷史背影。知識分子思想老化、弱化包含的無奈在於：主流話語依然健在，90年代的後現代文化壓迫勢頭迅猛。在兩重擠壓中，知識分子的退守已成為事實。退守中的民族主義的、國粹的東西和現代人文精神的植入之間的悖論，直接影響到價值觀念問題。在後現代文化帶著資本主義文化弊病侵入以後，啟蒙立場已腹背受敵，資本主義文化的現代性和資本主義的文化矛盾已在中

國文化語境中形成矛盾。資本主義後現代文化矛盾的植入形成了啟蒙和後現代文化在中國復合話語空間的尷尬遭遇，知識分子也陷入無可適從狀態。80年代《渴望》中的劉慧芳賺下的眼淚中，封建專制文化的根深蒂固已十分醒目——當女研究員抹著眼淚看《渴望》的時候，我們可以強烈感受到五四婦女解放運動遠未進入民間通道。知識分子的自我啟蒙道路在魯迅之後充滿挫折，自上而下的大眾啟蒙的潰敗也是命定之途。知識分子淪為弱勢群體，成為被吞噬的對象。更可悲的是，五四以後（包括解放初）的知識分子大都還能在物質誘惑面前保持操守，今天的蠅頭小利卻已經可以使知識分子任意改變學術觀點。這種文化特徵所涉及的理論問題以及價值觀念定位刺激了現當代文學學科的長足發展——任何一種學術都不可能是純學術，不可能是機械的工作，現代機器已經充分嘲弄了資料的機械羅列。價值觀念是否存在、人文思想是否植入在這種語境中必然成為學術研究的關鍵問題。

　　改變思維方式的根本是審視當前文學史治史的三條道路：其一，簡單重新審視、重排座次、重新翻案；其二，抹掉文學的歷史痕跡，以所謂「空白論」迴避歷史，比如對待「文革」文學所採用的描述方式；第三種則陷入重新遴選的思維方式，把過去文學史上因政治等原因沒有提到的作家、影響很小的一些作家納入文學研究視野，把他們從歷史的暗陬翻出來。在文學本體上審察前三十年當代文學的非詩性、非文學性的作品，一個最現實的問題就是這段文學史本身拒斥所有的作家——包括過去是純藝術的作家——進入純詩性、純文學性的層面上去。選擇三十年文學史（1949～1979）的處理方式，就要對文學史治史對象進行二度篩選，遴選方法成為至關重要的問題。中國文學的研究現狀尤其是現當代文學的研究現狀令人堪憂：一批研究家只是把現成的後現代理論一知半解移植過來，把它作為中國的後現代派研究方法介入文學史。它和老化的思維方式一脈相承，掉入了理論陷阱。要在研究中避免低水平重複，應甩開這種思維方式，擺脫低層次的是非糾紛，去尋找治史的第四種、第五種方法，以求進入一種純正的文學史治史境界。任何時候寫20 世紀後半葉文學史所必然面臨的提問是方法和觀念。學術研究、特別是文學史治史中糅合主體價值立場的概念，究竟怎樣才能找到自己的恰當註腳？重寫當代文學史必然陷入選擇的困境：戴著鐐銬跳舞，還要以優美的姿態進入文學史本身，這使實際操作非常困難。要把1949～2000 年這段文學史寫成富有個性的文學史，在樹立主體價值判斷以後，可以在多個向度上打開思路：

中國 20 世紀後半葉文學史的定位可使我們明晰地思考臺灣文學史和大陸文學史治史的思維模式，對這一獨特文學景觀單面的直視和正視恰恰使我們看到了一個錢幣的兩面；把中國文學納入世界文化的大背景，在反差當中，把文本和文學現象放在世界性的文化格局中去探討，而不僅僅是納入所謂後現代理論的框架，亦不失爲一種明智的選擇。比如觀照四十年代末二戰以後歐洲的文化、文學發生的變化，看看西方爲何有嬉皮士、現代派的蓬勃發展？然後才能更好地省察我們的文學回到了怎樣的文化統治之下，文學又怎樣幾乎淪爲政治的應聲蟲和工具。落差突顯出來以後，再重新審視作家作品，才能期待問題便於闡明或不言自明。這條線的最終指向可能是對過去治史方法的徹底顛覆，它淡化當時的國內政治文化背景，從文化結構本身入手另闢蹊徑，在世界文化的格局當中去體察中國文本，從比照中看出它的弱勢以及從弱勢走向強勢的逐漸上升過程。

二、中性定位與精神分裂

　　文學「走出拳擊場」、走向邊緣之後，純藝術的東西找到了文學殿堂的通道。但是在 20 世紀中國文學史，乃至於整個中國文學史上有沒有純藝術的東西存在？中國藝術往往含有民間性、宮廷性、文人性的三重特徵。這裡的文人性，不能只是類指宋元文人畫派屬性，而是指一種人文立場、批判精神。中國因此不可能有一個純藝術層面的畫本、文本。即使是畢加索的所謂「春宮畫」也永遠不可能和依附於政治的中國宮廷畫站到同一地平線上，雖然畢加索的藝術與色情並置的論調尚待商榷。作爲借鑒西方形式的前先鋒馬原，爲中國藝術提供了《拉薩河女神》、《疊紙鷂的三種方法》等從時空向度搭建的敘述迷宮，但是一旦進入其敘述，就必然要觸及敘述背後的東西。《伸出你的舌苔，或空空蕩蕩》的天葬表面上好像是觸動了民族風情，實際是觸動了深層的體制問題——它是敘述外殼裏面的人文內涵。在這個現代性和後現代性並置的國度和年代，仍然還存在著強大的封建思想的溫床，話劇《切·格瓦拉》復活文革語彙，在北京引起了轟動。作爲一種低級懷舊情緒，它說明政治強權已經滲透在人的無意識之中。阿 Q 的血脈代代流傳，民族性中的劣根性還不到被優根性遮蔽的時候，知識分子別無選擇。「拳擊場」作爲一個平臺，應該在更高的立意上成爲知識分子推進中國文化的工具。19 世紀以來，現實主義就有一個表現「被侮辱者和被損害者」的恒定立場，但在中國，這

種立場被消解了。用階級性覆蓋人性、人道主義，以階級本位進行混亂的價值判斷，使更符合人性的價值尺度不斷退卻、文學的詩性品格不斷受到摧殘。一般地說，價值立場站在弱勢群體一方以後，技術官僚時代的體制問題與學術問題才可以得到正確的認識。

　　1949 年後文化的閉關自守持續下來，直到 80 年代我們把西方百年文藝發展在短短十年之中掃描與模仿一遍，直到 90 年代後現代文化兵臨城下，形成兩個版塊碰撞的特殊文化狀態。中國文學才有所改觀，但是《講話》以後的一元化對中國文化的影響根深蒂固，不可低估——在新的文化潮流中，它有頑強的孳生能力。「新左派」出於「舊」知識分子的價值判斷，在攜裏平民本位立場強烈地反叛貧富不均的社會不公、為被損害者呼號的時候，也陷入了某種局限，即對抗「現代性」。現代知識分子應該具有的積極的文化批判態度，被骨子裏傳統知識分子潔身自好的姿態淹沒了。五四以後的「舊」知識分子沒有經過西方人文精神洗禮，只能保持「清議」的最高操守，而不能上升到文化批判層面，這也是五四現代「新」知識分子與「舊」知識分子的最大分野。文化批判精神在魯迅身上被植入，但是中國只有一個魯迅。建國後的歷史一次次證明，強大的封建意識承傳的士大夫精神遠遠大於現代知識分子精神，魯迅是一種遠不可及的個案，同時也不幸成為他身後一次次政治運動的被利用者。比較而言，蘇聯、俄羅斯知識分子所堅信的人性、人道主義觀念在蘇聯的共產主義作家中仍然作為一個傳統承傳下來。如圍繞肖霍洛夫的《一個人的遭遇》展開的關於人性問題的討論，寄寓了強烈的人性超越階級性、超越政治的渴望。《第四十一個》的結尾雖然落實在階級性大於人性的綱領之中，但前面的一段愛情描寫卻驚心動魄，這樣的小說在極左的共和國文壇只能被納入類似「難道我們的紅軍女戰士會跟一個白匪在荒島上談戀愛嗎」的大批判邏輯。1956 年、1957 年大量的干預生活的作品出現，愛情這一永恒的人性主題的復活，個中因由，有待文學治史者叩問。《紅豆》（宗璞）寫的也是人性大於階級性的問題，象牙臉色的男主人公是女政治輔導員靈魂中永遠驅不散的影子，實際上表達出了愛情大於階級性的觀念。茹志鵑把炮火硝煙處理到背景材料中，以求凸現人性的東西，柔弱的百合畢竟不能和強大的政治歷史陰影對抗。猶豫的茅盾非常驚喜地發現了茹志鵑，暗含了茅盾寫作本能的自發性爆發。茅盾最好的作品《蝕》是借人性的東西、借戀愛的外衣來包裹心中的苦悶，把性苦悶和政治苦悶並置起來，賦予了小說的藝術審美張

力。《蝕》是作家思想最混亂時期「狂亂的混合物」，而政治上的異常清醒時期卻給文壇帶來了概念化作品，《小巫》、《水藻行》等深刻摹寫人性的東西隨之消失。1949 年以後，茅盾剪掉了藝術的翅膀，一方面在《夜讀偶記》中闡釋現實主義與反現實主義的文學發展史，另一方面又在評論中發掘作家作品裏面人性的東西。作為五四老一輩作家，他為政治所同化，有被政治壓迫後臣服的心理，也有不曾泯滅的藝術本能：他反對概念化，在政治異化和藝術感悟之間來回飄搖。這一時期，政治話語的強烈控制促發了小說的反彈，產生了包括王蒙的《組織部新來的年輕人》這樣的作品；要求寫人性的通道的作品不斷出現，其背景就是五四以後的西方人文主義精神在解放後經過多次血腥的洗禮（包括批胡適、批胡風、批馮雪峰）之後產生的反彈。然而，反彈迅速被壓制下去。

　　歷史的啟示在於，方法問題不解決，我們的研究可能又要步古典文學治學方式──純粹的乾嘉式治學方法──的後塵。思維方式決定了研究的人文含量。在信息爆炸的時代，在資料考證方法更加現代化的同時，研究者也要用思想的閃光去燭照整個古典文學，對它進行重審，只有這樣切入，反思以往的文學史，才可能在文學研究中找到亮點，避免重複。在此意義上，現代文學（1919～1949）短短三十年發生的現代文學的經典化恰恰是現代文學的古典化，也就是說現代文學治史方法的古典化。切換作家作品分析角度的「出新」容易滑向低水平重複：《魯迅全集》七百多萬字，一個思想的高度和藝術的高度豎立起來，而魯迅研究不止七千多萬文字卻陷入低迷。文學史治史面臨重新炒作和重新翻案等觀念的威脅。在很多研究者開始考慮研究對象的時間下延，並在下延中再度進入經典化怪圈時，部分現代文學研究者開始轉向文化研究的廣闊道路。20 世紀後半葉文學是一塊研究的肥沃土壤，包含有未被開墾的處女地：文革文學幾乎是一段空白，前十七年文學也需要拓荒。一個合格的拓荒者應該能夠意識到：主觀上中性的描述欲求如果導致了客觀價值立場迷失，就沒有從思想史上和文化史背景上根本上解決問題；而在某種先入為主的「客觀」構架裏進行作家作品的重新組合排列，所達到的治史高度已經在此層次之下。

　　接下來的追問可能是在浩淼的歷史時空中，有沒有相對永恒的價值標準？在專門性的閱讀之外，有沒有永恒的公認經典？在價值的時空位移中，王國維用西方的悲劇觀去解讀中國文學作品，就陷入了價值錯位和思想落差的境地。

當西方悲劇精神和中國悲劇精神形成悖反的時候，王國維的意義就在於，他以身試法，只欠一死——西方的悲劇精神和中國遺老的身份最後實現了王的悲劇觀。王國維之生戴著古老的瓜皮帽，是維護封建統治的；王國維之死卻也映照了西方的悲劇精神，造成精神主體的分裂狀態，隱喻了魯迅鐵屋子裏的吶喊。所以王國維基於西方悲劇觀對文本的研究可能是錯位的，但是他引進這種思維方式的意義卻至關重要。包括許多研究家在內的中國人不能意識到王國維的死是植入了西方的悲劇觀念的結果。這就提示我們，在分析文本的時候，不僅要指出其文本研究的錯位，還要看到其作為中國人的價值立場、價值觀念以及文本所表現的價值立場、觀念和西方尼采、叔本華的價值觀念之間的錯位，它隱含了中國文化、中國文學的悲劇。指出這種落差本身就是研究。王國維這種精神痛苦，在他的整個生活和美學研究當中呈現為分裂狀態，這導致他在現實生活中不能自已，最後以自己的身體殉了事業，殉了悲劇精神觀念。打開了這個窗口，多了更深的思想亮點，對王國維的研究才會深入。儘管超時空的永恒價值觀念十分可疑，探討問題的時候，問題的真偽仍然要在具有價值尺度的相對永恒之間遊走。也許至今我們還不能避免王國維式的分裂：一方面它要求重蹈胡適的鑽故紙堆，另一方面要求不斷地精神介入，甚至是精神抗爭。純技術的自然科學研究方法正是這個時代進入技術官僚時代對人文知識分子的治學品格的挑戰，「經世致用」的「用」徹底地被庸俗化以後，人文知識分子勢必被逼上背叛之途。文化致用的精神誘惑強烈感召了許多研究者，在現當代文學研究視閾的文化轉向潮流中已不言自明。

事實上，在整個共和國五十年代的文學史中的文本、思潮中，沒有一個純粹的、在事實層面可以剔除了價值判斷的空間，這是充滿「價值判斷」的五十年。純粹乾嘉學派的治史方法，自然科學式的研究方式在梳理這段文學史的時候變得力不從心。主體的介入意識因而成為焦點問題，歷史的和美學的最低標準因而成為最高標準。站在文學的高度並把對整個文化的掃描囊括其中後，審美方式才不僅是文學的，才能在文學的背後暗含整個人類文化的定位，才能體現出現代知識分子和古代知識分子學術、學識和學理的治學方法的根本區別。

價值判斷也存在被壓制後矯枉過正的問題。在不讀書不弄清基本事實的情況下就進行價值先行的判斷，當然是錯誤的；在事實史實清楚的情況下進行價值判斷，則十分必要。1949 年以來對於價值的顛覆，尤其是前三十年意

識形態對知識分子富於人性的價值判斷的閹割，使飽含知識分子使命感的價值立場彌足珍貴。不同的價值判斷會有不同的事實遴選，作爲主流意識形態代言者的媒體和作爲知識分子反思標本的《隨想錄》，都可以在某種主體意識中進行質疑。價值可能不是永恒的，特定時限內的相對眞理隨著時代的推移可能會產生各種各樣的問題，但是只要它在這個階梯上向前推進了人類思想發展，就可以作爲知識分子在學術、學理上作出貢獻大小的判斷標準，可以此爲重要標識甄別研究選題的眞僞。治學方法的碰撞使我們在遴選自己課題的時候有了參照，並提醒我們怎樣去避開陷阱，確定一條最佳行軍路線。

三、文學研究的內與外

知識分子選擇了「中正」立場和人性良知之後，必然要來到文學研究的外部視點，在更大的政治文化背景上探悉文學的內部構成。薩依德在 90 年代中國被許多後現代文化的研究者打扮成了一個暴力革命傾向的代表人物，事實恰恰相反。張隆溪曾撰文指出薩氏文章譯介中的諸多常識性錯誤（1997 年第 7 期《讀書》），點明了一種文化誤讀現象，其誤讀最本質的一點就是抹煞了薩氏的文化批判立場。實際上，薩依德提倡知識分子的價值立場確立，認爲知識分子作爲脫離了庸俗利害關係的一員永遠是文化守望者，永遠站在業餘的立場上對文化體制進行抵抗。

「現代性」在中國越來越體現爲明顯的殘缺性，與民族意識的殘疾相互應和。從五四以後，民族性與現代性的對抗狀態一直存在，體制話語利用了民間意識來排拒現代性。事實上，經濟體制改革不可能脫離整個文化體系，技術進入必然導致更深層次的文化植入，從而引起現代性思想波瀾。宏觀去看，在國家、社會層面，有時是文化遞嬗先於經濟發展，比如「傷痕文學」。「傷痕文學」在歷史時間上回到了五四，在文化時間上指向了五四現代性五四，走回到了資產階級和現實主義的人性本位。這個回到常識的過程凸顯了文化重建的艱難。當下，後現代文化已經大兵壓境，「現代性」作爲一種未完成的意識，在進行文化補課的時候更是舉步維艱，「賽先生」只是作爲技術科學的同義語已經不再具備充分的說服力——它還是一種文化治史法則。小說《紅高粱》提供了另一種生存觀照，它使人熱血沸騰的民間原生態、它被主流話語當作匪氣排斥的野性、它那種敢愛敢恨、敢生敢死的生命本眞情緒，在提示我們的血脈中除了奴性還有民族文化的另一層面。當這種東西在異質

話語中被作爲異域文化窺視的時候，人類共同的話語——人性——也再次得到了強調。這是我們在文本閱讀中需要重新發現的問題。

鴉片戰爭以後錯過的資本主義文化語境給探詢中國文化的現代性提供了最早的出發點，歸到這個範疇裏來的很多問題可以得到變量的不同理解。現代性語境在 80 年代打開國門後已經成爲公眾認可的一種語境，但是這種穩態結構很快被殖民化的後現代悖論打破。經濟殖民化中的文化殖民化使民族性受到了壓抑，民族情緒的升騰又與民族文化劣根性在現代化過程中形成的負面效應相衝突，由此形成 90 年代文化狀況的多重悖論，80 年代資本主義文化積累時期的文化現象已經爲這一問題預設了充足的註腳。辨析這些悖論逼迫我們形成自己的價值判斷——一切違反人性的東西都是我們文化視野中需要進行批判的東西。全球化的過程，在相當程度上就是西方文化殖民化的過程，是資本主義全球覆蓋的過程，在這一過程中，我們既要批判封建遺毒，又要看到後資本主義帶來的人文困境。由此回溯五十年所走的文學道路，從 49 年以後的文學「跳水」，到 80 年代的反彈，到二十一世紀文化「WTO」意識的生成，在文化層面和文學層面，民族性開始了王蒙從 80 年代開始尋覓、尋根文學一直孜孜以求的與世界性的對話。尋根文學堅執「越是本土的，越是世界的」這一信念，認定它可以打通與世界對話的途徑，但是卻實際上給了外國人在民俗層面上的審美獵奇，滿足了他們窺探苦難的審美需求，「對等」這個尋根文學的終極目標並沒有實現。尋找古典，回到文言，並不能構成與世界文化和文學的對等關係。關鍵是文化觀念和價值觀念的更新。

在這種文學發展圖景提示下，治中國當代文學史無法離開世界文化的參照系。可以以世界文化和文學進程一直向上的座標——歐洲文化——爲參照，更進一步說，是以歐美文化爲參照——五十年代以後，老牌資本主義開始衰落，英法文化、文學開始衰落的時候，戰後美國文學蓬勃發展。在歐美參照系的基礎上，還可以找到更加切合於我們文學發展的另外一個參照系，比如說拉美。經過一百多年的殖民化以後，拉美重新站起來，成爲文學的巨人，與歐美文化對話。中國在 80 年代步拉美的後塵，把歐美文化作爲參照系推進中國文學向前發展。應當看到，拉美作爲一種爆炸文學，是借鑒了歐美文化的一百年經驗，在殖民化以後重新進入世界文化層次的時候，與歐美文化形成了對等的關係，並非是實踐尋根文學「越是本土的就越是世界的」這一理論的結果。找到參照系以後再來回溯我們這段文學，梳理文學史——並

不是作比較文學，而是把它作爲文化背景——從中可以發現很多很多文學史上的文本的文化問題。

這樣就打開了研究的視閾。進入 80 年代文學和 90 年代文學研究版塊，對 1949 年以後中國的政治文化意識形態強力影響整個文學的社會文化背景的認識是必要前提。30 年（1949 至 1979）的文化構成基本上是一個回到封建文化專制的社會文化版塊結構，由於政治鬥爭不斷的介入，文學和文化受到極大限制。從所謂內部研究入手，向內轉，比如敘述學等研究方法，對中國文學的切入走了彎路。對外部社會文化結構、文化形態的清醒認識是文學研究的重要條件，而外部研究恰恰在 80 年代以後，尤其在 80 年代中期以後被忽略了。政治和文化對立，在現代社會中形成了巨大的文化滯差。作爲整個中國社會文化的外部結構，它使我們意識到：在這種夾縫當中，出現這樣的文化、這樣的文學不足爲怪。「新寫實」是物質主義回到本我的標誌：所謂「三駕馬車」的現實主義則隱含了主流文化介入而形成的一種價值的斷裂、崩潰。後現代所謂「新新人類文學」，後現代所謂多元文化的表象後面有很多複雜背景，這個背景在大半個世紀中國歷史的變幻中已不言而喻。在這樣的社會結構形態下，你可以解釋爲什麼 20 世紀後半葉的很長一段時間裏文人都變成了侍臣文學者，可以理解以郭沫若爲首的這批作家爲什麼改變了自己的人文價值立場，作爲寫「頌歌」的名詩人進入了共和國文學史。封建體制的痼疾所感染的文化必然造成文學上的「頌歌」、「戰歌」模式。體認了這種文化滯差，就可以對共和國文學史有比較清楚的再認識，就可以守求對文學事件、文學思潮、文學觀念的另一種界說。

最近研究「文革」文學的人多起來了。「文革」中的許多文化現象，比如作爲文化怪胎的樣板戲，不是一個很簡單的否定就能解決的問題。研究「文革」課題尤其需要警惕中國人線性的、理科式的思維方式，警惕技術官僚時代所造成的人文精神匱乏。研究領域表層的技術問題常常包藏了深層次的思想觀念問題。文學研究的兩種思維方式——邏輯思維方式和感性思維方式，在文學研究中要融爲一體。作家所提供的只是社會的畫面，而研究家是從形下提升到形上，在此過程中，之所以陷入作家籠罩之下的研究誤區，是因爲把作家看得太大，在他們的名氣之下做學問。要把作家作爲研究對象，把他們看成創作理論體系框架之中的一個「他者」，一個「物」，在他之上，用自己的理論體系所產生的價值判斷把他罩住，而不是被對方的創作甚至是膚淺

的外部因素干擾。做到了這一步，才能成爲一個眞正的研究者，才能從容地把文學個案放在大的文化思想背景之下、放在文學史的長河當中來進行分析。把不同意見當作藝瀆，是一種思想迷誤，文化開放的艱難就在這裡。應該全面打破研究方法、研究觀念中起制衡作用的封建體制，只有打破各種思想制衡，才能在研究中登堂入室。

第四節　社會轉型期知識分子的文化選擇

在 19 世紀 90 年代的美國文化精神轉型過程中，拓荒精神讓位於工業革命，造就的是一大批「迷惘的一代」知識分子。正如 Richard H. Pelle 在《激進的理想與美國之夢》中所說的：「美國生活不可挽回地陷入理論與實踐、理想與經驗、文化與市場的矛盾之中。」〔註39〕本世紀 90 年代的中國知識分子也同樣受到多方面的文化擠壓。

首先，幾十年來形成的強制話語影響已經成爲一種「集體無意識」深植在他們的無意識文化心理層面中。那種世世代代知識分子所一直追求的「自由之意志，獨立之精神」的境界尙不可能在這個世紀末得以實現。他們所有文章的「度」和「力」都是極有分寸的。他們認爲只要能夠不再遭受極左思想的打壓，自動退讓到「邊緣」，也就心甘情願了。因而可以預見，在相當長的一段時間內，中國知識分子中將會不斷湧現出大量的試圖進入「仕途」的人物。一旦入仕，他們將在意識形態話語控制下，爲中國文化規範出謀劃策。因此，在一大批人文知識分子中，對實現最爲不滿的問題就是技術官員受重視而文化官員受冷落，使他們想進入「體制」而不得。

其次，毫無疑問，新生的資產階級和小資產階級在中國現行的體制內已經取得了部分話語權力，且不說他們中的許多人均已進入了話語權力的中心（如各級人大、政協的班子內有相當數量的私有企業主和「新買辦」），即便是某些政府部門中，亦有因他們的影響和推動而產生的一個與之共存亡的階層——新興的官僚資產階級。正如《經濟工作月刊》1996 年 7 月號所刊文章所指出的：資產階級，買辦資產階級作爲社會的一個強有力的集團，試圖「通過納稅向政府『購買』市場無法提供的『公共品』，如法制、秩序、國防，乃至民主。」那麼，他們就必須在知識分子當中尋找其代理人，作爲其文化意

〔註39〕〔美〕佩爾斯（Pells Richard H）：《激進的理想與美國之夢》，盧允中等譯，上海外語教育出版社 1992 年 3 月版，第 28 頁。

識形態的制定者和鼓吹者。從這個意義上來說，本來在「大一統」的主流意識形態統治下，經過大眾文化「洗禮」而分離到「邊緣狀態」的一大批無所適從的知識分子們又面臨著一個新的抉擇。

再其次，90 年代以來，舶來的大眾文化對整個傳統的中國文化影響可謂愈演愈烈。作為知識分子起著至關重要的分化作用的催化劑，大眾文化是一柄「兩刃劍」。它的到來是歷史的必然，是任何力量亦阻擋不住的。一方面，這個由「物」所構成的文化意識形態，極大地滿足了人的感官刺激，使整個社會進入一個虛浮的大眾審美層面，不再受著主流意識形態（這裡的「主流意識形態」不僅是指統治話語，亦包括傳統士大夫「修身齊家治國平天下」、「達則兼濟天下，窮則獨善其身」的自我約束機制話語）的控制和約束。另一方面，它又可以以虛無主義的態度頑強地解構著文化的社會功能，以及一切意識形態功能，大量的製造著泡沫文化與平面化的藝術。所有這些利弊，其實在資本主義文化世界裏早已成為一個文化的難解命題了。所以有人認為這些問題是世界性的文化命題。歐洲文化學者們儘管看到了現代工業文明有著極度醜惡的一面，他們仍然希望能找到一條科學與人文主義、人和機器、技術與藝術相互媾和的道路。但亦有美國學者認為：「在科學和機器的無情壓力下，政治和法律、藝術和文學——即整個文化領域——的古老的統治要麼降服，要麼崩潰」〔註 40〕。而在亞洲的「經濟怪獸」日本，文化學者們高擎著追求「清貧的思想」的旗幟來抵禦物慾的壓迫和大眾文化的侵襲。日本文化學者中野孝次教授的那本學術專著《清貧的思想》能夠在日本成為風靡一時的暢銷書，亦可看出大眾文化走向極端時對人類的反動性，它迫使人重返原始和自然的精神家園。

中國自然有中國的國情，幾千年的封建文化傳統養成的根深蒂固的士大夫人文情緒，在來自多方面的文化擠壓下，已經開始變形。這種困境既不像歐美知識分子在上世紀末所遇到的單一文化困境那樣矛盾集中而突出，又不同於日本文化在經歷了物質文明的高速運轉後的突然文化剎車那樣空寂和冷靜，也不盡同於臺灣文化從單聲道到多聲部的機制轉換。在使人目迷五色的文化眩惑之中，知識分子的大分化已悄然成為中國大陸不可遏制的世紀末文化態勢。其文化選擇的路徑，恐怕不外乎這幾條。

〔註40〕〔美〕佩爾斯（Pells Richard H）：《激進的理想與美國之夢》，盧允中等譯，上海外語教育出版社 1992 年 3 月版，第 39 頁。

　　首先，一部分希冀進入「體制」話語的入仕者們，在這表面多元的文化格局中，試圖以正統的地位來排斥一切非主流文化。他們一方面彈壓所謂右傾的意識形態文化，試圖將意識形態和文化方針納入舊有的「體制」軌道而重新樹立文化權威形象，獲得文化話語的霸權地位。另一方面，他們亦竭力反對帶有世界文化共性的資本主義大眾文化對舊有體制文化的侵襲，試圖阻擋這一文化進程中不可缺少的環鏈在中國的上演。

　　其次，一大部分年輕的知識分子在歡呼雀躍中國文化進入了了一個新紀元的同時，忘記了自己義不容辭的職責——守護文化的本義，以爲有了資本主義文化就可以拯救一切。可以說，無論哪個國家、哪個時代、哪個民族的知識分子，他們存在的意義就是爲人類文化作守護神，儘管這在傳統的中國文化中被指爲「道德」，被視爲「統治階級的御用文化思想」，但須強調的是，中國知識分子的「現代化」精神的確立，正是五四新文化中人性和人道主義思想的確立，它與歐洲文藝復興後的知識分子的現代化進度是融爲一體的。在這「一體化」的人類精神火炬的引領下，20 世紀知識分子孜孜以求的人文精神一直受到阻礙而難以實施與體現。這就是知識分子的憂患意識和良心存在。直到 90 年代，一部分知識分子試圖在官方話語的夾縫中尋覓一條與西方人文精神並軌的道路，卻又恰逢「大眾文化」這隻攔路虎。竊以爲，90 年代的所謂人文主義精神的大討論，實質上是這部分知識分子（指稱爲「文化抵抗派」或曰「文化守成主義者」）與那部分知識分子（指稱爲「文化投降論」或曰「文化激進主義者」）的一場文化鏖戰。文化激進主義者們認爲知識分子已經開始走出了主流話語的魔圈，「遊走」在「邊緣地帶」，這本身就是文化擺脫主流意識形態的勝利。因此，他們就借著西方「後現代」的文化理論，興高采烈地舉起了解構一切的大旗，舉起了拾人牙慧的反對西方話語霸權的大旗，否定五四以來的一切人文主義文化話語。殊不知，解構以後的真空地帶用什麼來填充呢？僅僅是大眾文化就能替代得了嗎？抑或是科學理性就是救治文化的良方嗎？從某種意義上來說，「後現代」與「文革」時代盲目「反帝」的極「左」思想是一脈相承的。有人認爲，五四新文化的最大失誤就是「賽先生」沒有得以充分倡揚，所以如今最重要的文化命題是倡揚科學的理性，也就是物質技術第一的文化內涵。殊不知，20 世紀之中，「德先生」什麼時候有過真正被奉爲上賓的時刻？「德先生」（民主）和「賽先生」（科學）應是文化命題的兩面，它們既不可分割，又是一個悖論。因此，那種自覺「遊

走」到「邊緣」的文化生存的智者們，在「玩的就是心跳」的口號的引領下，他們在「躲避崇高」遊戲中遺失了知識分子的本能與良心。

還有一批被指稱爲「大師級」的學者們，他們可謂學貫中西，他們在風燭殘年閱盡了中國文化的歷史滄桑，從而選擇了「新國學」、「新儒學」之路。這本來是已被五四新文化摒棄了的，被魯迅稱爲「沉渣泛起」的文化垃圾，爲什麼還會在本世紀末死灰復燃？尤其是在新加坡「儒學加資本主義」文化模式的參照下，它的文化市場不僅僅局限於一些經院派學人的研究領域了，而且亦成爲官方文化決策的重要參照系統。它往往和「體制」發生千絲萬縷的文化牽連，同時亦和「後現代」論者們形成了「統一文化戰線」。

針對這種複雜的文化局面，文化抵抗主義者們以一種悲壯的文化姿態開始了文化的出擊。他們的文化依託就是在中國一直難以兌現的西方人文主義精神。作爲人類恒定的價值體系——人性和人道主義的文化內涵，已經成爲世界各國知識分子通行的人文價值標準，中國知識分子的話語同樣要與世界知識分子話語接軌，要「一體化」，那麼，這一標準就是衡量一切文化行爲規範的尺度。就此而言，他們一方面反對極「左」思潮對人的文化的摧殘；一方面又得指謫資本主義現行文化的弊端，希望中國的文化能少走資本主義歷經一個多世紀的彎路。雖然，在他們之中，有的下藥過重，有的甚至飲鴆止渴（皈依宗教），但是那種悲壯的文化確實令人感動。在人文精神的大討論中，這部分知識分子腹背受敵，甚至被構陷爲極「左」文化思潮的幫兇，阻礙現代文化的絆腳石，扮演「牧師」「師父」的文化小丑。

在這個物欲橫流、文化呻吟的時代，各種不同的知識分子都在這轉型期裏不斷修正著自己的文化觀，他們究竟選擇什麼樣的文化路徑？這恐怕不是任何理論思想都可以作嚮導的。但是，作爲具有文化批判功能和職責的知識分子，絕不可以擯棄20世紀經由幾代知識分子用血肉和脊梁構建起來的五四新文化傳統。面對極「左」思潮、面對技術文化的擠壓、面對用科學理性來壓制剔除民主感性的思潮、面對「後現代」解構一切的叫囂、面對「新儒學」、「新國學」否定五四新文化傳統的攻訐，知識分子要保持「自由之意志，獨立之精神」則實在是不容易的。但無論如何，知識分子的文化人格和精神操守是衡量藝術家和人民是否真的能夠共存唯一標準。用美國文化學者威爾遜的觀點來看，要克服人類的文化危機：「『有效的鼓動』不應依賴於社會運動或任何政黨，而應依賴於受『道義態度』支配的『個人運動』本身。目睹現

代資本主義的使人毛骨悚然的事物和美國生活的放肆的庸俗行爲，一個人只能『按自己的良心』行事。」〔註 41〕在這個世界上，任何知識分子，他的職責和功能都是一樣的：他必須恪守道義，在任何狀況下都保持文化批判的姿態，爲社會的進步和人類的發展作出自己的貢獻。對此，《激進的理想與美國之夢》如是說：「知識分子應該永遠做一個個人主義者，一個堅持原則的孤獨者，但作爲這樣的人，他能夠提出人類文明面臨的基本問題並就這些問題進行比任何政治活動家更有說服力的辯論。他這樣就能夠保持自己的獨立性、長於批判的智力和合乎道德的理想，同時又能履行其社會責任。」〔註 42〕

很顯然，中國社會已經進入了一個「文化滯差」的時代，（「文化滯差」這一概念是威廉・奧格本在 1922 年出版的《社會變革》書中首次使用的文化術語）。文化落後於科技和工業的發展已經成爲眾所周知而又不易覺察的社會現象。舊「體制」下的文化意識形態顯然不再適用和不再能夠負載，「後現代」的文化理論又是有毒的鴉片，「新國學」、「新儒學」也是不合國情的陳詞濫調，而光是徒有一腔熱血和道義情感也不能拯救文化。唯有在不斷的文化批判中尋覓文化的新途徑，才能完成「道德的理想」和「履行其社會責任」。

路在何方？路在足下。只要知識分子不進行思想的自刎，不喪失其生命力的源泉——不斷的文化批判功能是知識分子的造血機器——中國文化是有希望的。問題的癥結是，在這個由各種力量和因素組成的社會肌體中，資本主義、社會主義、封建主義的文化情結犬牙交錯、盤根錯節地扭結在一起，使我們很難找到醫治的切入口。也許通過一場場辯論和文化撕殺，通過知識分子的一次次分化，中國就能夠逐漸削減「文化的滯差」，使其走上一條較爲平坦的文化道路。說實話，所謂「多元格局」是一個文化虛假繁榮的表徵，其內裏已經開始分解。沒有哪個時代、國家和民族的文化希望自己永遠走進一個無序的文化「多元」的困境之中。因此，完成「蛻變」的文化才能走向新生和有序。我們希冀的卻是在文化蛻變的過程中，知識分子的重新聚合。

以賽亞・伯林給了我們很多啓示。以賽亞・伯林，作爲 20 世紀最著名的自由主義知識分子，他的《卡爾・馬克思》、《自由論》、《俄國思想家》、《反潮流》等，雖然是其 30 年代至 70 年代的著作，但是深邃的思想和犀利而不

〔註41〕〔美〕佩爾斯（Pells Richard H）：《激進的理想與美國之夢》，盧允中等譯，上海外語教育出版社 1992 年 3 月版，第 49 頁。

〔註42〕〔美〕佩爾斯（Pells Richard H）：《激進的理想與美國之夢》，盧允中等譯，上海外語教育出版社 1992 年 3 月版，第 49～50 頁。

激烈的文風卻深深震撼了世紀之交的中國知識分子。正如安東尼・斯托爾所言：「作爲觀念史家，他無與倫比，他以特別明晰和優雅的文風表達了他想要說的一切。」伯林在 1990 年撰寫的《扭曲的人性之材》時隔近 20 年才在中國大陸登陸，實在是有點遺憾，無疑，此書的問世爲我們揭示與反思 20 世紀人性的扭曲指出了明確的路標。

作爲一個哲學家和思想家，伯林對文學的感悟能力是具有巨大穿透力的，他不像一般的批評家那樣只會就作品論作品，而是通過一雙「內在的眼睛」看到了一個作家在整個歷史中的地位和意義所在。是托爾斯泰《戰爭與和平》這樣的作品對伯林日後觀念的形成起著重要的啓蒙作用，他總結托爾斯泰那樣的俄羅斯作家時，深刻地意識到「他們關注最多的是不公正、壓迫、人與人之間荒謬的關係，以及壁壘或陳規的禁錮（亦即屈從於人造的枷鎖），還有愚昧、自私、殘暴、屈辱、奴性、貧困、無助、仇恨、絕望，諸如此類──這些到底是誰的責任？簡言之，他們關心的是這些人類經驗的本質以及它們在人類境況中的根源；不過，其中隱含的首先是俄羅斯的人類境況。而且反過來，他們也希望知道，如何才能實現相反的一面，那將是眞理、愛心、誠實、公正、安全的國度，人類的自尊、莊嚴、獨立、自由以及精神圓滿都得以實現，人與人的關係以此爲基礎而建立」〔註43〕。這絕不是伯林在自說自話，而是在抽取托爾斯泰們寫作的靈魂，並讓它出竅！而一般的批評家們卻是不能夠做到的這一點的，只有能夠把作家作品解析得「靈魂出竅」，方才具備一個文學史大家的素質與風範。我們不妨多讀些伯林的文章，或許能夠得到更多的啓迪。

我最看中的是本書中「烏托邦觀念在西方的衰落」和「浪漫意志的神化：反抗理想世界的神話」這兩章，因爲它對文化和文學上的浪漫主義都做出了精闢的分析。也許，伯林在浪漫主義問題上與黑格爾、馬克思有著相左的意見，但是，他站在巨人的肩膀上又將歷史的巨輪推進了一步：「在浪漫主義的自我執迷中，這也許可以說是比較誇張（有時是歇斯底里）的一種類型，不過，其根本要素、它的生長之源並沒有隨著浪漫主義運動第一波的衰弱而消逝，反而成爲歐洲意識中那種持久的不安（實際上是焦慮）之感的誘因。這種焦慮不安一直延續到了今天。很顯然，一切人類問題的（甚至只是在原則上的）圓滿解決，還有烏托邦概念本身，與視人類世界爲（個體或集體）意

〔註43〕〔英〕以賽亞・伯林：《扭曲的人性之材》，岳秀坤譯，譯林出版社 2009 年版，第 7 頁。

志日新月異、不停衝突的爭鬥過程解釋是不可能和諧共處的。於是就要試著阻止這一危險的潮流。黑格爾以及此後的馬克思，就試圖回到某種理性的歷史計劃上。他們二者都認為，歷史是進步的過程，是人類從野蠻到理性組織的單向的上升過程。他們也承認，歷史過程充滿了鬥爭與衝突，但這些問題最終會得到解決。」〔註44〕這就是伯林對馬克思主義中浪漫烏托邦理想的最新最深刻的重釋。據此，伯林對荷馬史詩的解釋，對司各特作品的分析，對哈林頓的解析，對孟德維爾寓言的解剖，甚至對維柯闡釋的闡釋，就有了更富有歷史宏大穿透力的意義與價值了。

　　同樣，在分析「浪漫意志的神化」時，除了大量深入淺出的歷史宏觀理論闡釋外，更令人擊節的是伯林式的作家作品深刻分析。在對萊辛的劇作《明娜‧馮‧巴恩赫姆》與席勒的劇作《強盜》的比較分析中，伯林發現的是前者「使得一個可能會出現的悲劇結局變成了惹人喜愛的喜劇」。而後者「席勒在他的墓碑上寫下了一段感人的墓誌銘」。所有這些，都是為了證明盧梭式的啟蒙浪漫意志的後果。在大段大段的理論闡釋過程中，伯林對許多歐洲的作家作品都是信手拈來，高乃依、莎士比亞、伏爾泰、繆塞、萊蒙托夫、歌德、華茲華斯、阿爾尼姆、瓦格納、易卜生、喬伊斯、卡夫卡、貝克特……可見一個偉大的思想家和哲學家對文學的深度閱讀，以及他與眾人不同的研究方法和獨到的識見。無疑，所有這些都是建立在一個閱讀者廣博的知識積累之上的。

〔註44〕〔英〕以賽亞‧伯林：《扭曲的人性之材》，岳秀坤譯，譯林出版社2009年版，第47頁。

第二章　共和國文學主體：人性與良知的砥礪

第一節　怎樣確定歷史的和美學的座標

　　1998 年《俄羅斯文藝》第二期刊載了兩篇關於小說《鋼鐵是怎樣煉成的》的爭鳴文章。文章一經發表，各媒體爭相報導，引起不小的波瀾。究竟怎樣看待這部曾經在我國流行了幾十年的「生活教科書」呢？此書還有無它存在的價值與合理性呢？

　　的確，《鋼鐵是怎樣煉成的》曾經激勵過中國幾代「革命人」，書中的箴言：「人最寶貴的是生命。生命屬於人只有一次，人的一生應當怎樣度過：當回首往事的時候，他不因爲虛度年華而悔恨，也不因爲碌碌無爲而羞愧；在臨死的時候，他能夠說：『我的整個生命和全部精力，都已經獻給了世界上最壯麗的事業——爲人類的解放而鬥爭。』」〔註1〕已然成爲幾代中國人的價值座標，它深深地根植在我們的「集體無意識」中，成爲一種 20 世紀的民族歷史積澱，是輕易不能抹去的近乎宗教的情緒。

　　如果用一種傳統文化的中庸方法來解析這種現象，便可以「歷史的和美學的」一次二律背反來作答就行。也就是說，《鋼鐵是怎樣煉成的》儘管是那個浮誇虛假年代裏斯大林主義的產物，儘管它的「典型環境」充滿著戕害人性和人道的階級鬥爭硝煙，儘管它的空洞的理想主義和如今看來是何等的幼稚可笑，儘管……。但是作爲「典型性格」的美學形象——保爾·柯察金——卻超越了

〔註1〕　尼·奧斯特洛夫斯基：《鋼鐵是怎樣煉成的》，王志衝譯，上海譯文出版社 2009年版，第 267 頁。

「歷史的」「典型環境」，頑強地存活下來了，甚至，還要繼續存活下去，了無生息地步入 21 世紀文學殿堂。

倘若文學史中的許多複雜現象用這樣的方式方法作解釋，那我們就省心了。可是，連接歷史和未來的精神環鏈往往在這一瞬間便脫落了。我們須得重新尋找精神座標的歷史焊接點！

其實，我以爲在爭鳴的雙方，忽略了一個最基本的歷史事實，這就是《鋼鐵是怎樣煉成的》在中國大陸登陸時的歷史背景和精神背景，這也同時涉及到一個最敏感的話題：怎樣來重新審視中國當代文學的「十七年文學」？

很顯然，「五四人的文學」是在尼采宣告「上帝死了」的歷史背景和精神背景下產生的。它在 20 世紀猶如一道搏擊中國幾千年封建統治長空的閃電，震撼了一代「五四人」。然而，它畢竟是歷史一瞬間的「閃電」，「閃電」過後，仍然是黑暗籠罩著的封建禮教的蒼茫大地。難怪魯迅先生老是感喟「兩間餘一卒，荷戟獨徬徨」的悲哀和寂寞。如今，當我們每每在回顧五四是訴說著它諸多的遺憾，殊不知，它的根本遺憾就在於它從「人」的起點又回到了「神」的原點。

可以說，從「左聯」以後，我們的文學便開始悄然進入了一個狹窄的通道——蘇聯社會主義現實主義理論的大量滲透，直接導因了《在延安文藝座談會上的講話》成爲文學的惟一指南。這就形成了建國以後的「十七年文學」的直接給養便是蘇聯文學，儘管 1959 年以後中蘇關係惡化，但是，在建國以後的一系列政治運動（如「三反」、「五反」、「大躍進」、「四清」……）中磨煉出來的文學，卻總是在蘇聯文學的精神體系中亦步亦趨，作出了驚人相似的翻版。其根本的緣由，恐怕是我們那個時代同樣需要斯大林式的個人迷信和個人崇拜；同樣需要階級鬥爭這個無產階級國家機器賴以生存的潤滑劑驅動它的運轉；同樣需要馴服千千萬萬阿 Q 式的臣民；同樣需要用虛幻的理想主義來掩蓋物質匱乏下的精神空虛與迷惘。於是像《鋼鐵是怎樣煉成的》這樣斯大林主義下的精神產物能在中國大行其道是不足爲怪的。曾記否？尼·奧斯特洛夫斯基成爲家喻戶曉的英雄，他與書中的保爾·柯察金一樣成爲青年人心中的英雄偶像；書中人物的格言時時掛在人們的嘴邊，書寫在教室的牆上，印在筆記本的扉頁上；曾記否？在畢業典禮的晚會上，人們相互送上這最崇高的箴言，勝似一切親情，超越一切友誼。甚至，在極其隱秘的愛情交流中，也不乏將此作爲「信物」而相互勉勵。的確，這巨大的慣性，塑造了新中國幾代人的精神偶像。

　　如今，當我們回首往事時，才眞正地體味到這種力量的無比強大。作爲「紅衛兵」的一代，作爲「知青」的一代，作爲「生在甜水裏，長在紅旗下」的一代，我們在歷經磨難後，爲什麼能夠喊出「青春無悔」的口號，其中最重要的原因，就在於我們不能脫離那個特定時代所給定的精神資源，我們與奧斯特洛夫斯基的精神臍帶尙不能割斷。「典型環境」下所塑造出的「典型性格」定格在我們的靈魂深處而不能自拔，使我們像「讓我們蕩起雙槳」那樣永遠生活在那個「美好的回憶」之中。沈從文曾說過「回憶是有毒的」話，乍一讀，我們是難以理解的。但是，從社會的進化和人性的發展來看，此論道破了其中的奧秘。當「憶舊」成爲一種精神的癖症時，我們須得愼重地對待歷史。十七年文學中的「三紅一創一青」《紅岩》、《紅日》、《紅旗譜》、《創業史》、《青春之歌》經過歷史的沉澱後，我們不難發現它們與《鋼鐵是怎樣煉成的》精神主題的暗通之處，它們的血緣關係是一致的。從精神標高上來說，中國 60 年代以後的小說創作比起《鋼鐵是怎樣煉成的》更加高蹈虛空，最後直接導致了「文革」時期「高大全」式的人物塑造。可以令人深思的問題是，浩然之所以敢於在 21 世紀即將到來之時宣告他的《豔陽天》和《金光大道》的歷史價值和美學價值的不可忽視。這難道是一次無情的歷史玩笑嗎？！其中的「歷史的必然」是值得人們深思的。

　　可以毫不諱言地說，建國以來我們在全盤接受蘇聯文學的同時，完全切斷了西方文學進入中國的通道，把一切西方文學的精華和營養都視爲資產階級的糟粕。尤其是對歐美 19 世紀以來的批判現實主義作家的拒斥，使我們的十七年文學聽不得半點批判現實的聲音，見不得一星悲劇的陰影。一片光明，一片頌歌，一片戰歌，使我們的文學失卻了對現實生活的感悟能力和表現能力，更失去了人性和人道的主旨。尤其是對《一個人的遭遇》那樣作品的徹底批判，和對 1957 年「干預生活」作品的鬥爭，更使我們的文學竭盡御用之能事。儘管許許多多諸如胡風之類的無畏勇士們用自己的鮮血和頭顱去撞擊眞理之門，卻絲毫不能改變文學侍從政治的地位。

　　從保爾・柯察金到朱老忠、江華、林道靜、許雲峰、江姐，再到梁生寶、肖長春、高大泉，我們文學中的英雄人物形象越來越高大，越來越不可企及。這不能不歸咎於 50 年代末所提倡的「革命現實主義和革命浪漫主義相結合」的「兩結合」創作方針的泛濫。拔高人物形象，無疑是和那場造神運動有著緊密聯來的。如果說保爾・柯察金在苦難的生活經歷中還存在著一點「人」

的影子，那麼，到了六、七十年代的中國文學中的英雄人物塑造，已然是通體光明的「全神」形象了。

之所以保爾‧柯察金們最終成為一種神論的偶像，而失卻了「典型性格」的張力和彈性，其根本的原因就在於他缺少獨特的人格藝術魅力的美感，因為他的思想深處始終認為「沒有比掉隊更可怕的事情了」「寧願忍受一切，只要能歸隊就行」。怕「掉隊」，欲「歸隊」亦正是一個英雄個性失落的表現。思想高度統一，不允許任何「異端邪說」的存在，只能產生現代迷信。文學中的藝術典型如若按此法則進行創作，沒有不失敗的。如果將保爾身上的這種盲從性歸於「俄羅斯文學裏具有『自我犧牲精神』的文學形象的繼承」，那麼，我們對偉大的批判現實主義作家老托爾斯泰作品中表現出來的「勿抵抗主義」的宗教情緒還有甚麼可指責的呢？況且老托爾斯泰還是站在人性和人道主義的出發點上來塑造人物的。

在那個「火紅的年代」裏，我作為一名少年讀者，首先讀到的是《鋼鐵是怎樣煉成的》，奇怪的是，這本書給我印象最深的卻是保爾和冬尼婭的愛情線索，尤其是那種充滿著少年幻想的浪漫情節的描寫。到了我步入青年時代時，偶然從「知青部落」裏覓到兩本「資產階級禁書」《紅與黑》、《牛虻》時，我卻更震驚司湯達和伏尼契的人物塑造。前者中的于連更有其獨特個性的藝術魅力，資產階級上升時期帶有的赤裸裸的金錢和愛情的利害關係以及人性表述的準確視點。後者中的亞瑟顯然是保爾形象被仿的原版，但是，充分的個性化描寫突顯出了這個「英雄」擺脫神論的全過程，作者亦是在充滿著人性和人道主義的和諧中完成了人物性格光輝的塑造。儘管這部兩名著的作者是被列為「資產階級」行列的，但他們的「典型性格」塑造卻是符合馬克思主義美學原理的，是以人為本的。

當我們這一代人在兩種文學形態和美學形態的選擇中面臨著兩難時，我們可能在理智上更偏向於選擇對「苦難」的眷戀。1957 年被打成「右派」的作家們在抒發那非人般的苦難遭遇時，卻更津津樂道於「被娘打了兩下」的美學賤足；「知青作家」們在訴說著青春的創痛時，卻在「青壽無悔」的讚歌聲中尋覓著那個自戀式的「自我」。他們拾到的卻都是阿 Q 的精神遺產。像老鬼的《血色黃昏》那樣否定了楊沫的「歸隊」情結，渴望回到個人「家園」的作品，正是從另一個角度完成了對大寫的「人」的又一次重新確立。儘管這部書很粗糙，但它卻是對《鋼鐵是怎樣煉成的》和《青春之歌》之類的喪

失人物個性的描寫的反撥。

我們不否認文學作品巨大的認識作用和教育作用，但須得有一個前提，這就是文學作品不能是政治的「簡單傳聲筒」，它的感化作用主要是停留在道德層面。保爾‧柯察金是在那個特定歷史時期裏才具有的「特定美感」的英雄形象，他是畸形的。一旦人物離開了他賴以生存的土壤，隨著時間的轉移，他的光輝便喪失殆盡，這就是馬克思主義文藝學的基本原理：「歷史的和美學的」，首先看他是不是「歷史的必然」產物。儘管我們十分留戀那個苦難的歲月，儘管我們的「戀舊情結」不允許和不忍心否認歷史的過錯。然而，「典型性格」卻要經得起歷史的檢驗。斯大林時代和「十七年文學」的致命傷就在於它們都是通過人物塑造來達到改寫歷史、改寫典型環境、製造神明的政治目的。

我們崇尚美，崇尚英雄，崇尚理想，但我們更尊重歷史，尊重真實。

連帶出來的問題是，當蘇聯解體之後，當中國的改革進入了世界經濟一體化的歷史進程，西方後現代，乃至於前工業時期的許多文化垢病都一齊洶湧而來時，在我們的文學作品中表現出的人文精神的失落，表現出的道德淪喪，表現出的對人性的冷漠，表現出的對英雄的恥笑，表現出的對理想的嘲諷，表現出的對美的褻瀆……凡此種種，都充分說明了這個無序時代文學的墮落，但這並不能歸咎於作家們沒有創作出《鋼鐵是怎樣煉成的》的作品。相反，這些狀況恰恰是虛假英雄形象塑造的心理反彈結果。它雖曾經激動過幾代人，但它卻不能再激勵下一代人了，除去文化背景的差異外，識別虛假是後代的先天稟賦。確實，如何在如今的文學作品中確定認識價值和審美價值座標是一個迫在眉睫的難題。但這決不是像《鋼鐵是怎樣煉成的》和《金光大道》之類的「歷史報刊書」能承擔的歷史使命。我們不能因為孩子有病，就用嗎啡去醫救。鋼鐵般的階級鬥爭是再也不能回到文學的體系中去的，因為它是以喪失人類的人性和人道為前提的。

人類最壯麗的事業應該首先是充滿著人性和人道內涵的精種世界。以此來鑒別一切文學作品的認識價位和審美價值，大致是不會錯的。

第二節　文學藝術的暴力與現代烏托邦的反思

用 Academy Chicago Publishers（芝加哥學術出版公司）的話來說：「任何一個現代文學或歷史的研究者將發現，凱里的這部深刻著作既富於啓迪，又

令人不安，是全面理解我們今日社會的基本讀物。」〔註2〕毫無疑問，從來沒有哪一部理論書籍能夠像此書一樣誘導我一氣讀完全書，不是它嚴密的邏輯推衍，也不是它充滿激情的表白，而是作者從對歷史文化事件細節的採掘與分析中，甚至是對一部部作品中不為人們所覺察的細枝末節的梳理和闡釋，而得出的足以使世人震驚的答案，的確有如醍醐灌頂，令人歎為觀止。約翰・凱里把人類世界，尤其是歐洲一百多年來的文化和文藝的許多典範文本曬將出來，鋪陳開去，讓我們在被放大了的歷史疊印和複製中看到人類走過的曲折道路和應該前行的目標。儘管你可以並不完全同意作者的理論歸納，但是，你不能不被他深刻的思想洞見通過平易文字的表達所折服，他促使我進一步思考了近百年來中國的文藝史與政治史之間的關聯性，讀此書勝讀百部機械的教科書、千部說教的理論書籍和萬部平庸的文藝作品。這是我有生以來讀到的一本既能夠深入淺出闡釋理論，又能夠活潑地抒發感情的著作，它脫去了學究的外衣，同時又穿上了理論舞者的便裝，遊走在理性和感性的邊界處，把驚悚的理論觀點用隨筆的方式贈與讀者，使那些平庸的說教式的評論黯然失色，也許這就是我千百度尋覓的那種批評方法吧。「充滿誘人的灼見，文字精彩，論證有力，發人深省，吸引人一氣讀完。」（《每日郵報》評論）〔註3〕應該是一個準確的評價。於是，我也想以另一種既區別於「學院派」，又區別於「印象派」的評論方式，通過對此書的閱讀，來對中國百年來的文藝史和文化思潮史，作一個隨感錄式的梳理。

此書的一個最大看點就是把知識分子和大眾這兩個主體的兩面性都展示出來了，儘管作者囿於自身觀點的偏頗，對大眾的態度有些曖昧和偏愛，但是它並不妨礙我們做出自己的判斷。亦如《文學評論》所言：「傑出的全新研究……閱讀約翰・凱里這本剖析知識分子之勢利狡猾的書，能享受很多激動人心的時刻。」〔註4〕無疑，納粹之所以在二戰期間能夠在德國，甚至在歐洲橫行，其理論的資源就來源於歐洲的許多大牌的貴族知識分子所提供的價值理念，雖然這種法西斯主義的理論在二戰後遭到了世界普遍地聲討和抨擊，

〔註2〕〔英〕約翰・凱里：《知識分子與大眾》，吳慶宏譯，譯林出版社2002年版，封底。

〔註3〕〔英〕約翰・凱里：《知識分子與大眾》，吳慶宏譯，譯林出版社2002年版，封底。

〔註4〕〔英〕約翰・凱里：《知識分子與大眾》，吳慶宏譯，譯林出版社2002年版，封底。

但是，絕沒有消逝於人類的思想深處。我是相信歷史循環論的，君不見，至今爲納粹理論張目的還大有人在。就在二〇一一年二月十七日的《參考消息》還轉載了委內瑞拉《分析報》上的一篇題爲《納粹造福世界的十項創意》文章，這十條是：一、制定禁止活體解剖的法律；二、動物保護；三、禁煙運動；四、社會計劃；五、大眾汽車；六、高速公路；七、火箭；八、電影創新；九、時尚；十、醫學進步。且不說這些科技的發展即使沒有納粹也同樣會發生，就歸納出來的創意中的多條恰恰是納粹反對的大眾文化現象，其所謂的科學技術發明，都是爲其消滅人類「大眾」而準備的，其目標絕非是造福人類。而如今這些學者的理論就十分荒唐了：「納粹科學家在集中營裏對囚犯進行了慘無人道的實驗。其中包括對雙胞胎進行實驗、冷凍囚犯、毒氣實驗等等。戰後，這些罪行都得到了審判和應有懲罰，還推動了醫學道德相關法律的形成。但正如美國大屠殺紀念館網站所說，納粹這些『地獄醫生』的實驗對開發免疫疫苗、解毒藥等都有一定的幫助。」〔註5〕也許，科技知識分子只看見科學結果的利益的一面，他們不在乎其反人類和反人性的人文價值的負面效應，如果這樣的話，那麼，法西斯主義再次肆虐的時代離我們還有多遠呢？！以上十種納粹創意的歸納，其實在約翰・凱里的這本書裏都有所涉及，我在下文中還要做具體分析。而重要的問題就在於，反觀中國文化和文學藝術的百年歷史，我們也可以找到這種思維模式的影子。

　　鑒於此書所引發的對許多文學藝術和文化問題的思考，我想以一篇長文的形式和不同以往的批評分析的方法來表達我對此書的感想和敬意，也同時表達我對歐洲文化語境中的外國文學和中國文化語境中的中國文學歷史狀態做出一種新的判斷。

一、想消滅「大眾」的「知識分子」就是間接的屠殺者

　　知識分子與大眾永遠是一組不可調和的兩個矛盾的主體，它們之間是一個十分弔詭的悖論，是一個悖論中的悖論。和約翰・凱里的觀點也不盡相同，鑒於中國的特殊國情與歐洲文化的差異性，我最終的觀點就落在這樣的基點上：面對爲法西斯主義提供理論資源的可疑知識分子和盲從而無思想的大眾，我們是沒有選擇餘地的。在批判的批判之後，我們需要的是總結歷史文化的經驗，尋找到另一種更有效的「現代知識分子和大眾」！

〔註5〕　《納粹造福世界的十項創意》，《參考消息》2011年2月17日。

　　此書分爲兩編，第一編曰「主題」；第二編曰「個案研究」。言下之意就是先表明觀點，然後用大量的文本分析來印證自己的論斷。所以，首先要解決的問題就是被那些所謂的傳統貴族知識分子妖魔化的「大眾」這一主體，而「大眾」究竟是一個怎樣的眞實內涵呢？在約翰‧凱里的否定之否定當中，我所期望看到的是，應該在中國這一近代以降的知識分子文化心理版圖上看到一個什麼樣的情形呢？

　　就像約翰‧凱里在其序言中所闡釋的那樣：「當然，『大眾』是一個虛構的概念。」追溯這個詞根，它的宗教淵源就是：「其實，這個詞最初既不是運用在文化上，也不是運用在政治上，而是運用在宗教上。聖奧古斯丁曾寫到過被宣告有罪的大眾或地獄裏的大眾，他所謂的大眾指的是所有人類眾生，上帝令人費解地決定拯救的少數選民除外。所以，就像我在第四章中所證明的那樣，即使在現代知識分子中，仍有人相信上帝意欲譴責大眾。」〔註6〕如此來說，「大眾」就戴上了原罪的精神枷鎖了。

　　無疑，歐洲自19世紀以來貌似「現代」的知識分子，尤其是尼采，既宣告「上帝死了」，又在上帝身上汲取了那種拯救人類的職責和欲望，這種居高臨下的拯救欲就成爲現代知識分子，尤其也是中國五四前後知識分子盲目而普遍的「集體無意識」。這種帶有宗教意識的救贖幾乎就是融化在現代知識分子血液中的最活躍的基因細胞。用上帝的眼光來俯視芸芸眾生，其必然帶有天然的優越感。世紀之交尼采哲學之盛行，用凱里的觀點來說，就是尼采挑起了反抗大眾文化的旗幟，用詩人葉芝的話來說，尼采是「平民粗俗行爲傳播的抵制者」。很有意思的是，凱里列舉了在尼采之前就蔑視和反對大眾的許多文學巨匠之言論，比如易卜生在一八八二年發表的《人民公敵》是「展示了正直單獨的個人是腐敗大眾的受害者」——這是我們任何教科書和評論中從未張揚過的論斷，它幾乎就摧毀了我們百年來對這部偉大戲劇主題的更深刻的闡釋。不僅如此，偉大作家福樓拜居然在尼采發表《查拉圖斯特拉如是說》的前十年就發表了「我相信，老百姓、大眾、群眾總是卑劣的」言論。尤其是被稱爲歐洲「現代派文學之父」的挪威小說家克努特‧漢姆生「最終在希特勒身上，漢姆生發現了他那偉大的恐怖分子，並成爲唯一一名始終忠於希特勒的重要歐洲知識分子。他在自殺一週後，發表了一篇對希特勒深表

〔註6〕〔英〕約翰‧凱里：《知識分子與大眾》，吳慶宏譯，譯林出版社2002年版，第1頁。

敬意的訃告，贊美希特勒爲『人類的勇士，全世界正義信條的先知』。『他的宿命』漢姆生悲歎道，『在於他出現在一個最終將他摧毀的無比野蠻的時代』。」〔註7〕

　　所有這些，使我震驚的是，當我在二十多年前知道尼采的「強力意志」的大眾觀影響了希特勒，成爲法西斯理論的思想基礎，卻並沒有促使我對這樣大師級的知識分子進行深刻地反思，直到後來我看到了海德格爾這一類的哲學家也爲希特勒的法西斯主義效力，才開始懷疑那些大知識分子們的學術和道德之間不平衡關係背後所隱藏的眞正動機了。但是，無論如何，我萬萬沒有想到的是歐洲居然會有這麼一大批我們頂禮膜拜的文學藝術巨匠居然也是希特勒的支持者和崇拜者。他們把消滅大眾作爲自身貴族式存在的一種終極目標。無疑，這樣的知識分子並不具有眞正的現代公民意識，他們的思想深處更多的還葆有那種對現代人文理念，尤其是對以人、人性和人道主義爲核心價值的現代知識分子理念缺少起碼的準確定位，他們雖然有思想、有知識積累，甚至有天賦，但是他們不配做一個現代知識分子，其重要的判別標誌就在於他們的終極目標定位在以消滅大眾爲目的的理論基礎之上。君不見，法西斯的納粹發動了慘無人道的二戰，其中用毒氣所殺戮的猶太人就達六百萬之多，許多納粹分子是「素食主義者」，他們禁止的是對動物的「活體解剖」，卻毫不留情地進行人體的「活體解剖」，對這樣的醫學發展，難道是值得頌揚的「創意」嗎？！希特勒的這種滅絕人性的罪惡行徑，其思想來源是和這一批所謂的貴族知識分子所提供的理論相一致的。如果說希特勒納粹是直接的屠殺者，那麼，這一批貴族知識分子難道就不是間接的屠殺者嗎？！誰說知識分子不殺人，這段歷史就爲我們提供了知識分子殺人的證據。

　　我不同意約翰・凱里把另外一批文學家和藝術家也和上述的納粹御用性知識分子混爲一談。不錯，也許他們在有些觀點上與納粹知識分子是一樣的，甚至更甚，比如他們對報紙和女人的極端態度，認爲這是造成大眾文化泛濫的根源。尼采說：「我們蔑視所有與讀報，更不要說爲報紙撰文之類相一致的文化。」艾略特認爲大眾媒體激起了「最不值錢的情感反應」，「電影、報紙、其他各種形式的宣傳及商業趣味的小說，通統在提供一種極低層次的滿足」。〔註8〕尼采

〔註7〕　見羅伯特・費格森《謎團：克努特・漢姆生的一生》，第1、164、386頁，倫敦：哈欽森出版公司1987年。

〔註8〕　轉引自《文化與環境：批判意識訓練》，F・R・利行里斯和丹尼斯・湯普森著，查托和溫德斯出版社1933年，第31頁。

是站在集權主義的立場上，爲反對和藐視大眾，最終達到統治和虐殺大眾之目的來仇視媒體的；而艾略特更多地是站在藝術的立場上來貶低大眾的鑒賞力，從而達到對商業文化的抨擊。我以爲這是本質的區別，藝術家以他們傲慢的姿態藐視大眾，是源於他們不同凡響的天賦和受教育的特權，他們自命不凡是「對大眾有一種普遍的主觀臆測，即大眾缺少靈魂」。亦如托馬斯・哈代在一八八七年所言：「你可以看到在一大群人中包含了極少數有敏感靈魂者；這些人和這些人的視點是值得關注的。所以你把這一大群人分成心智遲鈍的、沒有靈魂的一類和充滿生機的、悸動的、受苦的、精力充沛的一類；換言之，就是把他們分成有靈魂者與機械者，以太和泥土。」〔註9〕顯然，藝術家和哲學家所要表達的理念雖然表面相同，但是其終極目的卻是不同的——一個是針對人的心智和藝術的創造力，一個卻是針對人群、人種和民族生存權力。前者是藝術的思考，後者是政治的思考，這就是兩者本質的區別。但是，不可否認的是，這些理論也更加豐富和擴張了納粹思想。

　　儘管 D・H・勞倫斯有那種與生俱來凌駕於大眾之上的優越感：「人類大眾沒有靈魂……大多數人都沒有生命力，他們在死亡的無意識狀態下說話和走動。」甚至他臆想著要毀滅人類，夢想著建立一個「只有野兔在聆聽無聲的世界——那便是伊甸園」。這完全就是一個詩人的狂言讕語，還不能完全和尼采式的毀滅人類的死亡理論等同，因爲尼采是想通過戰爭來毀滅人類，他的理論直接爲法西斯的納粹提供了思想的資源。雖然勞倫斯在給福斯特的信中表明了自己對戰爭的喜悅之情，但是，這是因爲詩人尋覓不到死亡的出路，他所描述的死亡並非是「他殺」，而是帶有自我犧牲的哲學死亡：「我認爲死亡是美好的，因爲死亡將是一片淨土，那裏沒有人，甚至沒有我自己的家人。」〔註10〕就連作者凱里本人也被這種精神所感動：「這種對人類滅絕的激情，至少以華麗的形式，在智力超常者中一直持續到原子時代。」〔註11〕也就是說，勞倫斯的這種潛在的「集體無意識」是一直延續至今的，也並非凱里認爲的到原子時代就消亡了，這種藝術家的本源秉性與思維方式，如果不與尼采、

〔註9〕　轉引自邁克爾・米爾吉特編，《哈代生平與作品》，麥克米蘭出版公司1984年，第192頁。見《知識分子與大眾》，第8頁。

〔註10〕　〔英〕約翰・凱里：《知識分子與大眾》，吳慶宏譯，譯林出版社2002年版，第15頁。

〔註11〕　〔英〕約翰・凱里：《知識分子與大眾》，吳慶宏譯，譯林出版社2002年版，第15頁。

海德格爾這一類哲學家極端的思想加以區分，我們就有可能會混淆大量藝術家和思想家之間對人類世界看法表面相同而本質不同的思維。在這個問題上，我以爲約翰・凱里將大量的藝術家和少數的哲學家混爲一談，是不太合適的，他將知識分子的與生俱來的偏執和狂妄進行了無限地放大和誇張，將他們推上了與納粹同日而語的審判臺，恐怕是不公正，也是不公平的。

但是，我們需要強調的是，知識分子，尤其是貴族知識分子們的理論不管是在有意識層面還是在無意識層面，都在客觀效果上起著一個幫兇的角色，這種意識的遺傳基因仍然存在，若要不使自己成爲反人類和反人性的「殺手」，就應該警惕自己的價值觀和這些反動理論保持距離，不要踩踏這一條人類價值的底線。

二、知識分子是這樣製造「現代主義」文學藝術的嗎

值得我們思考的嚴重問題就在於，從 19 世紀末到 20 世紀初，許多傳統的知識分子在抵抗大眾文化發展的過程中，其表現是惡劣而醜陋的，他們除了有嚴重的「傲慢與偏見」外，更不用說他們對現代科學發展的低估，以及他們對「現代性」天然的排拒力。作爲「歷史的必然」，大眾文化隨著科學技術日新月異的發展，不斷豐富著其內涵，成爲不可阻擋的歷史潮流，儘管它還裹挾著種種可以值得批判的消費文化的嚴重弊端，甚至是不可容忍的麻痺人類和反文化的罪行，但它卻是人類文化發展的必然過程。而其在初始階段卻遭到了部分貴族知識分子的蓄意謀殺，這是我們今天需要反思和總結的問題。就此而言，凱里的一段話是值得我們思考的：「即認爲大眾具有專門沉迷於事實和普通現實主義的特性。知識分子發現，大眾頑固的寫實主義使他們不適宜欣賞藝術，從而摒棄更高的美學追求」。其實這是一個雙重悖論的命題，其中值得我們深思的問題是怎樣對待現實主義和現代主義，也就是再也不能用舊有的評判標準來回答今天的文學藝術創作了，許許多多現有的創作方法和創作理念都需要我們去重新釐定。

約翰・凱里認爲，19 世紀末和 20 世紀初，知識分子爲了試圖阻止大眾受教育，阻礙大眾對文學藝術的理解，所以才將文學藝術搞的佶屈聱牙、晦澀難懂，因此所謂的「現代主義」興起也就源自於此。約翰・凱里的這個理論對一個從事中國現代文學史的人來說，無疑是在中國現代文學的精神版圖上投下了一枚原子彈！我們何曾想過「現代派」的藝術竟是由此而生？用凱里

的話來說，就是：「當然，知識分子實際上不能阻止大眾學習文化。他們只能使文學變得讓大眾難以理解，以此阻礙大眾閱讀文學，他們所做的也不過如此。20世紀早期，歐洲知識界就殫精竭慮地決心把大眾排斥於文化領域之外，這場運動在英格蘭稱爲現代主義。雖然歐洲其他國家對此有不同稱法，其要素卻基本相同。它不僅變革了文學，還變革了視覺藝術。它既拋棄了那種據說爲大眾所欣賞的現實主義，也拋棄了邏輯連貫性，轉而提倡非理性和模糊性。Ｔ・Ｓ・艾略特斷定：『目前，我們文化中的詩人必須是難以理解的。』」〔註12〕如果「現代主義」文學藝術的起源是在這樣的語境下蓄謀而成的話，如果約翰・凱里的論斷是正確的話，那將是對「現代派」文學藝術的一次毀滅性的打擊，是對現代主義文學史的一次顛覆性的改寫！從文學藝術的接受史來看，我們通過大量的翻譯著作和許許多多的臆想而杜撰成的所謂文學史教科書而獲得的知識是可疑的，那些大量地對現代主義進行吹捧的文字和無端的闡釋也就變得一錢不值了。但不可否認的事實卻是，雖然現代主義文學藝術的初衷是以反大眾的目的而生成的，然而經過一百年的發展與改造，已經形成了一個自足的審美文化體系，其遊戲方法和審美規則已然被系統化，去掉了它的原有的目的性，也就獲得了自身存在的審美價值。

不可否認的是，作爲一種持續了百年的文學藝術史，現代主義當中還存有當年遺留下來的一些有毒元素，比如奧爾特加・加塞特所強調的現代藝術就是要證明人的不平等，以及用非人化來對抗大眾的觀念，都是值得批判的，正如作者所言：「奧爾特加發現，非人化是現代藝術對抗大眾的手段。大眾在藝術中尋求人的趣味，如在詩歌中尋求『詩人背後的人的激情和痛苦』，而不要『純藝術的東西』。奧爾特加認爲，這些偏愛證明了大眾的低下水平，因爲『爲藝術作品展現或敘述的人類命運而悲喜，根本不是眞正的藝術享受』，關注人性的滿足『不能與關注獨特的美學享受相比』。顯然，奧爾特加宣稱的藝術上『獨特』和『眞正』的東西具有相當的隨意性被合理論證所證明。但他提出的現代藝術從本質上排斥大眾的觀點，卻暗示了知識分子的動機而顯得有些趣味。」〔註13〕在這裡，我們可以充分認識到，強調現代藝術是貴族的專利而排斥大眾的加入，是它不能夠在許多國家和民族生存的主要原因，即

〔註12〕〔英〕約翰・凱里：《知識分子與大眾》，吳慶宏譯，譯林出版社2002年版，第19頁。

〔註13〕〔英〕約翰・凱里：《知識分子與大眾》，吳慶宏譯，譯林出版社2002年版，第20頁。

使像拉美的、「爆炸後文學」得到了世界普遍性的認同，它也是汲取了現代主義文學藝術的部分方法元素而已，它是生長在本民族「土著文學」現實主義土壤上，嫁接了現代主義枝幹的文學，這種「雜交」才有了生命力。

而在中國，其命運就沒有那麼好了，在五四以後的三十年代中國，最適宜現代主義生長的大都市上海，「新感覺派」只是曇花一現，而現代派的詩歌創作群體更是每況愈下。而到了80年代異軍突起的「朦朧詩」、「先鋒戲劇」、「新潮小說」等一系列林林總總的現代主義文學藝術運動，很快就被各種各樣變體的現實主義大潮所覆蓋，就充分證明了大眾文化的強大。爲什麼會如此呢？我以爲，一則是五四新文化運動對西方貴族式的現代文學藝術理解不深；二則是面對中國汪洋大海似的沒有接受教育的大眾，甚至是沒有閱讀能力的大眾，即便是現實主義的文學藝術也難以展開的現實文化狀況，知識分子的傳播是非常有限的；三則是中國現代文學是以無產階級文化觀念爲主流意識形態的，尤其是 20 世紀四十年代以後，「爲工農兵服務」的大眾文化理念深入人心，「民族氣派」和「民族風格」從另一個極端成就了無產階級專政下的文化法西斯主義，這種「捧大眾」簡直就是和希特勒式的納粹「反大眾」成爲一對孿生兄弟，這種殊途同歸的異化理論，難道不值得我們的研究現代文學史和藝術史的知識分子三思嗎？我以爲它們的共性就在於「非人化」，亦即反人性、反人道的理論原則成爲它們看待人類與世界的共同視角。

約翰·凱里甚至對喬伊斯天書般的現代主義小說《尤利西斯》進行了分析，得出了這樣的結論：「因此，我覺得現代主義文學和文化是圍繞這樣一個原則形成的，即排斥大眾、擊敗大眾的力量、排除大眾的讀寫能力和否定大眾的人性。」〔註14〕相反，爲工農兵服務的大眾文學倒是不排斥大眾的讀寫能力的，但是它創造出來的文學藝術卻是低下的，這是不爭的事實，在中國現代文學史當中，我們不乏這樣的先例。從五十年代掀起的「新民歌運動」，到高玉寶、浩然、王老五、李學鰲等工農兵作家，一直到七十年代興起的工農兵「集體創作」，這些現象都是大眾文化的極端後果，它給文學藝術帶來的又是一種怎樣的傷害呢？殊不知，這種傷害並不比法西斯主義的文化剿殺好多少。

和毛澤東工人農民最乾淨，而知識分子心底骯髒的觀點形成鮮明反差的理

〔註14〕〔英〕約翰·凱里：《知識分子與大眾》，吳慶宏譯，譯林出版社 2002 年版，第 23 頁。

論，就是 19 世紀和 20 世紀的文學藝術巨匠們幾乎同時以貴族的語氣來否定大眾的人性，他們重塑和重構大眾形象的「目的只有一個：把知識分子從大眾中分離出去，攫取語言賦予他們的對大眾的控制權」。也許，凱里的分析是有道理的，因為「20 世紀早期，否認大眾的人性已成為知識分子重要的語言學項目」。凱里列舉了哈代對大眾輕蔑的生活細節、弗吉尼亞・伍爾夫對大眾這個「無名怪物」的仇視，甚至分析了用詩歌的意象來辱罵大眾的意圖所在：「對埃茲拉・龐德來說，除了藝術家，人類只是『一大群傻瓜』，一群『烏合之眾』，代表能夠澆灌『藝術之樹』的『廢物和糞肥』。在龐德的《詩章》中，『大眾』和他們的領袖變形為人糞的急流──『民眾在選舉他們的污物』。這種『大屁眼』的幻象，龐德解釋說，就是當代英國的寫照。」〔註15〕非但如此，凱里還用 19 世紀末和 20 世紀初社會學家古斯塔夫・勒邦對未來大眾社會的描述，設定了一個可怕的文化語境：「勒邦估計，現代社會由群體接管，『大眾的聲音佔主導』。他們的目標是摧毀文明，讓所有人回到文明社會之前的原始共產主義常規狀態，並最終獲得成功。因為正如我們所知，文明是『一小部分知識貴族』建立起來的。根據勒邦的預測，文明將被消滅而讓位於『野蠻階段』。那種認為大眾能被教化的樂觀開明思想是錯誤的，統計顯示，隨著教育的傳播，犯罪率實際在增長。學校教育把大眾轉變成『社會的敵人』，使年輕人不屑於誠實苦幹，為『最糟的社會主義運動形式』增添了無數信徒。」〔註16〕也許，他是最早把大眾與社會主義意識形態和信仰聯繫起來的學者，可是他的描述恰恰又反證了知識分子在這樣的文化語境中尋找對大眾改寫的精神逃路的可能性。

三、回歸原始、回歸田園是知識分子文藝創作最後的精神烏托邦嗎？

歐洲的左派知識分子非常恐懼大眾文化時代的到來，他們視大眾文化如洪水猛獸：「法蘭克福學派的理論家（除了本雅明）都認為，資本主義制度下發展起來的大眾文化和大眾傳媒，使 20 世紀文明的水平被降低。他們指責廣播、電影、報紙和廉價圖書應該對『人們內在精神生活的不復存在』負責。他們像溫斯頓一樣，企盼無產階級擁有革命潛能，而與此同時，他們也把大眾看作易受騙者，遭到資本主義窮人文化餐之類東西的誘惑。大眾貪婪地吞

〔註15〕〔英〕約翰・凱里：《知識分子與大眾》，吳慶宏譯，譯林出版社 2002 年版，第 28 頁。
〔註16〕〔英〕約翰・凱里：《知識分子與大眾》，吳慶宏譯，譯林出版社 2002 年版，第 30 頁。

下商業化『文化產業』產品後，形成了『錯誤的意識』，以致他們不再像法蘭克福學派的理論家所希望的那樣看待事物。結果，霍克海默報告說：『真理只能在一小群值得尊敬的人中尋求庇護』，『大眾的普遍知識水平迅速下降』。順著這條思路，馬爾庫塞鼓吹確定無疑的『精英』理論，即真正的藝術必然不能讓大眾接近。只有少數個體能欣賞『高尚』文化，大眾文化具有淹沒個體文化的危險。」〔註17〕

毫無疑問，隨著視覺文化的興起，那種習慣於在紙質文本上舞蹈，尤其是專注於書本，而非熱衷於傳播甚快甚廣的報紙刊物的老牌的傳統知識分子就失去了往昔的尊嚴，更確切地說，就是他們痛徹地感覺到了文化的專利權和話語權被無形的「大眾之手」給剝奪了。但是大眾文化和大眾傳媒卻是不可阻擋的歷史潮流，無論你是願意還是不願意，它都是日新月異地發展著、進步著，把老牌紳士般的舊知識分子扔進了歷史的垃圾堆。儘管他們所寄望的無產階級革命會給大眾文化以致命的打擊，但是，適得其反的是，大眾十分喜愛這樣的「文化精神鴉片」：「可見奧威爾筆下的溫斯頓（按指其作品《一九八四》中的人物）和法蘭克福學派的學者一樣對大眾感到失望——大眾只顧沉迷於消費享樂，拒絕承擔知識分子劃歸給他們的革命角色。」〔註18〕於是，知識分子只能依靠虛構一種大眾的樣式來自我安慰和自我解嘲，那種回到田園牧歌式的農耕文化語境，成為他們藝術追求的烏托邦所在。亦如約翰‧凱里所言：「所有這些虛構特性都具有誹謗性，為知識分子對抗無法鑒定的他者提供了辯護。不過知識分子的神話也造就過美化的大眾樣式，即為使大眾更能為知識分子所接受而虛構的大眾樣式，這種大眾樣式的製造大多數靠的是把大眾變成田園牧歌式的人物。」〔註19〕由此，我們再來解讀那些世界名著和名作時，就是另一番滋味了。約翰‧凱里分析了龐德的名作《在地鐵車站》：「這幾張臉在人群中幻影般閃現／濕漉漉的黑樹枝上花瓣數點。」讀出了「該詩使現代巴黎群眾經受了雙重置換：其一是被轉化為帶花瓣的樹枝——一種田園的裝飾，沒有人類生命的痕跡；其二的被吸收進外來的、古老的、

〔註17〕〔英〕約翰‧凱里：《知識分子與大眾》，吳慶宏譯，譯林出版社2002年版，第49頁。

〔註18〕〔英〕約翰‧凱里：《知識分子與大眾》，吳慶宏譯，譯林出版社2002年版，第50頁。

〔註19〕〔英〕約翰‧凱里：《知識分子與大眾》，吳慶宏譯，譯林出版社2002年版，第38頁。

絢麗多彩的舊日本美學文化」〔註20〕。此後，凱里還用大量的篇幅分析了福斯特小說《天使不敢涉足的地方》和《看得見風景的房間》中「這種田園和歷史虛飾的結合」。分析了奧威爾小說中大眾文化對鄉村生態環境的破壞。分析了弗吉尼亞・伍爾夫《達洛維夫人》是怎樣插上了想像的翅膀把一個乞丐老婦人「轉化爲一個永恒、永生、與土地和樹根融合的農民或超級農民」的。分析了面對田園牧歌的幻滅，英國作家J・B・普里斯特利的哀歎：「他們已經失去了森林原始中的自然生活」，「他們很可能不知道怎樣恰當地做愛，甚至吃喝」──「他在暗示恰當地做愛和吃喝是過去森林原野中發生的事」〔註21〕。所以，回到田園牧歌，回到農耕文明，回到原始文明形態中去，成爲20世紀許多作家的精神追求，它們從一種題材上升到一種主題，從而將其升華成一種具有風格標誌的文體。

如果說凱里對這些作家作品的分析精彩而中肯中還稍帶有一些牽強附會的話，那麼，最可惜的是他沒有展開對勞倫斯的《查特萊夫人的情人》的那種回歸原始主義元素的恰如其分的剖析。我以爲，在中國所有的涉及到這部作品的分析中，只是注意到了它對資本主義文化對人的本能的閹割和扼殺，使「人」異化外，其根本就在於脫離了作家寫作的終極目的──勞倫斯才是眞正想回到在森林原野中自然做愛的原始主義倡導者！「和其他知識分子一樣，吉辛譴責郊區大眾對風景和文化的破壞作用。他的小說中反覆出現這樣一些可惡的景象：街道潮濕的簡易房，華而不實，不堪一擊，『像傳染病一樣四處蔓延』；古老的莊園被分割成新的建築工地，原先的田野和樹林被堆成骯髒的建築碎石和板牆所取代。」〔註22〕這種譴責在今天中國作家的作品描寫中也屢屢出現，這種抨擊人類在歷史進步中的醜惡現象不足爲怪，奇怪的是這些號稱知識分子的人竟然也鼠目寸光，看不到這種暫時的「醜惡現象」是人類歷史發展必然需要付出的代價，資本主義的運行就像恩格斯所言，它需要「惡」做歷史的槓桿，這就是歷史循環的悖論所在。就像吉辛在他的小說《民眾：英國社會主義的故事》裏描寫的那樣，「當工人階級社會主義者理查

〔註20〕〔英〕約翰・凱里：《知識分子與大眾》，吳慶宏譯，譯林出版社2002年版，第38頁。

〔註21〕〔英〕約翰・凱里：《知識分子與大眾》，吳慶宏譯，譯林出版社2002年版，第43頁。

〔註22〕〔英〕約翰・凱里：《知識分子與大眾》，吳慶宏譯，譯林出版社2002年版，第124頁。

德‧穆提默發財之後，他變得像貴族一樣腐敗和專橫」。隨著進一步的工廠的擴張，吉辛們的田園之夢被更徹底地摧毀了：「這片新社區被稱爲『新萬里』，它排放的工業污水使剩下的蘋果樹和李樹枯萎，使草地發黑……他驚駭地看到：在他小時候掏鳥巢的地方，『一個惡性腫瘤在日益擴散』。他將之歸咎於民主，因爲它使不懂得欣賞自然美景的大眾擁有主權，恣意妄爲。這樣下去，20 世紀將不會再『在地球上存在任何綠地』。」但是，小說的女主人公阿德拉卻認爲：「難道他把草木看得比人命還重要嗎？」一個「不認爲以犧牲草木爲代價換來的生活有什麼價值」；一個卻認爲「要讓勞動人民吃穿更好還有更多時間休閒」〔註 23〕。這裡的衝突是價值觀的衝突：一個是把理想浪漫的貴族精神看成人類最高的藝術享受，一個是以人本主義爲核心的物質第一性理念。在今天，這樣的選擇仍然存在於我們的現實生活和文學作品之中，每一個作家和藝術家的選擇可能都有不同，問題是誰更符合人類歷史發展的要求。

說到底，這些成名的知識分子的大作家們在現實生活中已然失去了他們藝術話語言說的特權，因此，他們只有在臆想下的「白日夢」中去尋覓逝去的藝術的天堂，去尋找精神烏托邦作爲避難所，這就是知識分子對大眾「改寫」的眞正目的。但是，這種「改寫」不僅不爲大眾所動，即便是一般的評論家也熟視無睹，不明就裏，只有約翰‧凱里這樣的批評家才能夠敏銳地發現其中的奧秘所在。

在中國現代文學史上也經歷過兩次大的原始主義的回歸，它給二十世紀，乃至二十一世紀的中國文學帶來了深刻的影響，但是，我們的文學史教科書卻是對此進行了膚淺的解析，其主要原因就是我們沒有看到大眾文化與傳統文化中的知識分子角色之間的巨大衝突，給文學史的致命影響。也許，我們沒有把廢名和沈從文的作品與魯迅一派的「鄉土小說」放在大眾文化影響下的知識分子的分裂和衝突中進行深度的分析和比對，也許我們幾十年來過多地接受了僞現實主義給定的枯燥乏味的劣質文藝作品，所以，上一世紀80 年代對於沈從文、汪曾祺那種回歸田園牧歌的作品盲目地頂禮膜拜，看不見其背後許多傳統知識分子不能與舊我告別的勇氣，而只看到作品表面的浮華、浪漫和絢麗，而無視其價值觀的偏頗。同樣，在資本文化二次進入的 80年代中國，以《南方的岸》、《哦，香雪》、《雞窩窪人家》、《臘月‧正月》、《葛

〔註23〕　〔英〕約翰‧凱里：《知識分子與大眾》，吳慶宏譯，譯林出版社 2002 年版，第 125 頁。

川江人家》、《最後一個漁佬兒》等一大批回歸鄉土、回歸田園、回歸農耕文明的作品，表現出作家在大眾文化和傳統文化之間難以抉擇的徬徨和迷茫。而我們所有的評論家都只把它歸咎於現代文化和傳統文化之間的兩難選擇，而忽視了其中知識分子角色和大眾文化之間的裂隙與衝突。雖然，在中國，知識分子的稱號是可疑的，這使我想起了 90 年代，在「斷裂」宣言中，一些年輕的六十年代出生的作家為什麼會把自己從「知識分子」的角色中剝離出去，其背後深刻的思想背景就是他們代表的是大眾文化。從這個角度去評判這個現象，也許我們就可以心平氣和地認可它其中的部分合理性了。

「由於知識分子中有人需要美化大眾樣式，於是對田園背景下的農民和原始初民的尋求得到了支持，對大眾的政治改寫也得到了鼓勵——無論是把大眾寫成強壯的工人，還是寫成被踐踏和壓迫的人。」〔註24〕這是 20 世紀歐洲作家的寫作動機，但是也成為中國現代文學作家無意識的自覺追求，針對這樣的文學現象，我們怎樣去重評文學史中的作家作品呢？我們又如何重塑林林總總的文學形象呢？這種知識分子與大眾之間的悖論性選擇的確是異常困難的，因為，中國現代文化背景中還多出了一個「大眾文化」至高無上時代思想的薰陶，而且，這種思潮還佔有很大的市場份額。誠然，在中國文學藝術中，大眾文化（包括「工農兵文藝」）中的偽現實主義和消費文化等諸多弊端是應該剔除的，但是知識分子貴族式的偽浪漫主義和鴕鳥式的精神烏托邦就無須批判嗎？

四、貴族知識分子作品中「傲慢與偏見」的合理性究竟有多少？

無疑，這又是一個弔詭的悖論，和回歸原始和回歸田園相悖的是，剔除了貴族式的偽浪漫主義後，那種回歸自然的生態主義理念又成為人們唾棄工業文明污染（包括物質與精神兩個層面）的先進價值理念。知識分子是敏感的，他們之所以仇視「郊區」——「郊區」作為一種意象已經成為 19 世紀末和 20 世紀初知識分子所抨擊的大眾文化重點堡壘，並將它和居民與職員聯繫在一起。這與中國的所謂「城市化進程」的文化反應截然不同，中國為什麼沒有那樣的過度反應呢？也許，那種急於脫離農耕文明苦難歷史背景所造就的「眾聲喧嘩」掩蓋了這個過程的諸多弊端，使中國的知識分子和大眾都在

〔註24〕〔英〕約翰・凱里：《知識分子與大眾》，吳慶宏譯，譯林出版社 2002 年版，第 43 頁。

城市化的進程中獲得了物質和精神的愉悅，而在那時的歐洲就大不相同了，知識分子嚴厲抨擊資本主義的發展使得城市在不斷擴張：「一千九百年以前主要人口聚集地四周的郊區已經擴展得相當大而隨著交通的發展，如便利城郊通勤的有軌電車和廉價火車票等，郊區的擴展不斷加快。這些進步在世紀之交帶動了較大建築物的快速發展，尤其在倫敦地區。」〔註25〕作為老牌資本主義的首都形象被「破壞」（實際上是進步的興建），許多知識分子強烈反對鄉村的消失：「這是在製造一個驚人地乏味、醜陋、無聊的地區。五十年以前布里克斯頓和克拉罕就在鄉村邊上，人們可以漫步走到鄉間小路和草坪上。現在倫敦延伸到克羅伊登，人們再也不可能離開乏味的郊區，躲到未受破壞的鄉村」。不僅是倫敦，拜倫在歐洲的其他地區也看到了鄉村生態所遭到的嚴重破壞，從這裡，我們可以看出知識分子對於靜態的農耕文明那種深刻的眷戀之情，他們往往以一種貴族的姿態來回味鄉村生活，顯然，這是充滿著詩意的表達，就像格雷厄姆·格林在《一種生活》中所描述的那樣：「一座大廈吞沒了一切——草坪、樹木、馬廄和牧場，所有這些我童年愛戀的風景都沒了。我今天在看《櫻桃園》表演時，聽到的就是那塊土地上傳來的斧子的砍伐聲」〔註26〕。顯然，這浪漫主義元素的、具有強烈美感的物象被工業化和商業化的資本之口吞噬了。但是，貴族知識分子浪漫精神時代覆滅之時，正是無產階級大眾，以及包括一切資產階級在內的郊區城市新公民的狂歡之日。

　　然而，資本主義時代工業化和商業化經濟雖然給人類帶來了巨大的利益和享受，卻同時也帶來了生態環境的嚴重惡化，從這個意義來說，知識分子對農耕文明嚮往和眷戀之情，也就從歷史進步的一面敲響了資本主義發展的警鐘，雖然他們的出發點並非如此。我們也不能苛求早期的知識分子有如此自覺的清醒生態意識，他們的覺醒是定格在一九六八年那個「寂靜的春天」，沒有早期老舊知識分子的無意識的直覺反抗，也就不會有20世紀六十年代以來持續高漲且又進入系統化的生態主義成熟理論。

　　當郊區成為一個藏污納垢的代名詞時，貴族知識分子的謾罵的目的就很清楚了：「大規模的郊區擴張與它所引起的對抗、分裂和無可挽回的損失感，

〔註25〕〔英〕約翰·凱里：《知識分子與大眾》，吳慶宏譯，譯林出版社2002年版，第52頁。

〔註26〕〔英〕約翰·凱里：《知識分子與大眾》，吳慶宏譯，譯林出版社2002年版，第54頁。

這些都成爲影響 20 世紀英國挽回形態的主要因素，它們加重了知識分子與他們眼中的平庸大眾——以不同方式被認定爲中產階級或資產階級——的疏離感。」〔註27〕用喬治‧穆爾在《一個青年的自白》中的話來說：「現在古老的英雄時代已經結束，我們頭上的天空充滿感傷主義的黑暗，除了大眾，盲目、不成熟、不知足的大眾，沒有任何讓我們崇拜的東西；我們面前是迷霧和沼澤，我們跌倒在我們周圍腐爛的泥土、沼澤中的生物和燈芯草上。」〔註 28〕這種只看到大眾文化的破壞作用，而看不到大眾文化在它發展的歷史過程中有著自生自足的成長體系，是不足爲取的，百年成長的歷史就證明了他存在的合理性，不管老舊的知識分子是如何藐視和抵制它的成長，它仍然頑強地生存下來了，並且一次次地證明了老舊知識分子陳舊價值理念雖然有其合理的成分，但是，那個洪水猛獸式的大眾文化在科學技術不斷發展的過程中獲得了最強有力的支持和最廣大的市場，資本文化的負面效應遠遠被它巨大的誘惑所覆蓋。

當我們來重新閱讀許多十八、十九、二十世紀的「世界名著」時，可能我們的許多審美價值觀會爲之改變。比如，19 世紀末和 20 世紀初大量的農耕文明的生態風景描寫成爲文學名著審美的焦點；而到了 20 世紀中葉，許多現代化的意象卻成爲都市文學追捧的審美對象。且不說這是大眾文化淺薄的表現，它的審美轉換卻是時代所使然，就像我們在一九五八年的所謂「大躍進」中用冒著滾滾濃煙的煙囪意象來表達詩意那樣，那種盲目的對工業化的崇拜在今天卻成爲破壞生態的一種恥辱性標誌。從這個歷史循環的悖論當中，我們可以看出兩種審美價值觀念背後文化思想的嚴重對立——農業文明和工業文明價值觀的衝突永遠是文學藝術潛在的表達內容與方式！怎樣看待這組永遠糾纏不清的兩個衝突的矛盾主體呢？這是我們必須解決的問題。

儘管那些老派知識分子的文學藝術家們崇尚對現代文明的抵抗和誹謗，成爲阻擋人類歷史前進的跳梁小丑，他們的歷史觀是值得質疑和抨擊的；但是，從文學藝術的審美性來看，那種靜態的審美是人類追求的本能，即便是在浮華的大都市裏，即便是在工業文明和後工業文明的動態性的大眾文化的喧囂中，那種回歸自然、嚮往靜謐的情結仍然成爲人類審美的主流。所以藝

〔註27〕〔英〕約翰‧凱里：《知識分子與大眾》，吳慶宏譯，譯林出版社 2002 年版，第 57 頁。

〔註28〕〔英〕約翰‧凱里：《知識分子與大眾》，吳慶宏譯，譯林出版社 2002 年版，第 55 頁。

術家從一開始就抓住了這樣的審美機制，使它成爲永恒的藝術眞諦。也就是說，無論你進入什麼樣的時代，它已然成爲文學藝術不可或缺的追求。因此，代表著原始文明和農耕文明藝術的風景畫、風俗畫和風情畫就成爲文學家筆尖上流淌的音樂，成爲藝術家畫布上靈動的舞蹈。在世界進入了後現代以來，尤其是生態主義的興起，人們益發對那種靜態的文學藝術描寫頂禮膜拜了，從對梭羅《瓦爾登湖》等系列作品的重讀，甚至把它們作爲教科書來進行典範性的精讀，可見其中之奧妙——儘管人們在充分享受著現代科技文明給他們帶來的物質饕餮大餐，卻在精神上留戀著那種原始的、農耕的審美風景線。這也許就是藝術與現實的距離和悖論，搞清楚了這一點，也許我們對那些文學藝術家們的過激的叫囂就不足爲奇了。

那麼，與貴族知識分子恰恰相反的觀點是出現在維護大眾文化的阿諾德‧貝內特的筆下，「郊區」成爲了他理想的花園，他甚至清醒地認識到這種破壞「表現了人類工業化和城市化的本能」，「這種破壞只是人與自然之間無休止的戰爭的一個片段，不必後悔。實際上在這裡，自然爲它的那些惡名昭彰的殘酷得到了報應。她專橫地命令人類繼續生存下去，並不斷繁衍生息。在這種特定場合下，人類一邊遵從自然的命令，一邊也傷害和虐待自然。」「如果這種風景不美的話，那麼鮮花也不美，動物的狀態也不美。」（《五鎮的安娜》）這就是對資本主義工業化過程中產生的「惡之花」的贊美！

同樣的悖論也出現在大眾文化之中，大眾文化作爲突破貴族式的知識分子的文化話語權的歷史性的存在，它積蓄了太多的能量，以摧枯拉朽、不屑一顧的態勢橫掃著以往的貴族文學，這種被約翰‧凱里說成是「大眾的反叛」的現象，是具有革命性意義的，它無處不在，它通過現代媒體每天都在飼喂著這個世界裏的芸芸眾生，使每一個人都在習焉不察中獲得文化的滋養。但是，不可否認的是，大眾文化所提供給大眾的絕大多數都是沒有文化深度的快餐，即開即食，即食即忘，只是滿足感官的需求而已，是沒有可以值得審美味蕾細細品嘗的功能的，就像 19 世紀末喬治‧吉辛所說的那樣：「大眾的『致命缺陷』就在於缺乏想像力，而想像力只有通過『智力訓練』，尤其是通過閱讀文學和詩歌，才能獲得。」〔註29〕當然，除了缺乏文學的想像力以外，我以爲，大眾文化的最致命的弊端就在於缺乏審美的深度模式。

〔註29〕〔英〕約翰‧凱里：《知識分子與大眾》，吳慶宏譯，譯林出版社 2002 年版，第 107 頁。

五、知識分子是「天生的貴族」嗎？

這個問題在中國似乎是一個毋庸置疑的問題，因為中國的文化背景並沒有歐洲那麼複雜，尤其是經過了 20 世紀四十年代「為工農兵服務」的無產階級大眾文化的洗禮之後的中國現代文學史，更是「去知識分子化」了，這在中國文學藝術的創作中已經形成了一種無意識的自覺。而在歐美就不同了，強大的知識分子情結使得他們始終佔據著話語的主導權，正如凱里所說：「為了回應大眾的反叛，知識分子提出了他們是天生的貴族這一概念。對於究竟什麼原因使天生的貴族卓爾不凡，他們卻存在著一些紛爭。有人認為，那是因為存在或應該存在一種職業知識分子才擁有的神秘知識，用勞倫斯的話說，就是一種『避開大眾的深奧理論主體』。」「另一些知識分子則認為，他們之所以卓越，是因為他們都被假想為永恒的價值觀念的傳播者和守護者。」顯然，對於那種具有「血統論」元素的「天生的貴族」思想，是需要進行嚴厲批判的，因為它是與希特勒納粹式的滅絕人種的理論相聯繫的。如果單就兩種「天生的貴族」的來源說，我以為後一種是有其合理性的，但是，需要修正的是，應該將其中「被假想」三個字去掉。因為知識分子應該是一種正確的價值觀念的傳播者和守護者，而不是一種「深奧理論」的賣弄者。值得我們深思的卻是這樣的問題：「T·S·艾略特的美學理論中有一個觀點：真正的藝術作品是永恒的，不同於轉瞬即逝的商業文化。這種觀點與克萊夫·貝爾一九一四年宣稱的那種藝術是神聖的『宗教』信仰，很容易結合在一起。貝爾明確指出，藝術家無須為人類的命運煩惱，因為『審美喜悅』會自己證明它正確有效。這種藝術家和知識分子應該遠離純粹的人性關懷的觀點，也吸引了埃茲拉·龐德。他使這個觀點變得更為專橫，因為他告誡說，藝術家是天生的統治者，『生而為王』，他們將很快接管整個世界。」〔註30〕我們並不在意文學藝術家的狂妄和自大，在某種程度上，「藝術永恒」的理論永遠是沒錯的——和消費性的商業文化相比，它們顯然佔據著藝術的絕對優勢，對於這些大藝術家和大藝術理論家，我欽佩他們對藝術的理解和創造，但是其理論一旦走向了極端——「藝術家和知識分子應該遠離純粹的人性關懷」——就暴露出了其幼稚和膚淺的一面了。且不說任何作品在表達其美學理想時都不可能離開「人性的關懷」（「去人性」有時比藝術的「祛魅」更可怕），就「人

〔註30〕〔英〕約翰·凱里：《知識分子與大眾》，吳慶宏譯，譯林出版社 2002 年版，第 81 頁。

性關懷」而言，這已經是文藝復興以來知識分子確定的任何人文學科和藝術領域恒定的顯在的或隱在的價值觀念，而現代主義摒棄了這個關鍵的本質內涵，就不僅失去了大眾，同時也失去了許多現代知識分子的支持。所以，他們如果堅持這樣的觀點，就絕不可能將現代主義的文學藝術領進更高層次的發展道路。因此，「他們將很快接管整個世界」的預言只能作為一個笑料而已。你能看到現代主義在世界各地盛行嗎？一百年過去了，我們等來的只是它的沒落和衰敗，看不到更加光明的前途。

　　文學藝術家的許多理論來源又是來自於尼采對基督教「上帝面前人人平等」觀念的批判。作為一種極端的理論也使得一些文學藝術家陷入了一種兩難的悖論選擇之中，例如凱里在評論勞倫斯作品時，就很明確地指出：「他自己強烈而浪漫地覺得每個生靈都是非凡獨特的，而天生的貴族的主張卻與之背道而馳。因為如果每個事物都是獨特的，那麼它就與其他事物沒有可比性，也不能宣稱高級或低級。一旦有了這種認識，天生的貴族的主張就消解了。」〔註31〕以子之矛攻子之盾，凱里對少數極端知識分子的批判理論是有效的，因為經過百年歷史洗禮的現代知識分子，其人文價值觀是與「上帝面前人人平等」的理念相重疊的，不過，這個「上帝」應該替換成「真理」。

　　我們這一代人在接受藝術理論時，更多的是受蘇聯文學理論「反映論」的學術影響，而在那個理論開放的 20 世紀 80 年代，一部克萊夫・貝爾薄薄的小書《藝術》，對我們就好像是久旱遇見了甘霖，如饑似渴地汲取他的藝術理論營養，成為那個理論貧乏歲月的時尚。至今，我才知道貝爾就是弗吉尼亞・伍爾夫的姐夫，才知道《文明》一書是他們兩個商討後的結晶：「文明取決於一小群異常敏感者的存在。這些人知道應該怎樣響應藝術作品，他們對諸如食物和酒之類的感官享受也有優雅的欣賞力。沒有這種『文明的精英』生活水準必定會滑坡。」「貝爾確信，沒有藝術家相信人的平等。『所有的藝術家都是貴族。』根據同樣的特徵，真正的藝術鑒賞家必定總是少數者和高傲者。『人類大眾將永遠不可能作出敏銳的美學判斷的。』」〔註32〕顯然，這種理論是容易被許多從事文學藝術的人們所普遍接受的，但是，將它置放在

〔註31〕　〔英〕約翰・凱里：《知識分子與大眾》，吳慶宏譯，譯林出版社 2002 年版，第 87 頁。

〔註32〕　〔英〕約翰・凱里：《知識分子與大眾》，吳慶宏譯，譯林出版社 2002 年版，第 90 頁。

對大眾和大眾文化的貶斥中來進行反差性的褒揚，就會遭到大量的質疑和抨擊了。凱里在評論赫胥黎的《美妙的新世界》時說「這部小說揭示出，大眾所能獲得的那種快樂依賴於通俗、膚淺、摧毀精神的或不道德的消遣。書中描述的未來社會中，科學消滅了疾病和所有老年的生理問題，藥物和安樂死甚至把死亡變得光明、愉快和科學，再也沒有人相信上帝。這個世界的控制者指出，宗教不能與世間的快樂相比，因為它包含罪惡。美妙的新世界的每一個人都不會有罪，他們在性交上很隨意，性愛遊戲甚至在孩子中也受到鼓勵。」〔註33〕在這個「美妙的新世界」中，人們可以盡情地享受官能的刺激，但是，他們必須放棄對高尚藝術的追求：「因為被赫胥黎那個階級和時代的人視為高尚藝術的莎士比亞作品、古典文學和古典音樂在美妙的新世界中都遭到了禁止，理由是它們太煩人，總是從激情和悲劇中獲得力量，這是美妙新世界所不能接受的。控制者解釋說：『你們必須在快樂和人們曾經所謂高尚藝術之間做選擇』。」〔註34〕歷史已經證明，並且繼續在證明著，科學發展所帶來的那些感官的享樂，包括足球和電影這樣的藝術消費品，不僅是大眾文化消費的生活必需品，同時，它也逐漸演變成貴族的文化消費品，這是不由貴族知識分子意志為轉移的歷史存在物，它們在歷史的發展中，例如足球和電影，已然升華為貴族式的消費品了，這可能是赫胥黎們根本就無法預料到的那個「歷史的真實」。因為，正如凱里分析的那樣：「赫胥黎和尼采支持的是這樣的信念：鬥爭和進取有益於人的精神。它反映了西方文化中的若干歷史發展，我們從中辨認出強調救贖的痛苦的基督教傳統，以及被用來支持19世紀擴張主義和帝國主義，也就是造就了包括赫胥黎和尼采在內的歐洲有閒階級的剝削制度的道德殘餘。」〔註35〕具有諷刺意味的是，在中國這塊缺乏信仰的文化土壤上，在20世紀六十年代至七十年代的「階級鬥爭天天講」的無產階級大眾文化的語境中，同樣也產生了與「歐洲有閒階級的剝削制度的道德殘餘」異曲同工的文藝理論現象，難道不值得深刻地反思嗎？時至今日，我們的一些貌似左派的知識分子還在鼓吹這樣背景下產生的專制主義文學藝

〔註33〕 〔英〕約翰·凱里：《知識分子與大眾》，吳慶宏譯，譯林出版社2002年版，第98頁。

〔註34〕 〔英〕約翰·凱里：《知識分子與大眾》，吳慶宏譯，譯林出版社2002年版，第98頁。

〔註35〕 〔英〕約翰·凱里：《知識分子與大眾》，吳慶宏譯，譯林出版社2002年版，第99頁。

術作品——其實那些作品真是少數無產階級的「新貴族」在享受高度特權的情況下創作出來的御用文學藝術作品，他們所享受的這種特權甚至比西方的這些「天生的貴族」要優惠得多，而如今仍然支持它的評論文字竟然大行其道，成爲我們這個進入所謂「後現代」時代的一道令人匪夷所思的文化風景線，是具有諷刺意味的。其實，無論什麼樣的文學藝術，只要它進入了一個背叛大眾和違背基本人性的囚籠裏，它就必然走向其反動的一面！

因此，呼籲保護「天生的貴族」的理論就應運而生，就如凱里說的那樣：「接下來的結論便是：如果社會想要文明化，就必須創建有利於保護少數天才的條件。不能指望純形式的鑒賞家自己謀生，因爲『幾乎所有賺錢的行當都對更微妙更緊張的藝術鑒賞所需要的心智狀態有害』。因此，有眼光和有品位的人應該得到公共基金的支持……文明需要有閒階層的存在，有閒階層需要奴隸的存在。此外，文明精英的酵母作用將可能滲入到奴隸身上。『郊區貧民窟』裏的『野蠻人』可能注意到，精英蔑視他所沉迷的粗俗娛樂活動（如『足球和電影』），從而禁不住去嘗試優雅的藝術享樂。貝爾方案的缺點是：野蠻人即使逐漸形成藝術品位，也不能參與其中，因爲他將始終被剝奪文明生活所必須的閒暇。雖然貝爾沒有在意這些複雜情況，但他似乎也已預料到奴隸的不滿，因此規定文明必須有高效的警察機關來維護。」〔註36〕在這裡，我們暫且不談貝爾理論中的階級偏見和藝術欣賞偏見的反動性，單就他所提出的貴族式的「生活必須的閒暇」問題來說，這樣的情形並沒有在歐洲得到實行，卻是在中國得到了圓滿的實現，因爲我們的作協體制提供了全世界都不可能享受到的無產階級貴族「生活必須的閒暇」待遇，用這樣的視角來看待中國作家奉命去「下生活」的行爲，就不難理解其中之奧秘了。不僅是在上述的六十至七十年代當中，我們的從大眾中產生出來的無產階級文化「新貴族」們享受到了那個專制保護下的物質支持；而且，從 80 年代至今，那些從大眾文化之中發跡的所謂大牌文學藝術家們，從這個社會中所攫取的財富完全可以和那些大資本家們相媲美。這些在歐洲的大牌文學藝術家那裏難以實現的、夢寐以求的理想，在我們的文化語境當中變成了活生生的事實，這不僅僅是消費文化使然，其中的原因難道不值得我們反躬自問嗎？如果真的像赫胥黎《美妙的新世界》裏那個叫做列寧娜的女人那樣失去了人類的恥感，那我們離行屍走肉還有多遠呢？！

〔註36〕〔英〕約翰·凱里：《知識分子與大眾》，吳慶宏譯，譯林出版社 2002 年版，第 91 頁。

六、大眾的教化和大眾文學藝術的魅力與毒性

其實，歐洲的老牌知識分子對製造大眾文化的美國是深惡痛絕的，在 19 世紀末，老舊的貴族知識分子們試圖在教化大眾的過程中來拯救所謂傳統的貴族文化。凱里專門用一章的篇幅來分析喬治・吉辛對教化大眾的見解和策略。

「文學的商業化讓吉辛看到了另一種大眾形象——記者和流行作家要迎合的千百萬看不見的讀者。這個看不見的讀者群體系統，潛藏在報刊專欄背後，把吉辛筆下靠瀏覽報紙尋找空缺職位的威爾・沃伯頓逼得近於瘋狂。」〔註37〕無疑大眾文化的本質特徵就是商業化運作，它給社會帶來的究竟是禍還是福呢？這在不同的時空國度裏，情形卻是各不相同的。

一八九二年，吉辛在抨擊報紙給廣大民眾帶來的「日益擴大和加深的庸俗」時，為了抵制這種美國文化的影響，呼籲改變「空洞教育」，因為「社會文化正在降低水平，大眾喚起的只是低劣的、物質性的動機。因此，我確信，在真正高雅的與大眾的文化之間，形成了鴻溝，而且這個鴻溝將越來越大」。〔註38〕應該說吉辛所說的是一個不以人們意志為轉移的歷史事實，不僅歐洲受著美國文化的影響，全世界都如此。就拿中國來說，一八九二年看起來是一個並不起眼的年份，但是，正是這一年，由於中國報刊業的迅猛發展，通俗小說開始興起。《海上花列傳》的連載開啟了大眾文學的先河。因此，最近幾年，有許多著名學者就將中國現代文學的起點劃界在這一年。無疑，大眾文化的興起成為中國現代文學的起點，其價值觀念雖然和五四新文化的實質有相悖之處——看似表面的口號是相吻合的——但是，它與 20 世紀三十年代以後的左翼文化思潮卻是一致的——大眾文化的理念成為中國現代文學的主潮。

如果歐洲的所謂傳統的貴族知識分子還在 20 世紀中對大眾文化進行著頑強的抵抗的話，中國文化當中的這種抵抗是隱在的，甚至是微乎其微的，因為中國的知識分子沒有這個自覺。更重要的是，中國知識分子從傳統的「士」轉變為現代知識分子的蛻變過程中，從來就沒有過什麼「貴族」意識，或者說，在中國幾千年的封建科舉制度下，從未有過世襲的「貴族」之說。

〔註37〕〔英〕約翰・凱里：《知識分子與大眾》，吳慶宏譯，譯林出版社 2002 年版，第 121 頁。

〔註38〕〔英〕約翰・凱里：《知識分子與大眾》，吳慶宏譯，譯林出版社 2002 年版，第 105 頁。

　　大眾是什麼？在吉辛看來，那就是一群「未接受教育的人」。他堅信現實社會無法掩蓋「受過教育和未受過教育的人之間的鴻溝」。且不說像吉辛這一代歐洲貴族知識分子對婦女接受教育的鄙視和誹謗了，即便是對底層大眾的教育也是失望的：「要把勞動階級從『粗鄙的困境』中拯救出來，需要幾代人的教育。單獨一代人身上不可能有任何效果。」〔註39〕從某種意義上來說，吉辛的論斷是有道理的，因爲「背得滾瓜爛熟的歷史要素和支離破碎的科學知識」「並非眞正的知識」。的確，所謂「眞正的知識」，我猜想應該是「貴族知識分子」所標榜的那個與生俱來的「貴族精神」吧。因爲，在吉辛看來：「人群中沒人明白什麼是美，什麼是高貴。他們對落日和展出的古代塑像鑄件視而不見，『對藝術和自然的光輝漠不關心』。吉辛審視著他們的墮落，絕望地確信：『自人類形成以來，世界何曾有過比這更讓人悲哀的場面？』」這種悲觀的原因不是全無道理的，但是，這又完全取決於大眾的受教育程度。

　　所以，在吉辛的作品中又流露出了對底層大眾痛苦生活的深深同情和憐憫，油然而生的社會負疚感和厭惡大眾的本能糾結在一起，使他對大眾的教化產生出一種矛盾的心理。「看到那些辛勞的男女粗糙的雙手，我無法不爲他們的命運感到悲哀。很慚愧，我自己的命運與他們的命運有著天壤之別。」〔註40〕也許正是現實主義的創作方法使吉辛這樣的作家克服了自身貴族階級的「傲慢與偏見」，而產生了亞里斯多德那樣的「同情與憐憫」式的悲劇美學效應。當吉辛在教化大眾的道路上無路可走時，他只有一種選擇，那就是「『藝術』和『文化』最終將以某種方式『潛移默化地影響』大眾，即把大眾變成像他本人那樣有品位和會享受的人」。〔註41〕其實吉辛們在那個自感到大眾文化空前強大的壓力時，已經是不可能左右貴族文化落花流水之勢了，他們在無奈中形成的這種頗有阿Q式的精神勝利法卻不能阻擋美國文化，也即大眾文化對大眾的眞正潛移默化的教化。像吉辛這樣的理想主義的貴族知識分子所期望的那幅對大眾教化的美麗圖景，卻是永遠不會出現在世界的地平線上了：「天才的創造——如一幅美麗的畫卷——可能看上去只能愉悅富有的業餘

〔註39〕〔英〕約翰‧凱里：《知識分子與大眾》，吳慶宏譯，譯林出版社2002年版，
　　　　第110頁。
〔註40〕〔英〕約翰‧凱里：《知識分子與大眾》，吳慶宏譯，譯林出版社2002年版，
　　　　第131頁。
〔註41〕〔英〕約翰‧凱里：《知識分子與大眾》，吳慶宏譯，譯林出版社2002年版，
　　　　第131頁。

藝術愛好者，但事實上，『它卻能滲透社會的每個層面』，並『潛移默化地影響所有的大眾』。所以藝術家是真正的社會工作者。『沒有拉斐爾的作品，我們的文化就不會是現在這個樣子』。」〔註42〕一方面是對大眾和大眾文化的謾罵，以及對大眾教化的徹底失望；另一方面又是對大眾的同情和對大眾教化的憧憬。這樣的悖論出現在那個貴族知識分子行將滅亡的時代是不足為怪的，歷史已經證明大眾文化以其摧枯拉朽之勢潛移默化地改造了幾代人。具有諷刺意味的是，它不僅改造了底層的大眾，而且也像吉辛所說的用幾代人的工夫改造了貴族知識分子，讓他們在大眾文化的輻射下徹底臣服而改變其貴族的價值觀念。比如對電影的欣賞，好萊塢的出品使貴族知識分子也如癡如狂。儘管大眾文化帶有它與生俱來的諸多細菌和病毒可是每一個階級和階層的人都得將它當作文化的主糧而食用，例如電視就幾乎佔領了人類精神食糧的全部市場。

儘管吉辛通過他的小說《我們的朋友查勒坦》裏的騙子戴斯說出了一個荒謬的理論：「工人階級為了他們的利益，將讓他們生理上的優勝者來統治他們。戴斯把自己看作『天生的貴族』……他解釋說，科學已經使民主過時，達爾文理論證明了『自然選擇』的優越性。他還羨慕尼采『對普通人的公開蔑視』。」〔註43〕儘管吉辛在其小說《解放了的人》中，借騙子超人克利福德喊出了「大眾永遠無法被教化」和「民主就是無知和野蠻」的強音。儘管吉辛在給朋友的信中表達了他的希望：「將來有一天，這個世界會在知識貴族統治的基礎上重建。」〔註 44〕其實吉辛們所不能理解的是：現代知識分子的職責和使命從來就不是為了統治別人，而是永遠堅守它的批判性，對社會的不合理現象進行無情的批判，以此來推動歷史的車輪前進。在這一點上，是和傳統的貴族知識分子有著本質的區別。

總之，可惜的是，文化發展的歷史不以吉辛們的意志為轉移，它在百年的進程中，投向了大眾和大眾文化的懷抱。資本主義的民主儘管帶有它的欺騙性和虛偽性，但是，畢竟成為了人類歷史不可遏制的潮流。

〔註42〕〔英〕約翰‧凱里：《知識分子與大眾》，吳慶宏譯，譯林出版社 2002 年版，第 132 頁。

〔註43〕〔英〕約翰‧凱里：《知識分子與大眾》，吳慶宏譯，譯林出版社 2002 年版，第 128 頁。

〔註44〕〔英〕約翰‧凱里：《知識分子與大眾》，吳慶宏譯，譯林出版社 2002 年版，第 129 頁。

七、消滅大眾的兩難選擇和現代烏托邦的幻影

　　約翰·凱里用了兩個章節來闡釋 H·G·威爾斯在面臨大眾和大眾文化的時候那種兩難的文化理念的抉擇，我以爲他是沉浸在這樣的矛盾著的人格分裂中的：當他進入理性王國的時候，他就異常清醒地意識到，消滅大眾是貴族知識分子義不容辭的職責和義務；然而，當他進入了創作的感性世界的時候，他往往會陷入一種情感和理智的糾結和兩難選擇之中而不能自拔，同情和憐憫的人道主義情懷佔據了上風，使他企圖去改寫大眾。

　　約翰·凱里在第六章用《力圖消滅大眾的 H·G·威爾斯》作題，闡述了消滅大眾的種種理由。也許，當我們一看到這個題目，就會嘲笑這個叫做威爾斯的人是多麼愚蠢，多麼可笑，甚至是多麼的無知；但是，請不要低估他的理論中的許多合理性。首先，是威爾斯們對世界人口爆炸帶來的災難的預測：「新生兒的過度激增是 19 世紀的根本性災難。」〔註45〕威爾斯在其著名的著作《現代烏托邦》裏說：「從人的舒適和幸福的角度來看，伴隨人類的和平、穩定和進步而發生的人口增長是生活中最大的敵人。」〔註46〕同時，他還在其著作《公開的陰謀》裏尖銳地指出，「東方人和非洲人過度的繁殖」阻礙了任何意義上的人類進步。「低級人口還在繼續增長，他們在生理上和精神上都較爲弱小，有礙文明的機械發展。」〔註47〕他甚至預言「在這些『大西洋資本主義制度之外的衰民』中，幾乎找不到一個聰明人，能領悟他的世界改進方案」。〔註48〕的確，這樣的理論警鐘，即便是在人類科學技術迅猛發展的今天，也仍然是先進可取的。包括他認爲，「人類不負責任地繁殖對生態造成了破壞。早在大家普遍理解這一點之前，威爾斯已經認識到，其他物種的生存環境遭受了無法挽回的破壞，其他物種正在被人類魯莽地滅絕。他總結說：『人類是生物學的災難』」。〔註49〕可惜，東方各國如果聽從威爾斯的勸誡，

〔註45〕H·G·威爾斯：《基普斯》，倫敦芳塔納·柯林斯圖書公司 1961 年版，第 240 頁。

〔註46〕〔英〕約翰·凱里：《知識分子與大眾》，吳慶宏譯，譯林出版社 2002 年版，第 134～135 頁。

〔註47〕〔英〕約翰·凱里：《知識分子與大眾》，吳慶宏譯，譯林出版社 2002 年版，第 134～135 頁。

〔註48〕〔英〕約翰·凱里：《知識分子與大眾》，吳慶宏譯，譯林出版社 2002 年版，第 134～135 頁。

〔註49〕〔英〕約翰·凱里：《知識分子與大眾》，吳慶宏譯，譯林出版社 2002 年版，第 134～135 頁。

也不至於導致 20 世紀世界人口的大爆炸。無疑，威爾斯的這些卓越的遠見是不能被當時的人所接受的，尤其是像中國在 20 世紀五十年代裏瘋狂繁殖所帶來的自身的惡果，在今後的一個世紀裏都無法消除，包括也是東方的印度，人口的急劇膨脹，不僅給本國帶來了災難，同時也給世界帶來了災難。所有這些，足以證明威爾斯的理論是合理的。你不能不說他的理論在那個時代是具有高瞻遠矚的見地的。其實他所描述的災難前景在今後的兩個世紀裏仍然在延續著，這樣的災難沒有得到總爆發，並非得益於馬爾薩斯的人口理論——通過疾病和戰爭來緩解人口的增長，而是通過過度發掘地球資源來滿足人類的物質欲望。

毫無疑問，威爾斯的人口災難的理論是正確的，但是，他試圖用極端的方式來解決人口問題的理論卻是十分荒謬的，也是反人類、反文化和反人性的：「一個國家如果能最堅決地精挑細選、教育、絕育、輸出或毒殺深淵裏的人，那麼它將走向昌盛」。〔註 50〕顯然，這個理論是來源於馬爾薩斯和達爾文，威爾斯為之找出了一個合理的理論通道：「他們將有一種觀念，可以把觸覺視為有價值之舉」——「如果一個人不能快樂地不妨礙他人地生活，那麼他最好去死」。〔註 51〕所以這樣的理論也給法西斯的納粹提供了「消滅低級種族」而發動戰爭的理由。威爾斯所夢想的「新共和國」是建立在消滅所謂劣等人種，保留高貴的優質人種的理論基礎之上的，他把人類的人與一般的物質等同，採取優勝劣汰的方法進行處置，不能不說他們在去人性化的心理狀況下，異常冷峻地對人類實施屠殺政策。

對大眾文化所產生的旅遊業、報業和廣告業的無情抨擊，是威爾斯大眾文化理論的重要方面。一九一一年他在自己的作品中諷刺了把卡普里小島「變成了一個巨大的旅館」的行徑，同時抨擊「大眾文化為廣告工業帶來了新的活力。威爾斯認為，胃藥、泡菜和肥皂等公共廣告不僅看起來很低俗，還破壞了鄉下的風光，並傳播了一種奢侈與低級的消費主義風氣，令人氣憤」。〔註 52〕而對報業的抨擊則更甚，認為「流行報紙是『一副毒藥』」。所有這些，足

〔註 50〕〔英〕約翰·凱里：《知識分子與大眾》，吳慶宏譯，譯林出版社 2002 年版，第 139 頁。

〔註 51〕〔英〕約翰·凱里：《知識分子與大眾》，吳慶宏譯，譯林出版社 2002 年版，第 141 頁。

〔註 52〕〔英〕約翰·凱里：《知識分子與大眾》，吳慶宏譯，譯林出版社 2002 年版，第 136 頁。

以表明威爾斯對現代文明的巨大牴觸情緒。但是，威爾斯所預示的世界未來景象卻是非常準確的：「未來世界甚至比我們現在更令人窒息地擁擠，其中沒有文化的大眾已陷入屈從和依附的不完全人的狀態。他們是品質低劣的大眾媒體的消費者，越來越多地遭到電視和廣播傳送的粗俗廣告的轟炸。」〔註53〕他描繪的這種大眾文化的景象，經過一個世紀的變遷，應該說是得到了充分的印證。他所說的所謂「不完全人的狀態」儼然就是消費文化下「死魂靈」式的行走軀殼而已。這就不能不說威爾斯的讖語一語中的，切中了大眾文化的要害之處。

　　然而，使我十分費解的是，像威爾斯這樣的文學家和理論家，為什麼對女人會有如此巨大的怨恨：「與報紙相比，更誘人更難以抵擋的禍水是女人」。〔註54〕這不僅是因為「威爾斯認為女人天生奢侈，喜歡沉迷於服飾、聊天和購物享樂中」，如果這樣的理由還有點依據的話，因為她們成為了大眾消費文化的主體。那麼，他認為女人影響了文明的進程的兩條理由就顯得很荒唐了：「一方面，不可否認的，女人無節制地生育造成了人口問題；另一方面，臭名昭著的是，女人用她們的性魅力俘獲年輕男人的心並逼迫他們成婚，從而使男人被養家糊口的單調的生活所束縛，就此結束了他們作為思想者的生命。」〔註55〕顯然，威爾斯的這兩點理由是很可笑的，甚至不值一駁。用他作品《基普斯》中女主人公克萊門蒂娜的話來說：「女人是吝嗇的、寄生的、可怕的、虛榮的、很容易糊弄的、怕動腦筋的和愛說謊的，不像男人那樣極具個性，儘管異想天開的慣例假設她們更有個性。巨大的時尚產業和化妝品之所以存在，主要就是為了賦予女人她們所缺少的個性。在《婚姻》中，馬喬里同樣坦率地說道：『我們女人是什麼？一半是野蠻人，一半是寵物，充滿貪婪和欲望而無所事事的東西……確實是女人對物質的渴求毀滅了人類。』」〔註56〕所有這些謬論完全建立在威爾斯們盲目地將女人置於低等人種的理論基礎上，這種性別歧視完全是毫無科學根據，也是不合邏輯的荒謬理論。且

〔註53〕〔英〕約翰·凱里：《知識分子與大眾》，吳慶宏譯，譯林出版社2002年版，第136頁。

〔註54〕〔英〕約翰·凱里：《知識分子與大眾》，吳慶宏譯，譯林出版社2002年版，第137頁。

〔註55〕〔英〕約翰·凱里：《知識分子與大眾》，吳慶宏譯，譯林出版社2002年版，第137頁。

〔註56〕〔英〕約翰·凱里：《知識分子與大眾》，吳慶宏譯，譯林出版社2002年版，第137頁。

不說他所列舉的種種女人的弊病男人身上也都具有，即便像造成人口泛濫的罪過也讓女人承擔，也是夠荒唐的了，因爲繁殖的主體是在男性，而非被動狀態下的女性。同樣，從政治文化學的角度來看，社會的話語權始終是掌控在男性手中，女性始終處於從動的地位，一切罪行的根源在何方，就應該由誰來承擔主要的責任，這是人類法律的基本常識。而威爾斯們爲什麼會屢犯這樣的常識性錯誤呢？其要害就在於他們始終站在一個傳統的貴族知識分子的角度來看問題，用陳腐的集權觀念來俯視女人，將她們視爲附屬品。從他們對待女人的態度和立場上來看，我們就可以清晰地區別現代人文知識分子與他們根本的不同。在威爾斯的作品《解放的世界》中，那個哲學家克倫寧提出的兩個荒謬的警告是令人深思的：「現代世界沒有『性的女主角』的立足之地，女人必須停止賣弄她的性特徵」；「如果女人對我們來說太多了的話，我們將會把她變成少數者」。〔註57〕幸運的是，世界歷史沒有聽從威爾斯們的理論召喚，否則，這個世界將陰陽失調，人類又會陷入另一種毀滅的境地。我不知道當下的一些女權主義者們看到這樣的論調會有什麼樣的感想。但是，我們不得不佩服威爾斯是一個偉大的藝術天才，他的想像力之豐富已經超出了同時代人的思維空間。我認爲，他的想像是超越時空的，是理性思維與感性思維完美結合的一種特殊而偉大的典範，他的許多科幻小說可以說跨越了百年的時空，成爲未來人類現實生活的鏡子和摹本。他的觀點雖然反動，但是它的藝術想像卻是無與倫比的偉大。他能夠在一個世紀前就預測到人類今天的生活狀態，比如，他在一九一四年發表的《解放的世界》裏就預見到核爆炸和原子戰爭，這就使得「參與廣島爆炸計劃的科學家之一的利奧·施澤納德說，他第一次想到連鎖反應就是他讀完這本書之後。故事中的原子爆炸在 20 世紀五十年代後期毀滅了世界上的大多數首都，殺死了幾百萬人。經濟和工業癱瘓，政府崩潰，霍亂和蝗災後的饑荒使印度和中國的人口銳減，從而解決了《展望》中令威爾斯煩惱的『大批黑人、棕色人種、骯髒的白人和黃種人』在地球上的存在問題」。〔註58〕這就是威爾斯所設想的「現代烏托邦」。正如凱里所言：「他的小說的發展表明：毀滅比進步對他有更強的吸引力。削減世界人口成爲他的一種妄想。在幻想中，他一次又一次越來越瘋狂

〔註57〕〔英〕約翰·凱里：《知識分子與大眾》，吳慶宏譯，譯林出版社 2002 年版，第 138 頁。

〔註58〕〔英〕約翰·凱里：《知識分子與大眾》，吳慶宏譯，譯林出版社 2002 年版，第 139 頁。

地對破壞了的布魯姆利的郊區延展進行了可怕的報復。」〔註59〕

　　但是，問題並非如此簡單，威爾斯的內心矛盾也是不容置疑的。所以，凱里用一個章節專門描述和闡釋了《H·G·威爾斯的自我對抗》，「作為一個作家，威爾斯的偉大不僅在於他有強烈的愛憎，還在於他的愛憎具有雙重的想像。他幾乎總有兩種思想傾向，使他拿不出一個解決問題的起碼方案。於是，正如我們所看到的那樣，他構想的烏托邦似乎開始動搖，朝反面烏托邦轉變，使我們不能再確定事物的發展」〔註60〕在威爾斯的許多作品中對自己所提出來的大眾文化理論進行了自我顛覆。比如對視如惡魔的「郊區」意象的修正，在他的「現代烏托邦」裏，郊區是一個「奇特社會新生事物」，「郊區並非在自然之外，而是自然的一部分」。而最令人費解的是，對被威爾斯們一直抨擊爲十惡不赦的大眾文化中最壞的東西──廣告，也進行了褒揚：「實際上，威爾斯覺察到，廣告者和小說家很相似，出賣的都是幻象，並都能給原本可能空洞的生活增添色彩和趣味。」〔註61〕他甚至認爲「廣告事實上是一種現代教育，它教的東西是中學和大學教的十倍。『我認爲現在的學校的唯一作用就是使人們能讀懂廣告』」。〔註62〕由此可見，威爾斯的這種自我矛盾心理，一方面是來自於憧憬著的烏托邦幻象；另一方面是來自於他們對人類科學技術的歷史進步的無可奈何。所以，我們在他的眾多作品中仍然可以看到他對大眾的仇恨與詛咒：「我討厭庸人，這群白癡踐踏了本可以聳起我那白雲繚繞的山峰的土地。我對人厭煩到了無法形容的地步。把他們帶走吧，這群張著嘴、臭氣薰天、互相轟炸、互相射擊、互切咽喉、趨炎附勢、不斷爭吵、笨拙卑劣和營養不良的烏合之眾，趕快讓他們從地球上消滅吧！」〔註63〕（這是威爾斯借《星球製造》中凱珀爾教授之口說出的人類學觀點）讀到這裡，就很能夠使我聯想到魯迅筆下的阿Q式的大眾。如果說19世紀末和20世紀初的歐洲貴族知識分子的大眾觀多多少少對中國近現代知識分子有所影響的話，那麼他們的區別在哪裏，才是我要探討的問題。

〔註59〕〔英〕約翰·凱里：《知識分子與大眾》，吳慶宏譯，譯林出版社2002年版，
　　　　第151頁。
〔註60〕〔英〕約翰·凱里：《知識分子與大眾》，吳慶宏譯，譯林出版社2002年版，
　　　　第152頁。
〔註61〕〔英〕約翰·凱里：《知識分子與大眾》，吳慶宏譯，譯林出版社2002年版，
　　　　第155頁。
〔註62〕〔英〕約翰·凱里：《知識分子與大眾》，吳慶宏譯，譯林出版社2002年版，
　　　　第155頁。
〔註63〕H·G·威爾斯：《星球製造》，查托出版公司1937年版，第184頁。

其實，我並不在意威爾斯們這種觀點的荒謬性，而更多地是想到它所衍生、演變、嬗變和延伸出來的觀點——「國民性」的批判問題，中國現代文學的邏輯起點就在於對國民劣根性的批判。的確，每個國家、每個民族都會有這樣共同的民族劣根性，問題就在於是改造他們，還是消滅他們，這個人性與非人性的根本區別上。僅僅是用「哀其不幸，怒其不爭」來解釋這個命題是遠遠不夠的。無疑，魯迅在這個問題上是一個徹底的悲觀主義者，「兩間餘一卒，荷戟獨彷徨」之無由彷徨，其實是無路可走，而非「惟我獨醒」式的探路。好在中國現代文學的主要先驅者們還沒有像威爾斯們那樣提出「消滅大眾」的主張，儘管當時也有極少數留洋的人文學者有納粹文化觀念的傾向，但畢竟不入主流，就是因為五四文化和文學是建立在強大人性的人文意識基礎上，這個根基不動搖，就不會出現「消滅大眾」的極端觀念佔據主流的現象。也許，這就是五四文學藝術值得慶幸的地方。

另一個值得注意的問題就是對待知識分子的態度上，五四文化的先驅者們多是採取懷疑的態度，也就是說，他們形成了一個很好的傳統，那就是對知識分子永遠保持一種警惕的自我批判，在不斷的自我反思當中獲得進步的力量和去除自身的弊端。就此而言，和威爾斯所宣稱的知識分子邏輯恰恰就形成了反差：「知識分子必須變成『世界的主人』，去直面『人類大眾的慵懶、冷漠、反抗和天生的敵視』，促進文明的發展」。〔註64〕這個論點無疑又要涉及到英雄史觀的問題討論了。和毛澤東的「人民，只有人民才是創造歷史的真正動力」觀點其實如出一轍，威爾斯將知識分子的作用誇張到主宰世界的地位，與毛澤東把一個虛幻的「人民」形象無限拔高是一樣的道理，那只能導致令這個主體變成一個毫無作用的假象。君不見，所有的「人民」都只聽命一個君王的發號施令嗎？而歐洲的這些貴族知識分子最終不也是聽命於一個領袖的召喚嗎？說到底，他們的根本問題就在於同樣都是在封建制的思維框架中去思考問題，而現代知識分子與他們的本質區別就是永遠保持一種獨立的批判立場，對社會和政治發出自由獨到的見解。他們的真正目的不是要和什麼人和什麼權力體制過不去，而是針對某個事物進行客觀而無情的批判，以為人類歷史的進步作出貢獻。當然，它在某種程度上，也就是扮演人類「精神警察」的社會角色。這就是威爾斯們所要解決的「個體與秩序」之間的對立矛盾問題。

〔註64〕〔英〕約翰·凱里：《知識分子與大眾》，吳慶宏譯，譯林出版社 2002 年版，第 158 頁。

　　威爾斯作爲一個偉大的科幻小說的先驅作家，他所創造的「現代烏托邦」世界是美好的：「人類將合理地生活在一個沒有污染的地球花園中，人口將被控制在二十億安全限度以內，教育將消除宗教，貧困、戰爭和疾病將一去不復返，世界上的森林將重生。生物研究將增加植物的多樣性，動物物種將在不對人開放的巨大野生公園裏得到保護。」（《未來事物的面貌》）這樣一幅十分超前的社會圖景，正是人類可望而不可及的理想。但是，它需要付出怎樣的代價呢？這一點使威爾斯產生了巨大的疑惑，他希望通過消滅大眾來抵達他理想的現代烏托邦，但是在具體的創作過程中，他又不能左右自己的思想，這也許就是創作方法大於世界觀的文學原理所在吧。威爾斯在作品中反對強權的壓迫，但是他又製造著強權理論，正如約翰‧凱里對他的小說和他的理論所總結的那樣：「他沒有佯稱：人類可以在避免大量死亡和痛苦的情況下獲得進步，而必須消滅一些類型或一些種族的人。他承認，在人類獲得倖福之前，必須有個過渡時期，由統治階級精英在許多年內專橫地強制實行『嚴酷的制度化』，其後便會出現一個嶄新的世界。」〔註65〕也許，希特勒式的法西斯納粹「第三帝國」的屠殺理論就在此中找到了其理論的根據。和尼采的理論相同，它們往往成爲人類的一劑毒藥。威爾斯們所提出的人口太多的理論已經被百年的歷史證明是準確的，但是，他們的最終解決方式卻是絕對錯誤的。大眾只有通過教育來達到文化素養和素質的提高，其滅絕的理論從理性上來說，無疑也是一個消極的方法，何況它又是完全失去了理性的非人性的思維呢。

八、「知識分子」與「大眾」的溝壑能夠塡平嗎？

　　也是在同時代，出現了一個與這群貴族知識分子完全不同的文學藝術家，他出生於小商人之家，正因爲他的作品放棄了知識分子的「藝術的孤傲」而投入了大眾文化的懷抱，就受到了弗吉尼亞‧伍爾夫和克萊夫‧貝爾以及羅素、艾略特等一大批貴族知識分子的嘲笑與詬病，他就是阿諾德‧貝內特。他成爲那個時代傳統貴族知識分子中的叛徒，因爲，「他始終認爲：作家辛勤創作的根本目的，是爲了獲得『食物、住房、衣服、女人、歐洲旅行、好馬、劇院雅座、名煙和餐館的美妙晚宴』，他正是認識到這一點，才一步步青雲直上，他說：「『我想有成堆的鈔票，我要給我的書做廣告宣傳。』事實上，就

〔註65〕〔英〕約翰‧凱里：《知識分子與大眾》，吳慶宏譯，譯林出版社2002年版，第171頁。

連他的書評，也嚴格遵循著商業模式運作」（《作家的真諦》）。這一赤裸裸的公開宣言直接宣告了他寫作的商業化本質特徵，不用說在一百年前的歐洲貴族知識分子面前要承擔多大的壓力了，即便是在今天也同樣會招致許多道貌岸然的作家和藝術家，以及批評家的詬病。儘管誰都知道大眾文化時代的商業化本質已經是無處不在了，中國文學藝術這二十年來走過的不正是這樣表裏不一的、充滿著悖論的道路嗎？作家和批評家們一方面是對大眾文化的商業本質的不屑與抨擊；另一方面，從具體的操作層面，又不得不屈服於商業化的巨大資本市場的誘惑。但誰也不敢像貝內特那樣敢於直面大眾文化，敢於真誠說出自己對金錢的熱望，從某種程度上來說，他戳穿了一百年來許多作家和藝術家虛偽的面具。

在貝內特看來，「他和他的同時代人迎合的都是中產階級讀者的趣味，而中下層讀者大眾，『如果他們得到巧妙的培養和改造』，他們將在數量和質量上都遠遠超過那些中產階級讀者」。〔註66〕無疑，從主觀上來說，貝內特關注的是他作品的市場效益，但是，他卻觸動了一百年來爭論不休的一個知識分子與大眾的核心問題，即，文學藝術究竟是為什麼人服務。其實這也是一個十分弔詭的悖論：一方面是貝內特提出的擴大文學藝術的受眾面是文學藝術「可持續發展」的必由之路，絕對是毋庸置疑的真理所在；另一方面，文學藝術也絕不可以降低到「為工農兵大眾服務」的低水平的創作之中。那麼，解決這一悖論只有一條途徑，那就是通過教育來提高大眾對文學藝術的閱讀能力和欣賞水平。所以，貝內特對此抱有足夠的樂觀態度：「教育的普及將彌補英國文化中的裂隙。『真正的領袖的思想與普通大眾的思想之間的溝壑，正在而且必須逐年縮小。』」〔註67〕無疑，貝內特看到的是教育的巨大作用，19世紀末和20世紀初的大學教育還沒有像今天這樣普及，所以提高大眾的文化素養和素質是一個奢侈的願望，但是，貝內特能夠看到這是填平溝壑的一個必然途徑，也就很了不起了。需要強調的是，貝內特的大眾文化的理論並非建立在降低文學藝術作品的質量上，他甚至是在推動著文學藝術不斷向更高階段發展上作出了巨大的努力。他通過書評推出了一大批作家：「事實上，他把屠格涅夫的《前夜》評為『全世界最完美的小說典範』，把《卡拉馬佐夫兄

〔註66〕〔英〕約翰・凱里：《知識分子與大眾》，吳慶宏譯，譯林出版社2002年版，第176頁。

〔註67〕〔英〕約翰・凱里：《知識分子與大眾》，吳慶宏譯，譯林出版社2002年版，第177頁。

弟》、《帕爾馬修道院》和《罪與罰》評為『世界上最令人歎為觀止的作品』。
他對陀思妥耶夫斯基的熱情稱頌使康斯坦斯‧加奈特深受鼓舞，以致著手翻
譯其作品。他對契訶夫的崇拜，使《新時代》在他的影響下開始發表契訶夫
代表短篇小說。當《櫻桃園》在倫敦首次上演並引起觀眾反感時，貝內特極
力為該劇『大膽的自然主義』辯護。貝內特最推崇的法國作家包括馬拉美、
瓦雷里和紀德。早在一九○八年，他就看出了康拉德的才華，後來利維斯才
把康拉德寫進《偉大的傳統》中。貝內特還認為 D‧H‧勞倫斯『無疑是較年
輕學派最出色的作家』。當《彩虹》一書於一九一五年遭禁時，只有兩位作家
公開表示抗議，貝內特就是其中之一。他對 T‧S‧艾略特、普魯斯特、詹姆
斯‧喬伊斯、E‧M‧福斯特和阿道斯‧赫胥黎等，都表示支持或維護。他甚
至極力宣傳當時默默無聞的威廉姆‧福克納。」〔註 68〕和那些貴族知識分子
相反的是，貝內特對攻擊他的這些大師們毫無偏見，客觀地去評價他們的作
品和文學貢獻。所有這些都表明了一個現代知識分子作家應有的坦蕩胸懷和
客觀大度的批評態度。這不僅是因為他對藝術批評毫無偏見，也不僅是因為
他對藝術獨到的洞察力，而是因為他克服了傳統批評家們偏執和狹隘的「貴
族眼光」，採用了辯證唯物主義的批評方法。就這一點來說，倒是我們今天的
許多批評家應該在大眾文化爆炸時代裏感到羞愧！

　　貝內特的聰明之處就在於他知道怎樣去告別那個行將垂死的時代和那些
行將滅亡的傳統貴族知識分子的陳腐觀念：「要使自己適應這個世界，不再悲
天憫人，因為這個世界不會去主動適應他。」（《埃爾西和孩子及其他故事》）
和貴族知識分子的根本分野就是他明白大眾文化的效應將是歷史發展不可阻
擋的潮流，所以他毫不留情地駁斥了貴族知識分子對報刊的蔑視，他甚至認
為「報刊也是藝術，並對知識分子擔憂的『英國報業的逐漸美國化』表示歡
迎」。因為新聞工作也具有「孩子般無窮無盡的驚奇和贊賞的眼光」（《婦女雜
誌：實踐指南》）。一篇好的政治講演也會有「一種藝術感知的愉悅」（《克萊
亨厄》）。」此外，貝內特還譴責知識分子對大眾的歧視，認為那是一種死氣
沉沉的固步自封，不是能力強而是能力弱的表現──一種愚笨遲鈍的麻木不
仁，背離了每個生命錯綜複雜和豐富多彩的特性。他認為，藝術家超常的藝
術感知力並不應該與大眾背道而馳，而應該期望大眾，或者說把那些受盡歧

〔註68〕〔英〕約翰‧凱里：《知識分子與大眾》，吳慶宏譯，譯林出版社 2002 年版，
　　　　第 177 頁。

視而不得不隱藏在社會底層的生命，作爲自己天然的扶助者。」正因爲貝內特希望塡平知識分子與大眾之間的溝壑，他才會在自己的作品中既美化知識分子，同時又拔高平民大眾。所以約翰・凱里對有些人僅僅將他說成是「社會問題小說家」不滿，凱里認爲貝內特作品提供的主題是有更深刻的人類生物學和政治學意義的內涵：「由於他把塡補上層社會與下層民眾之間的溝壑作爲目標，他必須發現比社會問題更爲廣泛和永恒的主題——一個對各個知識和文化層面的人都有意義的普遍主題。」〔註 69〕這個主題究竟是什麼呢？凱里在大量的作品分析之後才給出了這樣的回答：「他借助他的生物學視點來反對精英主義——讓我們相信人類的基本一致性，儘管社會地位和教育程度可能有所不同。他還堅信：每個人都是絕對獨一無二的，特別是那些看似微不足道的人，這一點也和他的反精英主義相一致。」〔註 70〕如果僅僅反精英主義，就可以塡平知識分子和大眾之間的溝壑，文化歷史的發展就不會如此曲折和豐富了。

其實，在貝內特的心靈深處也同時潛藏著「藝術永遠是少數人的專利」的無意識，這個悖論是一道藝術理論的世界性難題，至今沒有人能夠作出最圓滿的答案來。同樣，貝內特也認爲：「文學知識是完美生活必不可少的部分。成千上萬對文學一竅不通的人，誤以爲自己活得好好，殊不知『沒有文學，人就看不清，聽不明，感覺不全面』……貝內特的困境也就是所有知識分子的困境——知識分子都憎恨和否認他們的孤高，同時又太珍視文學，總以文學的缺失是一種殘缺爲藉口。貝內特不相信文學的價值僅僅是虛幻的，大眾喜歡的東西可能與少數人的選擇一樣好。他教導人們說：經典作品之所以經典，是因爲它們吸引了善於判斷是非的『充滿激情的少數人』，大多數人的喜好總是次要的。如此相信知識分子的正統思想的貝內特，與接受大眾生活關照的貝內特，似乎判若兩人。這是因爲貝內特的小說設計目的在於：塡補橫互於他自己和那些他因爲自己的知識分子正統思想而與之疏遠的人之間的溝壑。」〔註 71〕我以爲，凱里說的只是表面現象而已，而正是那只看不見的手

〔註69〕〔英〕約翰・凱里：《知識分子與大眾》，吳慶宏譯，譯林出版社 2002 年版，第 191 頁。

〔註70〕〔英〕約翰・凱里：《知識分子與大眾》，吳慶宏譯，譯林出版社 2002 年版，第 199 頁。

〔註71〕〔英〕約翰・凱里：《知識分子與大眾》，吳慶宏譯，譯林出版社 2002 年版，第 205～206 頁。

——深入骨髓裏的藝術至高無上而永遠屬於少數人的情結——始終主宰著知識分子的靈魂。即便是他再無偏見地接受大眾和大眾文化，也逃脫不了內心的自戀情結。同時，就中國文學界的情況而言，即使是經過了幾十年「爲工農兵大眾服務」思想薰陶的作家和批評家們，包括我本人在內，還是很難克服這種「萬般皆下品，唯有讀書高」的知識分子的優越感和持有藝術天賦精神特權的想法。這種理性和感性的悖論還將永遠延續下去，我不知道這個難題有誰能夠解開。

九、藝術與強權之間難以切割的糾葛

這個刺眼的題目看來很不養眼，但是它不僅是約翰・凱里所要求證的一個命題，也是我近幾年來追詢的一個謎團。毫無疑問的是，凱里之所以把最後一章「溫德姆・劉易斯和希特勒」作爲煞尾，是有其深意的。

其實，我對劉易斯吹捧希特勒的言論並不感興趣，我倒是對「阿道夫・希特勒的知識分子計劃」更有興趣。我們得承認希特勒也是一個知識分子，而且是一個地地道道的藝術崇拜狂，「希特勒和知識分子同樣堅定地相信被知識分子視爲偉大藝術的永恒價值」。他對大眾所喜好的「淫穢文學、藝術垃圾和戲劇性陳詞濫調」感到痛苦，並且也譴責向大眾散佈毒素的「下流的報章雜誌」和電影，「希特勒本人確實具有知識分子的傾向。他從圖書館成打地借有關藝術、建築、宗教和哲學類的書回家，並常把尼采掛在嘴邊，還能整頁地引用叔本華的著述。他對塞萬提斯、笛福、斯威夫特、歌德和卡萊爾的作品十分欣賞，並對莫扎特、布魯克納、海頓和巴赫等音樂家非常欽佩，甚至把瓦格納當作偶像。在繪畫方面，他對那些古代大師，尤其是倫勃朗和魯本斯的成就也是拍手稱贊」（《我的奮鬥》）。他也「對美國粗俗物質主義的輕蔑」和英國的貴族知識分子持有同樣的態度。「他堅信藝術比科學或哲學更高級，更有價值，比政治學更永恒。『戰爭過後，唯一存在的是人類天才的傑作。這就是我熱愛藝術的原因。』音樂和建築紀錄了人類提升的道路。沒有任何東西能取代偉大的畫家或詩人的地位。藝術創造是最高的境界。一個國家的內在動力就源於對天才人物的崇拜。」這些出自希特勒《我的奮鬥》中的話語，不能不說它有其理論的合理性。但是我要追問的是：爲什麼希特勒會無限誇張了藝術的功能，將它置於人類、國家和民族精神的最高境界呢？其答案就在於「對天才人物的崇拜」。一般來說，無論是東西方文明社會，都不會把尚武作爲人類精神追求的終極目的，只有藝術

才是天才創造的文化歷史，緣此，對藝術的崇拜就是文化崇拜的代名詞。由於希特勒堅信，雅利安民族之所以偉大，就是因爲她創造了偉大的藝術，締造了偉大的藝術家與作家，是「上帝創造物中最高貴的形象」（《我的奮鬥》）。用凱里的話來說，「這當然是知識分子借助上帝的藝術偏好來支持他們自己優越地位的一種策略的變體」。〔註72〕

和希特勒一樣，那些老舊的西方知識分子只有把自己確立在一個貴族的地位上，才能有效地去消滅他們想像中的大眾和大眾文化。他們不是站在人性的立場上，而是立足於所謂人類生物學「優勝劣汰」的達爾文主義觀點來對待「大眾」，所以才會有滅絕人寰的大屠殺之舉；因爲「在這個方面猶太人可以說是代表了最基本的大眾，他們完美地繼承了20世紀初知識分子杜撰的大眾人的特徵。他們在希特勒的神話裏，作爲一個無組織的龐大的低級人種，成了各種非人活動所針對的理想目標，大眾概念的產生正是爲了證明這些非人活動的合理性」。「視猶太人爲大眾也使滅絕猶太人的企圖變得更加簡單。一旦人們接受了最初的提議——猶太人不是完全活生生的人，而只是大眾，那麼大規模的流放、毀滅和焚化猶太人，並用他們的骨灰大規模生產肥料，所有這一切就都有了合理性。在這個意義上，大屠殺可以被看作最大限度地控訴了大眾思想和20世紀知識分子對大眾思想的接受」。〔註73〕凱里的這段話可謂鞭闢入裏，但將所有的這些罪行，僅僅歸咎爲藝術和貴族意識惹的禍，可能還是膚淺一些了。就此，我們需要考慮的問題似乎應該是：希特勒納粹思想與藝術相連，而藝術往往又和左派激進思想媾和，這些習焉不察的現象難道不正是我們今天需要深刻反省的世界性的知識分子命題嗎？！

「希特勒贊美獨特的天才，批評馬克思主義『斷然否定個體的自我價值』。」我對希特勒滅絕其他人種、對土地和「健康的農民階層」的崇拜，以及試圖在烏克蘭和高加索地區建成「世界上最可愛的花園」式的有組織的集體農莊的憧憬，並不感到驚訝。而使我感到震驚的卻是：「希特勒關於大眾的幻想中與知識分子的普遍模式相一致的另一個方面是：他把大眾分成了資產階級和工人。對於前者，他和所有知識分子一樣持鄙視態度；而對於後者，他（像一些左翼知識分子一樣）對他們表達了深深的崇敬。他聲稱納粹運動

〔註72〕〔英〕約翰‧凱里：《知識分子與大眾》，吳慶宏譯，譯林出版社2002年版，第227頁。
〔註73〕〔英〕約翰‧凱里：《知識分子與大眾》，吳慶宏譯，譯林出版社2002年版，第233頁。

絕不能指望『沒有思想的資產階級選民』，相反，它將利用『工人大眾』，減少他們的痛苦，並提高他們的文化水平。資產階級是愚蠢的、懦弱的和拘謹的，而工人是高貴的。」〔註74〕他還在埃森的克虜伯鋼鐵公司的工人身上看到了「留有貴族特點的印記」。儘管希特勒和貴族知識分子們將大眾以國別、民族和人種加以區分，但是，將它放在階級的天平上進行衡量卻使我感到大大地意外。顯然，希特勒痛恨資產階級是因為他們製造了工業文明和商業文化，為誘惑大眾走入魔境提供了充分的資源，這一點是不難理解的。然而，希特勒一面詆毀馬克思主義和社會主義對猶太大眾的教化與蠱惑，另一方面，又竭力地讚美工人階級，這是和資本主義的價值觀完全背道而馳的左派觀點。但是，他難道和馬克思主義的無產階級價值觀相同嗎？答案卻又是相反的。因為，希特勒和歐洲的那些老派的貴族知識分子是站在封建君主制的價值立場上來反對資本主義文化的，他們是想拉歷史的倒車，回到貴族集權統治之中。而馬克思主義卻是立足於無情批判和抨擊資本主義在自身的發展過程中所存在著的種種弊端，使之更加人性化地克服缺點，讓社會朝著人類發展的正確軌道前行。這才是一個真正的現代公共知識分子的眼光和應有立場，這就是現代知識分子和封建貴族知識分子之間的根本區別所在。所以，西方的馬克思主義學者得出的結論是，這種學說從根本上是一種人道主義的理論和方法，其剩餘價值的發現拯救了人類在資本發展中的種種非人道主義的因素，而走向良性循環的道路。同樣是維護工人階級的利益，希特勒是站在如何馴化工人成為貴族群體中的奴僕和一分子而奮鬥，而馬克思卻是站在工人階級自身的立場上來向資本主義世界討要公道，是無產階級向資產階級發出的爭取利益權力的宣言。就此而言，我以為，希特勒和馬克思的根本區別就決定了他們的思維起點和所運用的方法有著根本的區別：希特勒們是站在貴族知識分子所謂的「藝術至上」的立場上來詆毀，甚至是消滅大眾；而馬克思們卻是站在大眾的立場上來對人類社會的「歷史的必然」作出合理的判斷，這是一個現代知識分子所必須具備的底層意識。雖然工人階級還有許多值得批判的缺陷，但是，這和希特勒式的封建君主意識是相悖的，同樣是「解放」，其目標卻是南轅北轍，同樣是對資本主義的仇恨，出發點卻有天壤之別。

〔註74〕〔英〕約翰·凱里：《知識分子與大眾》，吳慶宏譯，譯林出版社2002年版，第231頁。

於是，我們的許多左派們在根本分不清其中之悖論的奧秘時，就盲目地提出種種崇尚藝術的過激理論，就很容易落入希特勒們所設計的理論圈套！一味地強調藝術至高無上的強權，過份地誇張大眾文化在其發展過程中的種種弊端，以此來貶低和詆毀大眾文化，從某種意義上來說，是有嚴重問題的。儘管大眾文化的許多弊病是可以批判的，但是，出發點卻需要甄別。正如約翰·凱里說的那樣：「希特勒最信奉的是至高無上的『高尚』藝術，永垂不朽的希臘雕塑和建築，具有卓越價值的古代大師之作和經典音樂，登峰造極的莎士比亞、歌德和其他一些被知識分子們公認的偉大作家的作品，以及激發所有天才創造並使其有別於大眾低級娛樂活動的神聖火花。他鄙視『下流的報章雜誌』、廣告和『電影胡扯』，支持貴族的原則，並把女人和孩子比做『愚蠢的多數』。這些都是本書（按指希特勒的《我的奮鬥》）讀者輕易就能從知識分子的言論裏發現對應之處的另一些特點。對這樣的讀者來說，他對大眾的種種改寫——該滅絕的低級人類，沒有思想的資產階級群體，高貴的工人，農民的田園詩——也是我們熟知的知識分子的設想，《我的奮鬥》的可悲之處在於，它在許多方面沒有偏離標準，而深深根植於歐洲知識分子的正統觀點。」〔註75〕這段話啟發我們思考的是什麼呢？我們應該意識到，凱里所說的歐洲知識分子普遍存在的這種所謂「正統觀點」，在中國許多自稱為現代知識分子的群體的頭腦中也同樣存在。如何看待這個問題，已然是一個不可忽視的價值理念的問題了。

首先，對那些「高尚藝術」的人類文學和文化遺產，我們是應該崇敬和膜拜的，但是，將它和大眾文化進行完全的對立也是荒唐的。大眾文化需要去其糟粕，但是用其精華卻更為重要。一百年來的文化發展歷史證明了被希特勒們所否定的報刊雜誌並沒有走向衰敗，而是越來越成為人類認識世界、獲得信息和汲取知識的不可或缺的媒介；而電影業經過百年的發展，已經成為一個「高尚」的藝術門類，就像今天我們許多批評家藐視電視業沒有什麼文化含量那樣，未來它的發展前途是任何力量都不可阻止的，人類歷史的進步並非是守陳的知識分子所能左右的。

其次，即便是「改寫大眾」，將他們培養成藝術欣賞的貴族——無非是兩種途徑，一是消滅大眾，二是教育大眾——其實，也改變不了人類的生存方

〔註75〕〔英〕約翰·凱里：《知識分子與大眾》，吳慶宏譯，譯林出版社2002年版，第236頁。

式，因爲藝術終究是不能替代人類科學技術的進步，也不能成爲指導人類進步的價值觀。

　　總之，藝術可以提升人類的精神生活，這是不容置疑的，但是將它作爲一種解決人類一切生存和發展問題的仙丹妙藥，那是一種邏輯上的錯誤，如果再將它提升到對人類大眾毀滅的理論上，就是十分荒唐的反人性的謬論了。當然，反思大眾文化的種種弊病也是刻不容緩的事情，但它是另外一個話題了。

十、不是總結的總結

　　約翰・凱里在其「後記」中首先就是以弗吉尼亞・伍爾夫在瘋狂和自殺前的一九四一年二月二十六日的日記中對周圍庸俗女人的憤怒描寫開始對貴族知識分子的批判的：「知識分子筆下的大眾形象常常是一種憤怒、厭惡和恐懼的刺激，因爲大眾不能與知識分子愉快地共處，雖然他們給予知識分子一種最低限度的愉快感覺，能讓知識分子確信他或她與眾不同。」〔註76〕所以，像赫彭斯托爾那樣的言論也就不奇怪了：「對於整個人類，包括阿拉伯人和混血的愛爾蘭人，如果僅僅按一下電鈕就可以解決掉他們的話，我會高興地實行徹底的種族滅絕。」（《古怪的大師：赫彭斯托爾日誌，一九六九～一九八一》）他們所預測的世界大戰後的人口下降會帶來人類的福祉的理論並沒有如願，恰恰相反，二戰後，世界人口並沒有控制在他們預想的十億，至今已經繁殖到接近六十億之多。但是，大眾文化的發展卻意外地滿足了人類的物質需求，而且還在報刊雜誌和影視媒介的喧鬧之中獲得了自足性的精神滿足，雖然其文化的品位亟待提升。人類並沒有因爲貴族知識分子的想像而進入那樣的世界末日，也就足以證明他們的預言和宣判是無效的。好在中國並不存在凱里所描述的這種知識分子的「正統觀點」佔據理論高地的情形。如果說五四前後的知識分子還或多或少地受了一些歐洲知識分子「正統觀點」影響的話，那麼，從 20 世紀的四十年代開始，我們的工農兵大眾文學藝術的規訓就徹底消除了知識分子對貴族文學藝術的崇拜，使之成爲「不齒於人類的狗屎堆」了。在以後的幾代知識分子，更是想在自己的血脈中離開「陽春白雪」的遺傳基因，轉而崇拜「下里巴人」的文學藝術欣賞趣味了；儘管很多人並

〔註76〕〔英〕約翰・凱里：《知識分子與大眾》，吳慶宏譯，譯林出版社 2002 年版，
　　　　第 238 頁。

非是出自「靈魂爆發革命」的動機，但即便是表面文章，也給文學藝術帶來了災難。這是幸還是不幸的一個悖論問題暫且不表，我要回到的是問題的原點。

所有這些，仍然還不是我對約翰·凱里理論闡釋的興趣所在，我更加注意到的是，所謂的「現代主義」思潮和當今中國左派文藝思潮之間的關聯性問題。凱里最後總結性的闡述應該是全文最精彩的段落了，他說：「正如讀寫在『大眾』中的普及驅使 20 世紀初的知識分子去創造一種大眾無法欣賞的文化模式（現代主義）一樣，從電視和其他大眾傳媒獲取文化的新途徑，驅使知識分子發展出一種反大眾的文化模式，即對現存文化再加工，使大多數人都達不到它的水平。這種模式的稱謂不一，或稱爲『後結構主義』，或稱爲『解構主義』，或簡單稱爲『理論』，它始於 20 世紀六十年代雅克·德里達的作品。德里達的作品在學術界吸引了一大批模仿者和渴望被看作知識分子先鋒的文學研究者。爲確立其反大眾的地位，『理論』必須把自身界定成諸如電視之類大眾傳媒的顯著特徵相反，其中最重要的是不同於大眾傳媒的可理解性。電視必須確保讓教育程度不一定高的廣大觀眾理解，而『理論』則必須確保不讓他們理解。在一定程度上，通過模仿德里達和其他一些『理論』實踐者用的詞語和特殊的文字用法，『理論』成功地形成了一種讓大多數以英語爲母語者費解的語言。」〔註 77〕太精妙了！凱里所總結的不僅是歐洲知識分子的心態和作爲，也生動地描述了他所沒有能夠預料到的中國文學藝術界自 20 世紀80 年代以來對這種「理論」生吞活剝的現象。我不明白的問題是，那些在中國倡導所謂「後結構主義」和「現代主義」的先鋒批評家們，有幾個是眞正瞭解歐洲知識分子的眞實文化心理和他們設定的理論目標呢？抑或他們在一知半解的情況下，拾人牙慧地硬是將那頂帽子強行扣在中國作家的頭上，也使一批阿 Q 式的中國作家們感到一種莫名的榮耀。我也不知道他們頻頻地在報刊上發表言論，以及在電視熒屏上屢屢出鏡，是受了商業文化的誘惑，還是有意對德里達們理論的背叛？

「在強烈反對大眾傳媒的顯著特徵的過程中，『理論』獲得成功的第二點在於對人類趣味故事的反對。聚焦名人是電視吸引力能達到深廣程度的一個要素，在文化報導中，它的一般形式是採訪作家、演員或導演與記錄有關作家及藝術家生平的傳記節目，而『理論』卻認爲這種傳記方法既微不足道又

〔註77〕〔英〕約翰·凱里：《知識分子與大眾》，吳慶宏譯，譯林出版社 2002 年版，第 243 頁。

離題萬里，並因此摒棄了這種傳記方法。『理論』否認作家或藝術家與其作品的意義之間有確定的關係。在這些方面，『理論』與 20 世紀初克萊夫・貝爾的《藝術》和奧爾特加・加塞特的《藝術非人化》等藝術論文的觀點一致。如我們前面所見，這些作品教導我們，只有那些具有那樣藝術情感的人，才在藝術作品中尋求人類趣味故事和其他這類『多情的不相干的事物』，而且『詩人背後的人的激情與痛苦』是墮落的大作，而不是特別有天分的少數人的視閾。『理論』（我們毫不奇怪地發現，總是對尼采畢恭畢敬）宣揚的是：藝術和文學是『自我指示』或『自我發動』的──也就是說，它們與現實社會或普通人的生活毫不相干。這一觀點完全與布魯姆斯伯里集團的唯美主義者對『粗俗大眾』強烈要求的『攝影般的』現實主義的恐懼相同。正是出於這種恐懼，克萊夫・貝爾把十七世紀荷蘭的藝術貶損為一堆『彩色照片』。」〔註78〕讀到這裡，我首先想到的是中國在 20 世紀 80 年代興起的所謂「現代主義」思潮的曇花一現，許多理論家和批評家在對西方理論和背景無知的境況下，簡直是在中國文學藝術理論的舞臺上「複製」演出了一齣活生生並不相關的鬧劇。就像如今一批理論家和批評家在鼓吹「後現代主義」那樣，真的是猶如盲人騎瞎馬那樣滑稽和可怕。

　　在約翰・凱里所列舉的林林總總的西方大師級的理論家和批評家面前，我們重新回眸這三十年中國文化和文學理論界和批評界所走過的道路，其值得我們反思的問題還遠遠不止這些。但願中國的文學藝術在這一面鏡子的映照下能夠走好一些。

第三節　尋覓文學藝術的靈魂和知識分子的良心

　　《蘇聯的心靈》收錄的是伯林從未發表過的描寫和論述「二戰」前後蘇聯文化狀況的散文速寫與論文，與伯林其他論著不同的是，從文體上來說，其筆法半是散文、半是論文。書中不僅展示了作者無盡的文學描寫才華，以及廣博的文學藝術知識，同時，其犀利深刻的文學藝術批評的思想，也成為解剖一切難解的俄國文化和文學藝術中思潮、現象、流派、社團、作家作品之謎的犀利手術刀，充分體現出一個真正的思想大師之卓越風範以及那種大手筆的非凡力量。

〔註78〕〔英〕約翰・凱里：《知識分子與大眾》，吳慶宏譯，譯林出版社 2002 年版，第 244 頁。

　　我寫這部書的讀後感想釐清伯林思想發展變化的過程，其次，聯繫中國近百年的文學史狀況與俄羅斯文學的發展做一個平行的比較，以期從中找到一些有規律的東西。

　　《斯大林統治下的俄羅斯文學》這篇文章寫於一九四五年十二月。他不僅高瞻遠矚地從文學史和文學理論的層面來概括這一時期文學的主要特徵，而且對俄羅斯文學的熟諳，以及對西方文學的全面瞭解令我歎爲觀止。

　　伯林把 20 世紀前半的俄羅斯文學分爲三個階段，即：一九〇〇至一九二八年，一九二八至一九三七年，一九三七至一九四五年。

　　從一九〇〇至一九二八年，伯林認爲進入 20 世紀的前些年的俄羅斯文學，尤其是詩歌，「達到了自普希金、萊蒙托夫和果戈理的古典時代以來的一個巔峰。雖然十月革命對它造成了猛烈的衝擊但也無法阻遏其高漲的勢頭。全神貫注且不厭其煩地沉浸於對社會和道德問題的思考，或許是整個俄羅斯藝術和思想的一個最爲引人注目的特徵，這一特徵極大地影響了十月革命，而且在革命勝利後還引發了一場曠日持久的激烈論戰。」〔註79〕這一現象——「沉浸於對社會和道德問題的思考」成爲俄羅斯文學傳承的一個核心價值理念。這與中國辛亥革命和五四前後的狀況有些相似，但是，在本質上所不同的是：俄羅斯文學在十月革命前後討論的是怎樣「反資產階級」，是布爾什維克與孟什維克兩派不同的觀念之間的角力；而中國文學偏重於向舊世界告別，企圖迎接的是一個西方民主的烏托邦。當然，十月革命的勝利也給中國文學的理論界提供了一個可視的窗口，但是這期間尚不爲主流思潮，直到一九二八年的「土地革命」似乎才可以看出十月革命對中國農村革命的影響之端倪，也正是在這一時期才證明了伯林所說的一九二七至一九二八年蘇聯的「無產階級集體主義文化」狂潮，也即「拉普」（PAPP，無產階級作家聯合會）對中國文學的影響，則是毫無疑問的事實。這從中國文學界和文化界在三十年代初所產生出來的「左聯」組織即可明鑒。儘管最終斯大林清洗理由歸咎於托洛茨基分子，但是在中國，當時的蔣家王朝忙於奪取政權，用殘酷的白色恐怖對付共產黨人，無暇顧及文化和文學戰線的事情，以爲「秀才造反」可以不予理睬。雖然國民黨宣傳部也設立了報刊檢查制度，但大多數爲擺設，往往遭致文藝界之垢病與抨擊，也就糊裏糊塗地走過場了，遠不如斯大林的無產階級專政的文化鐵拳來得迅猛無情。

〔註79〕〔英〕以賽亞・伯林：《蘇聯的心靈》，潘永強、劉北成譯，譯林出版社 2010年 7 月版，第 2 頁。

　　從一九二八至一九三七年，伯林認為這時期的蘇聯文學度過了動盪的歲月，「新的正統」隨著托洛茨基的垮臺而建立起來，孕育出了「以其冷酷的簡單性和粗魯的狂熱新世界觀而自詡的無產階級文化」。不過，伯林沒有全盤否定這樣的文化樣式，認為「充滿著道德說教的共產主義理論並不那麼反對自由，在這一點上倒是與一九一四年以前意大利未來主義有許多相似之處。這是一個誕生傑作時代。」〔註80〕伯林列舉了以馬雅可夫斯基為精神領袖的一系列作家作品，其中對那個「白銀時代文學」的著名作家馬雅可夫斯基的評價還是十分中肯的，他沒有因為意識形態的分歧而否定狂熱的無產階級作家，「他即使不是一位偉大的詩人，也算得上一位激進的文學革新者，一個能夠產生驚人的活力、感染力，尤其是影響力的解放者。」當然，還有一些另類的作家，例如帕斯捷爾納克、阿赫瑪托娃、曼德爾施塔姆等未被蘇聯文學史列入名冊的作家。小說家列舉的是阿·托爾斯泰（按：即小托爾斯泰，他的《苦難的歷程》在五六十年代曾經風靡中國）、普里什文、卡達耶夫、左琴科、皮里尼亞克、巴別爾、伊里夫和彼得羅夫。更重要的是，伯林提到了那些「不合時宜」的流亡作家蒲寧、茨維塔耶娃、霍達謝維奇、納博科夫等。在這裡，伯林雖然抨擊了斯大林主義者對「異端邪說」進行的所謂「獵巫運動」，但是，正因為分不清左好還是右好，對立雙方的言論反而帶來了「一種嚴酷的生命力」，「無論是原創性還是評論性的作品……卻很少顯得乏味」〔註81〕。這似乎有些像一九五七年「反右」前夕的中國文學界，「引蛇出洞」前的繁榮，造成了大批知識分子的匆匆上陣，慷慨激昂地抨擊時弊，最後導致精神的潰敗。可見，中國文藝界自三十年代仿傚「拉普」建立「左聯」機構以後，我們才算真正踏著蘇維埃革命文學的節奏亦步亦趨地前行，最多也就是慢個半拍至一拍，直到六十年代中蘇反目。

　　另一個值得注意的問題就是「黨制定文學『路線』。一九三四年布爾什維克政權通過採取分級監控的辦法進一步強化了這項古老的制度——首先通過作協，然後經人民委員，最終由黨的中央委員會做出決定。」〔註82〕通過

〔註80〕〔英〕以賽亞·伯林：《蘇聯的心靈》，潘永強、劉北成譯，譯林出版社 2010年 7 月版，第 4 頁。

〔註81〕〔英〕以賽亞·伯林：《蘇聯的心靈》，潘永強、劉北成譯，譯林出版社 2010年 7 月版，第 6 頁。

〔註82〕〔英〕以賽亞·伯林：《蘇聯的心靈》，潘永強、劉北成譯，譯林出版社 2010年 7 月版，第 5 頁。

一系列制度的保障來控制文學的走向，這顯然是蘇聯的發明，由此而產生的「要求無產階級作家團體對蘇聯的新主題進行集體創作；其後又推崇蘇聯時期和蘇聯之前的英雄人物」。從這裡，我們似乎可以從「十七年文學」和「無產階級文化大革命」的「十年文學」中找到了它的源頭。如果說蘇聯文學對「作家們不得不鍛鍊他們把握分寸的能力，在不打破正統的框架或招致直接的罪名和懲罰的前提下來表達他們非正統的觀念」還保有一定的藝術自覺和藝術追求的話，那麼，中國作家就沒有那樣的覺悟和幸運的機緣了。所以，蘇聯作家對這種政治高壓下的反抗也似乎從來就沒有停止過，除了列舉的許多作家外，伯林特別提到了一九三五年才去世的高爾基爲了保護有才華的藝術家免遭毒手，「利用其巨大的個人權威和聲望保護一些傑出的引人注目的作家免受過份的監管與迫害；他自覺地扮演著『俄國人民的良心』的角色，延續了盧那察爾斯基（甚至是托洛茨基）的傳統。」〔註 83〕毫不客氣地說，在中國左傾文學思潮泛濫的日子裏，似乎還找不到一個像高爾基這樣的文學領袖人物，更多的是那些對上奴顏脾膝、對下頤指氣使的「奴隸總管」式的官僚與打手。這就是俄羅斯知識分子和中國知識分子因不同的文學道德傳統而造成的不同結果。

與上述時段不同的是，從一九三七至一九四五年，蘇聯的大清洗運動和中國的延安整風運動幾乎是同步進行的，不再慢半拍，因爲共產國際直接介入了延安的整風運動。整風運動最終傷害的是中國現代知識分子群體的精神世界。

伯林首先提到的是「一九三七和一九三八年的大清洗和大審判」戕害和殺戮了許多有才華的藝術家，它「對蘇聯文學界的改變超乎所有人的想像」。當然，也有對現實不抱任何幻想而自殺的，如此前就自裁的詩人葉賽寧和馬雅可夫斯基。伯林說「高爾基的逝世使知識分子失去了他們唯一強有力的保護者，同時也失去了與早先相對比較自由的革命藝術傳統的最後一絲聯繫。」〔註 84〕我卻以爲此說是難以成立的，即便是高爾基還活著，也不能改變斯大林的大清洗政策，把扭轉一個專制「路線」的希望寄託在一個文學領袖的身上是不現實的。我們可以像伯林那樣去指責文學藝術界「對權威的卑躬屈膝

〔註83〕〔英〕以賽亞・伯林：《蘇聯的心靈》，潘永強、劉北成譯，譯林出版社 2010 年 7 月版，第 5 頁。

〔註84〕〔英〕以賽亞・伯林：《蘇聯的心靈》，潘永強、劉北成譯，譯林出版社 2010 年 7 月版，第 8 頁。

達到了前所未聞的程度」，但是我們不能夠苛求每一個文學藝術家都有錚錚鐵骨，面對強大的專政機器，一些文學藝術家苟活下來就算是幸運的了。與此同時，也就是在中國的解放區，延安整風運動開始後，嚴酷鬥爭、無情打擊，成為蘇維埃政府整肅所謂異己分子的必然手段，像王實味這樣的刀下冤魂就不足為奇了。整整二十年之後的一九五七年，在中國大地上又重演了對知識分子大清洗的悲劇，五十五萬知識分子被無情地消滅（我指的主要還是精神上的消滅）。

在這個時段裏，我們所不能迴避的問題是蘇聯的「衛國戰爭」，以及中國的抗日戰爭。無疑，「二戰」期間，蘇聯人民為世界反法西斯戰爭付出了高昂的代價，所創作的「軍事文學」是令世界矚目的。但是，伯林繞開了這些話題，著重講述了這樣一個動人的故事：遭到官方鄙夷控制的一些天才作家用他們的傑作征服了俄羅斯和她的人民。帕斯捷爾納克（還沒有人敢否認他的詩歌天才）創作的作品不帶什麼政治性的、多數是純粹抒發個人情感的詩歌出乎意料地在前線的士兵中流行起來。流行的詩人在世的還包括像阿赫瑪托娃這樣的頂尖詩人，不在世的（革命後去世的）包括勃洛克、別雷甚至勃留索夫、索洛古勃、茨維塔耶娃以及馬雅可夫斯基。那些在世的最傑出的詩人尚未發表的作品，私下以手稿的形式傳給了幾位朋友，並互相傳抄，前線的士兵像讀愛倫堡在蘇聯報紙上發表的雄辯的社論，或這個時期最受歡迎的正統的愛國主義小說一樣，以驚人的熱情並懷著深深的喜愛相互傳閱。才華出眾但至今仍然遭受猜疑的孤獨作家們，尤其是帕斯捷爾納克和阿赫瑪托娃，開始收到大批來自前線的信件，信中引用了他們已經出版和尚未出版的作品，還向他們索求照片並請求他們確認某些文本的真實性，其中的有些文本還只是以手稿的形式存在，甚而請求他們對這樣或那樣的問題發表自己的看法。」這就是俄羅斯！這就是俄羅斯文學！因為這個民族有著深厚的文學傳統和淵源，她那廣袤的土壤中蘊藏著豐富的文學萌芽，她的人民，而非刻意戴上「工農兵」桂冠的文學讀者，對文學的熱愛是扎進了自身的血脈之中的，他們對藝術的崇拜已經融化為他們精神生活的一個組成部分，而非當今中國在商品文化孵化下對一些沒有文化修養的寫手與藝人（而非文學藝術家）的盲目崇拜，其「粉絲」那樣無知而幼稚可笑，其淵源是與刻意推廣的無產階級工農兵文學不無關係的。無論是創作者還是接受者，離開了文學藝術本身的魅力，其一切附加上去的所謂感染力都是虛假的。在這裡，伯林試圖表達：

任何藝術都是超越時空、超越階級的。那些把文學藝術當作無產階級專政的「齒輪和螺絲釘」或者宣傳工具的理論都是沒有藝術生命力的過眼雲煙。相比之下，中國自左翼聯盟後產生的文學藝術作品就沒有那麼幸運了，因爲我們沒有帕斯捷爾納克和阿赫瑪托娃那樣眞正偉大的文學藝術家，況且魯迅那樣的文學家和思想家已經死去，即便繼續活著，他能否像高爾基那樣去「不合時宜」地生存？

　　伯林在「現在」（按：指一九四五年）這一節裏，除了痛陳嚴厲的專制文化以外，還突出論述了老一代文學藝術家與新一代文學藝術家之間的代溝問題。這時的文化背景是「整個俄羅斯文壇籠罩在一種萬馬齊喑的奇怪氛圍中。或許這是下一波驚濤駭浪來臨之前的平靜，然而我們還看不到有任何新鮮的事物將要在蘇聯出現的跡象。」〔註85〕接下來伯林描述的是老一代作家的無限憂鬱，而年輕一代作家卻朝氣蓬勃地進行著那些暫時載入蘇聯文學史的作家的作品創作。正是這些創作深深地影響著中國五六十年代的文學走向。中國的五六十年代的人都是吮吸著這些所謂偉大作品的乳汁成長的，雖然現在的俄羅斯文學已經將這部分作品逐漸淡化出了文學史，但是其「黨的工具」論影響卻是巨大的。「年輕一代作家下筆如飛，似乎思考本身還趕不上寫作的速度（或許是因爲他們中有太多的人根本就不思考），而且以如此赤誠的忠心和充沛的精力不知疲倦地重複相同的寫作模式和公式」〔註86〕，「突然之間湧現出一大批作家，他們輕率、幼稚而又多產，從粗糙、呆板的正統作品到充滿大量文學技巧的文章無所不寫。」伯林將其中典範的作家康斯坦丁·西蒙諾夫作爲分析的範例，這隻「斯大林的戰鷹」，「滔滔不絕地寫了大量質量低劣但完全迎合正統觀念的作品，歌頌蘇聯的英雄典型，勇敢、清廉、簡樸、高尚、無私，完全投身於祖國的事業。」〔註87〕而老一代作家則對此持批評的態度：浮光掠影的創作和粗陋的標準化英雄崇拜不可能產生出眞正的藝術作品；英雄本身的複雜內心世界就值得剖析；沒有更感人、更精緻的藝術形式就不可能產生好作品（這樣的局面在「解凍」以後才眞正改變了蘇聯文學

〔註85〕〔英〕以賽亞·伯林：《蘇聯的心靈》，潘永強、劉北成譯，譯林出版社2010年7月版，第15頁。

〔註86〕〔英〕以賽亞·伯林：《蘇聯的心靈》，潘永強、劉北成譯，譯林出版社2010年7月版，第16頁。

〔註87〕〔英〕以賽亞·伯林：《蘇聯的心靈》，潘永強、劉北成譯，譯林出版社2010年7月版，第16頁。

中對戰爭的描寫，如《這裡的黎明靜悄悄》那樣的作品）；英雄人物描寫應該突出其「內心的衝突」，並破除那些「不亞於中世紀宗教藝術」的政治目標的清規戒律。顯然，兩代人對藝術的分歧從根本原因上來說，還是一個價值立場的問題——對藝術的忠誠度是衡量藝術家與偽藝術家的試金石。

　　一九四五年，隨著世界反法西斯戰爭的勝利和中國抗日戰爭的勝利，人們對來自嚴重政治工具化了的文學藝術放鬆了注意力。其實，在經過了延安整風以後的中國解放區文學藝術已經開始逐漸佔據了文化戰線的主導地位，與蘇聯的情形是有相似之處的：「就目前而言，蘇聯對新鮮事物極端渴求和不加批判地接受現有的低劣精神產品之間的巨大反差，是當前蘇聯文化最顯著的一個現象。」〔註 88〕所不同的是，對這種情形的認識，蘇聯還有一些知識精英保存著清醒的頭腦，而中國就恰恰缺少這樣的知識分子。「蘇聯仍然存在一批雖年事已高但思路依然清晰的真正的知識分子精英，儘管他們處境艱難而且人數在不斷減少。他們涵養深厚，感覺敏銳，一絲不苟且明察秋毫，他們還保持著俄國知識分子在革命前的那種未受侵蝕的極高的批判標準，在某些方面可以說是世界上最純粹最嚴格的批判標準。」〔註 89〕但是，即使有一批「代表著俄羅斯良心」的知識分子，他們也會在血的教訓和高壓下沉淪和被馴服，「這種體制對他的刺激遠比那些生活在資產階級國家，相對來說遭到忽視的藝術家同行所能受到的刺激要大得多」。由此可見，由蘇聯製造的諸如「作家協會」這樣的制度性組織，有效地化解了許多來自知識分子內部的矛盾，這一點在社會主義陣營的國家裏得到了統一，它在將文學藝術家的思想高度地統一到黨和國家的意識形態中來，是起了不可忽視的巨大作用的。雖然在蘇東解體之後，這樣的團體紛紛解體，但是中國的文學制度中還保持這樣的建制，足見其所發揮的作用是不可低估的。伯林在六十七年前就看出了這些知識分子將會用另一種生活態度和方式解脫掉批判的沉重枷鎖而獲得心靈的慰藉：「儘管那些具有獨立性格又受過獨立教育的人們在俄國經常會覺得自己處境艱難，甚至感到絕望，但他們仍能夠在知識上和社會地位上獲得某種快樂……」在這一點上，直到今天也仍然是我們中國大部分作家和藝術家的世界觀和生活狀態。

〔註88〕〔英〕以賽亞・伯林：《蘇聯的心靈》，潘永強、劉北成譯，譯林出版社 2010
　　　　年 7 月版，第 22 頁。

〔註89〕〔英〕以賽亞・伯林：《蘇聯的心靈》，潘永強、劉北成譯，譯林出版社 2010
　　　　年 7 月版，第 22 頁。

其實，伯林不僅是一個最嚴格的批評家和思想家，而且也是一個理想主義者。他在這篇文章的最後，還是對蘇聯文學，不，應該是俄羅斯文學，抱有巨大的希望。這反映出伯林對俄羅斯文學的尊敬。但是，六七十年過去了，伯林的預言在今日的俄羅斯實現了嗎？我近年來兩次去俄羅斯，我在努力尋找這種高貴的文學藝術血統的蹤跡，尤其是在普希金的故鄉聖彼得堡，但均以失望告終。可見專制政策對文學藝術的傷害是曠日持久難以平復、難以癒合的。

《蘇聯為什麼選擇隔離自己》這篇文章不長，完全使用的是外交報告式的書寫方式，但是，其分析的深刻性絕非一般的外交官所能企及的，尤其是文中對俄羅斯民族文化心理的分析，亦非一般的批評家所能達到的高度。我們從中可以看到俄羅斯排斥西方而建立紅色體系的根本原因所在。

「我們都知道俄國之所以對西方不信任主要是因為她從未長期融入過歐洲，也不經常與歐洲各國打交道，所以她覺得不安全，低人一等。值得一提的是，可能除了屠格涅夫之外，沒有哪位偉大的俄國作家不受排外情緒影響，有時甚至達到了對西方的極端仇視。俄國覺得她佔領的這塊土地上的『西徐亞人』既不屬於東方也不屬於西方，這種尷尬的地位在她內心產生了一種永遠難以克服的恐懼症。經濟的落後又大大加深了她的自卑感，但是我覺得或許還有比這些更複雜的原因。那就是認為歐洲、尤其是英國這樣的資本主義國家是通過周密的計劃來算計世界的——這一理論已經逐漸被固化成事實——他們認定英國採取的每一項他們始料未及的措施，都是某項長期計劃的一部分：要不然，他們會說，英國怎麼會獲得這麼大的勢力？」〔註90〕這種民族文化心理的積澱固然是有資本主義擴張掠奪所造成的因素，但是，民族自信心的孱弱卻是一個最重要的因素。

同樣，回顧中國自鴉片戰爭以後的民族文化心理，或許我們比俄羅斯還要深重得多，我們不僅受西方列強的欺辱，還要受來自俄羅斯和亞洲日本國的侵略；但是，那種自大的封建王朝帝國的面子和無知，致使像道光皇帝能夠說出「英吉利是什麼」、慈禧太后說出「不能和別人比美，還不能和他們比醜」的昏話來。這些民族文化心理的積澱被五四新文化的先驅者們批駁得體無完膚，尤其是魯迅在其小說《阿Q正傳》裏做出了辛辣的諷刺，這就是該作品為什麼能夠成為中國文學百年經典的奧秘所在。國人在批判這種孱弱的

〔註90〕〔英〕以賽亞·伯林：《蘇聯的心靈》，潘永強、劉北成譯，譯林出版社 2010 年 7 月版，第 88 頁。

民族文化心理的同時，能夠找到精神的出路嗎？答案是否定的！否則魯迅這樣的知識分子是不會「兩間餘一卒，荷戟獨徬徨」的，但是魯迅拋棄了進化論的觀念，轉而相信了階級鬥爭學說，這個謎團的解釋有國內學者的多種論說，似乎都有不嚴密之處，而伯林用於解釋俄羅斯民族文化心理的獨見，是否能夠為我們解釋中國文學和文化界自上世紀三十年代開始偏向左翼的理論的緣由打開一扇窗戶呢？魯迅的知識死角和盲區恰恰是不能直接閱讀大量的西方著作，從日本所接觸的許多二手西方理論思潮往往是有限的，甚至是被歪譯了的，因此缺少西方理論的參照，包括馬克思主義理論的深入研究，恐怕是我們在匆忙接受無產階級左翼理論時囫圇吞棗、食而不化的原因吧。

相反的是，「馬克思主義理論進一步強化了這種關於英國政策的所謂『長期計劃』論，它讓蘇聯的官員自覺不自覺地按照階級鬥爭來解釋英國的動機」〔註91〕。因此，列寧關於資本主義的理論就在具有這樣的民族文化心理的國家滋生和蔓延。這是一九四六年伯林總結蘇聯時的觀點，卻證明了他的判斷是符合世界歷史發展規律的。我們撇開那種外交官的眼光和辭令不論，就伯林解釋英蘇外交上為什麼形成隔膜的根本原因而言，他的理論顯然是站在一個文化思想家的高度來進行剖析的，所以，其生命力才會如此地強大。對照中國百年文化與文學的發展，我們不能不佩服伯林的遠見卓識也給了我們一把認識過去、現在和未來的新鑰匙，拿它去解開許許多多中國文化和文學之謎，或許能夠推開一扇敞亮的理論之門。

回過頭來看，資本主義的理論家們也不可以把複雜的問題簡單化，伯林的分析和告誡是十分中肯和犀利的：「我批判地總結一下英國對俄國的政策。首先必須記住俄國人不相信我們說的每一句話，因為他們認為他們比我們自己更瞭解我們。」〔註92〕應該要讓俄國人「堅定不移地去追求所有那些看起來符合我們和整個世界核心利益的東西，那麼我們或許可以期待取得最後的勝利。否則長期的政策之爭只會演變成一場意識形態的衝突，直至武力的對抗，最終導致所有自由的人們都無法接受的兩大原則之爭的戰爭」〔註93〕。

〔註91〕〔英〕以賽亞‧伯林：《蘇聯的心靈》，潘永強、劉北成譯，譯林出版社 2010 年 7 月版，第 89 頁。

〔註92〕〔英〕以賽亞‧伯林：《蘇聯的心靈》，潘永強、劉北成譯，譯林出版社 2010 年 7 月版，第 94 頁。

〔註93〕〔英〕以賽亞‧伯林：《蘇聯的心靈》，潘永強、劉北成譯，譯林出版社 2010 年 7 月版，第 94 頁。

無疑，在剛剛結束的「二戰」後的歲月裏，伯林從一個人文主義思想家，而非一名具有政治立場的普通外交官的立場上，預言了世界兩大陣營因爲意識形態所引發的「冷戰」！它將是對「整個世界核心利益」的破壞。這樣的預言是需要深厚的宏觀理論功底所支撐的，在這份看似外交報告的文件裏，我們看到的是一個人文思想家偉岸的形象。

《人爲的辯證法：最高統帥斯大林與統治術》這是寫於一九五二年的一篇政論文，但是它所觸及的卻是許多文化政策的問題，是關乎包括中國在內的 20 世紀後半葉社會主義國家黨的「路線鬥爭」指導文學與文化生命線的理論問題。六十年前，伯林就在這篇文章的引言中說：「能夠小心翼翼地讓自己的行爲與黨的辯證運動合拍搭調——對從左向右轉這個精確瞬間的把握多半靠的是直覺——那是蘇聯公民所能學到的最重要的訣竅。如果你不諳此道，即使對這個體制有再深刻的理論認識也無濟於事，一些才能出衆、精明強幹，在建國之初曾經狂熱擁護堅定支持這個政權的人最終卻被打倒，已經向我們昭示了這一點。」〔註94〕歷史會有驚人的相似之處的！蘇聯與中國曾經發生過幾乎一樣悲慘的故事，那是因爲「路線鬥爭」決定了兩國相同的歷史命運。三十至四十年代，斯大林所發動的大清洗運動和人爲地造成的大饑荒，使蘇聯人民處於極度的恐慌之中，人禍天災延綿不絕，從某種程度上來說，苛政猛於災也！（這很像我們的一九五九至一九六三年的「天災人禍」時代）僅一九三四至一九三八年，被處決的政治犯就達一百多萬，就連蘇聯的領導人基洛夫也在一九三四年十二月一日被暗殺，可見其嚴厲肅殺的惡劣環境是何等恐怖。從這裡，我們尋找到了無產階級文化大革命的蹤跡。

問題的答案還得回到階級鬥爭的學說上，因爲只有階級鬥爭才能挽救革命的學說可以支持斯大林式的統治：「所有的革命領袖都不希望看到他的政權被自己點起的烈焰所吞噬，……所以，革命後的政權就必須——也只能——遵循它的規律。就像法國大革命爆發本身遵循著那些規律一樣，它的由盛轉衰以及在督政府時期的擱淺，乃至後來出現的帝國和復辟，大概也遵循著同樣的辯證過程。無論馬克思的歷史唯物論被認爲包含有多少決定論的色彩，斯大林似乎已經下定決心要打破以往革命的宿命，不讓悲劇降臨到自己的政

〔註94〕〔英〕以賽亞·伯林：《蘇聯的心靈》，潘永強、劉北成譯，譯林出版社 2010 年 7 月版，第 95 頁。

權。」〔註95〕於是，繼續革命成爲無產階級專政的「永動儀」。由此，我又想起了阿倫特在《論革命》一書中對這種階級鬥爭的暴力行爲根源的分析，在法國大革命、美國革命和俄國革命的比較中，她認爲，由法國大革命的領袖人物羅伯斯庇爾傳授給他的學生馬克思的暴力革命理論，後來演變成馬克思的階級鬥爭學說，本來只是理論實驗室裏未經實踐的產品，一旦被列寧進行試驗後就得到了放大，而到了斯大林那裏就被無限誇張了，直到後來被許多國家社會主義的革命領袖所不同程度地運用，這就是伯林所說的斯大林「發明出的一種人爲辯證法，讓實驗者本人在很大程度上能夠操控和預測它的結果。他不是讓歷史自發地按照辯證的螺旋曲線波動，而是將這一過程置於人的掌控之下。問題是要在冷漠與狂熱這一對『辯證兩極』之間找到一種平衡的方法」。〔註96〕在這段話的後面，伯林特別加上了一個長長的注釋：「這個問題當然不是一種純理論，也不是憑空產生的──它是斯大林或其他人在對歷史和歷史規律進行抽象思考的過程中產生的。當第一次布爾什維克的專制統治和『戰時共產主義』的極端路線被新經濟政策的折中路線取代之後，重蹈法國大革命覆轍，或就此而言重蹈一八四八至一八四九年革命覆轍的危險，想必已經眞切地擺在布爾什維克領導人的面前。對此他們一定經常被人，尤其是外國評論家們提醒。於是這裡所描述的政治導航技術，像大多數應運而生的發明一樣，應急迫的現實之需誕生了。」〔註97〕須得再行注釋的是，伯林所指的無產階級的階級鬥爭理論並不完全視斯大林爲唯一實踐者，他說的「其他人」，應該是比斯大林更早的列寧同志，列寧在十月革命以後想採用的恰恰就是「電氣化加蘇維埃」，更明確地說，就等同於「資本主義的經濟技術加無產階級專政」的模式，可惜的是，這個模式尙未充分地實行，列寧就撒手人寰，繼而被斯大林改變爲純粹的無產階級專政了。

　　斯大林模式在四十年後的中國「文革」當中得以全面貫徹。從當時蘇聯的情況來看，路線鬥爭闡定的指導思想是不容有任何質疑的：「按照一般的假

〔註95〕　〔英〕以賽亞・伯林：《蘇聯的心靈》，潘永強、劉北成譯，譯林出版社2010年7月版，第103頁。

〔註96〕　〔英〕以賽亞・伯林：《蘇聯的心靈》，潘永強、劉北成譯，譯林出版社2010年7月版，第104頁。

〔註97〕　〔英〕以賽亞・伯林：《蘇聯的心靈》，潘永強、劉北成譯，譯林出版社2010年7月版，第104頁。

設，黨是從來不會犯錯誤的；要錯也只可能是因爲對路線理解錯誤或執行不力。」〔註98〕這就成爲以後一切黨員群衆，乃至每一個公民都應該遵循的鐵律，否則就會遭致肉體和精神的雙重打擊。所以，我們在看這一段蘇聯文學史的時候，千萬不能忘卻它所處在的那個特殊的政治文化語境，否則我們就不能理解那時的文學藝術思潮，就不能準確闡釋一切作家作品中的人物與場景。反觀中國從三十年代延安時期開始的黨的路線鬥爭，我們不能不說，路線鬥爭完全超過了階級鬥爭，因爲革命的對象一旦從外部轉向內部後，其階級鬥爭的矛頭就指向了黨內的「異己分子」，換言之，路線鬥爭就是階級鬥爭的一種變體，而且是更高階段的階級鬥爭表現形式。

《蘇俄文化》這篇文章寫於一九五七年，正是在這個歲月裏，中國也經歷了一場運動——「反右鬥爭」。從當年伯林的論述中，我們同樣可以在俄羅斯的文學藝術家那裏找到驚人相似的階級鬥爭答案。

伯林認爲：「現代俄國文化一個最引人注目的特徵就是它有一種非常強烈的自我意識。」〔註99〕其主要表現在「那些偉大的小說家，還有許許多多二流的小說家，與俄國小說中絕大多數人物一樣始終關注的不僅僅是他們作爲人的目標，或作爲家庭、階級或行業成員的目標，而且是他們作爲俄國人，作爲一個具有獨特問題的獨特社會的成員，他們的遭遇、使命和未來。」〔註100〕這正是俄羅斯許多作家和藝術家的共性——把民族和國家的命運和自我意識維繫在一起成爲他們的宿命。但是，伯林在這些作家身上看到的更多的是「民族的自戀」，無論是癡迷宗教的陀思妥耶夫斯基，還是熱衷於道德的托爾斯泰，抑或是致力於永恒美學的藝術家屠格涅夫，甚至是遠離政治的「純粹」的藝術家契訶夫，「無不終其一生密切關注著『俄國問題』」。關注「俄國問題」，我本人卻認爲這恰恰是俄國知識分子精神的優秀之處，沒有這樣一個對本民族文化和文學的熱愛，就不會產生出那麼多前赴後繼的偉大而壯烈的思想撲火者！當然，我也理解伯林的意圖，他認爲蘇聯文學藝術家應該像西方的文學藝術家那樣「不必爲他們的主題是否符合準確的歷史、道德或形而上學的

〔註98〕 〔英〕以賽亞‧伯林：《蘇聯的心靈》，潘永強、劉北成譯，譯林出版社 2010
　　　　 年 7 月版，第 106 頁。

〔註99〕 〔英〕以賽亞‧伯林：《蘇聯的心靈》，潘永強、劉北成譯，譯林出版社 2010
　　　　 年 7 月版，第 123 頁。

〔註100〕 〔英〕以賽亞‧伯林：《蘇聯的心靈》，潘永強、劉北成譯，譯林出版社 2010
　　　　 年 7 月版，第 123 頁。

背景這類問題所困擾」〔註101〕，而應以關注人的終極問題爲目標。

的確，中國文學藝術也與俄羅斯一樣，首先要考慮的是思想主題的正確與否，這與生活在西方的知識分子是不同的。西方知識分子無法理解生活在那樣語境中的知識分子的眞實心理狀態，倘若他們在作品中表現出一個知識分子的思想尊嚴與社會良知的話，無疑要爲此付出沉重代價！但這正是最寶貴的精神財富。伯林把這種思維方式歸咎於東西方文學藝術家所選擇的哲學思想的不同，顯然俄國人選擇的是黑格爾的歷史主義觀。黑格爾的哲學，成爲俄國思想界最後選擇了馬克思主義作爲無產階級革命理論資源的橋梁，用伯林的話來說就是「馬克思主義包含了年輕的俄國造反者所期待的一切要素」。這種哲學的迷狂，我並不以爲是不合理的，問題在於俄國革命或中國革命，無產階級專政下的階級鬥爭學說被無限誇張和放大以後，必將把眞理引向荒謬。

伯林對斯大林的知識分子統治術的剖析卻是切中要害的，他認爲把知識分子作爲機器和工具的理論才是最爲可怕的事情：「斯大林對知識分子有一句著名的且非常耐人尋味的描述，稱他們爲『人類靈魂的工程師』。這個說法完全出自馬克思主義的假設……類似的說法列寧也曾經在他非常著名的政治理論著作《國家與革命》中提到過，根據他的論述，嶄新的自由社會，擺脫了一個階級對另一個階級的壓迫，看起來就像一個工廠或車間，工人們在其中勞動，完全擺脫了機器的束縛，這完全是一幅技術官僚勾畫出來的生活圖景。」〔註102〕這些理論導致一大批革命的理論家迷狂，蘇聯領導人斯大林、托洛茨基、季諾維也夫、布哈林、莫洛托夫們推崇的「不是目標而是手段」，「革命的推進需要那些更有想像力、更鐵血、更有膽魄、更堅決的執行者——他們從未想過世界革命的進程會半途而廢。」〔註103〕但是，正是把革命的理論只作爲手段來使用，就會產生恐怖的後果，在這一點上，伯林反證了斯大林的悖反之處：「問斯大林是否是一個虔誠的馬克思主義者，甚或是一個虔誠的列寧主義者，就好比問拿破侖是否相信理想或法國大革命的那些理念……從所有

〔註101〕〔英〕以賽亞・伯林：《蘇聯的心靈》，潘永強、劉北成譯，譯林出版社2010年7月版，第124頁。

〔註102〕〔英〕以賽亞・伯林：《蘇聯的心靈》，潘永強、劉北成譯，譯林出版社2010年7月版，第128頁。

〔註103〕〔英〕以賽亞・伯林：《蘇聯的心靈》，潘永強、劉北成譯，譯林出版社2010年7月版，第129頁。

這些方面來看，他當然是一位真誠的甚至是十分粗鄙的馬克思的信徒……若說斯大林在思想上有什麼值得稱道之處的話，那就是他根本不怎麼在意——哪怕是口頭上——列寧的那些帶烏托邦色彩的觀點。」〔註104〕我們並不在意伯林用反諷的口吻去嘲諷斯大林的政治觀念，而是對斯大林使用的政治手段很感興趣：把馬克思主義極力進行「簡化」，而「新的斯大林主義的價值體系與墨索里尼所宣揚的那套非常類似：都強調忠誠、幹勁、服從和紀律」。這種鐵血理念改變了馬克思主義的原旨：「那條著名的馬克思主義的公式——理論與實踐的統一——被簡化成一套用來論證官方政策合理性的引語。那些被用來鎮壓哪怕是最忠實地信奉斯大林主義的知識分子（更別提那些所謂的路線錯誤分子和尚未改造的舊體制殘餘分子）的任何跡象的方法——補充一下，還有這方面的成效——在有文字記載的人類壓迫史上可謂是獨一無二的現象。」〔註105〕我不清楚伯林在寫這篇文章的時候是否知曉中國的「反右鬥爭」，我也不知道中國「引蛇出洞」式的政治手段是否來自斯大林主義的翻版，但它們之間的共性則是有目共睹的。

在蘇聯，「結果是在俄國文化史上留下了一段長長的空白。從一九三二到一九四五年，實際上到一九五五年，毫不過份地說，除了自然科學，在俄國幾乎沒有發表過任何有很高內在價值的聲響或評論文章，也幾乎沒有創作出這樣的藝術作品。」〔註106〕如果說蘇聯文學的冰凍期是從上世紀三十年代開始，那麼中國知識分子的真正冰凍期應該是從伯林寫這篇文章的一九五七年始，一直到「文革」結束後的幾年。對知識分子進行階級鬥爭的原因何在，往往會引出許許多多不同的分析。伯林以為：「這項政策或許主要與斯大林的個人性格有關。他曾經屬於一個被壓抑的少數民族，受極少的教育，對傑出人物和知識分子都懷恨在心，尤其反感那些能言善辯的社會主義者。後者在理論方面的辯才在革命前和革命後都經常讓他自慚形穢，托洛茨基只是其中最傲慢最光芒四射的代表。」〔註107〕

〔註104〕〔英〕以賽亞・伯林：《蘇聯的心靈》，潘永強、劉北成譯，譯林出版社2010年7月版，第134頁。

〔註105〕〔英〕以賽亞・伯林：《蘇聯的心靈》，潘永強、劉北成譯，譯林出版社2010年7月版，第136頁。

〔註106〕〔英〕以賽亞・伯林：《蘇聯的心靈》，潘永強、劉北成譯，譯林出版社2010年7月版，第136頁。

〔註107〕〔英〕以賽亞・伯林：《蘇聯的心靈》，潘永強、劉北成譯，譯林出版社2010年7月版，第136頁。

雖然伯林對斯大林內心陰暗一面的推論未必就十分準確，但也不無道理。如果說斯大林的這種消滅思想的政策手段還是有時段局限的話，那麼，在中國，這一政策持續了更長的時間。在階級鬥爭「年年講，月月講，天天講」的歲月裏，那些忠誠地信奉馬克思主義理論的同路知識分子的命運尤為慘烈，這是令人難以理解的地方。

「如何讓這樣一個為歐洲語言增添了『知識分子』這一術語、并為革命勝利起了如此突出甚至決定性作用的知識階層，在這麼長的一段時期內如此絕對地俯首帖耳呢？這是一個非常有意思的問題。正是這樣的一群人，他們流血犧牲為整個革命運動播下了種子，其中列寧在推翻舊制度保衛新制度的過程中所扮演的領導角色遠非馬克思所能及；在遭到摧毀時，他們沒有大聲疾呼，只是流亡國外的有一點憤慨的聲音。但在蘇聯國內則是一片沉默與完全屈從。僅僅通過恫嚇、酷刑和暗殺在這個國家是不可能做到這一點的，據我們所知，這個國家早已對這類方式司空見慣，但仍然在 19 世紀的很長時間裏保持了一種活躍的革命地下活動。這裡我們必須承認斯大林通過他自己對統治術的獨創做到了這一點。」〔註108〕作為一個離開俄羅斯文化土壤的西方視野下的學者，伯林對為共產主義理想而獻身的知識分子的政治待遇而忿忿不平，甚至有些動容。幾十年以後，當年斯大林「獵巫運動」的直接後果就是為這場偉大的無產階級革命進行了一次性的埋單——直接導致社會主義體制在蘇聯東歐的終結。

伯林認為斯大林最厲害的地方就是將從事文學藝術的知識分子群體「完全非道德化」處理：「即使在受沙皇壓迫最厲害的時候，畢竟也還存在一些完全自由的表達領域，至少，你可以保持沉默。斯大林徹底改變了一切。沒有任何領域獨立於黨的方針之外。」〔註109〕在這樣的政治高壓下，還有什麼「獨立的思想，自由的意志」可言呢？即便是持最正統的馬克思主義理論的知識分子也會為此提出異議。在中國，像胡風那樣虔誠的馬克思主義者試圖用他那個三十萬言書來抨擊這樣的政策，卻落得個二十多年的牢獄之災。

毋庸置疑，在這篇文章中，我最感興趣的是第五部分，因為伯林對馬克思關於社會主義與資本主義性質的討論，成為這本書最有價值的亮點之一。伯林試圖將馬克思揭示的資本主義罪惡還原到當時正在上升階段的蘇聯社會

〔註108〕〔英〕以賽亞・伯林：《蘇聯的心靈》，潘永強、劉北成譯，譯林出版社 2010年 7 月版，第 137 頁。

〔註109〕〔英〕以賽亞・伯林：《蘇聯的心靈》，潘永強、劉北成譯，譯林出版社 2010年 7 月版，第 141 頁。

主義政權模式的身上，「以其人之道還治其人之身」。

伯林認爲斯大林主義的政治會給共產主義世界帶來毀滅性的打擊。「值得一提的是這種體制帶來另一種結果，即馬克思主義者眾口一詞地歸咎於資本主義的大多數典型的罪惡，只有在蘇聯自己身上才能找到他們最純粹的表現，我們對資本主義剝削、工資鐵律、把人變成純粹的商品、剩餘價值被那些掌握生產資料的人所榨取、意識形態的上層建築取決於經濟基礎等等常見的馬克思主義範疇耳熟能詳，但這些概念最適合運用在哪裏呢？」〔註110〕伯林的答案是明確無疑的：「經濟剝削在西方是一種非常熟悉的現象，但沒有哪一個社會像蘇聯的工人階級一樣受到他們統治者如此長期、系統而又公開的『剝削』。誠然，從中所得到的利益並沒有落入雇傭者或資本家私人的腰包。眞正的剝削者是國家本身，說得更確切些是那些實際操縱權力機構的人。」〔註111〕爲什麼會有如此悖謬的結局呢？

伯林在一九五七年的這篇文章中用一個常識性的解釋，孟什維克學派早已爲此做過合理性解釋的理論。「研究俄國革命的每一位學者都清楚，布爾什維克與正統的馬克思主義派別——孟什維克——最深刻的分歧在於，直接向社會主義過渡是否可行。孟什維克一直認爲，按照馬克思的所有解釋，眞正的社會主義只有在一個已經高度工業化的社會才可能實現——在這個社會裏組織嚴密的無產階級構成了人口的大多數，他們通過致力於克服『不可避免的』且日益嚴重的經濟發展的『矛盾』，從而能夠剝奪剝奪者並開始進入社會主義。」可是，在布爾什維克，尤其是托洛茨基等的蠱惑下，相信了俄國革命的無產階級專政的過渡時期「能夠穿越『歷史辯證法』所要求的那幾個階段」。「以人爲或調控的方式取代西方資本主義『自然』發展：兩條道路同樣通往欣欣向榮的共產主義」，他們自以爲這就是馬克思主義的「科學武器」，「能夠通過一場成功的革命來『縮短分娩的痛苦』」〔註112〕。但是，相對來說，一九一七年的俄國還沒有多少資本主義，無產階級還很弱小。斯大林在三十年代以後開始了社會主義工業化，經過努力成爲世界第二大工業國。但是，國

〔註110〕〔英〕以賽亞·伯林：《蘇聯的心靈》，潘永強、劉北成譯，譯林出版社 2010年 7 月版，第 142 頁。

〔註111〕〔英〕以賽亞·伯林：《蘇聯的心靈》，潘永強、劉北成譯，譯林出版社 2010年 7 月版，第 142 頁。

〔註112〕〔英〕以賽亞·伯林：《蘇聯的心靈》，潘永強、劉北成譯，譯林出版社 2010年 7 月版，第 145 頁。

家強大了，成爲軍事工業強國，卻不能使人民富裕。

伯林對俄國的革命歷程進行了這樣的總結：列寧的錯誤顯然代價更爲慘重。俄國陷入前所未聞的工業化的恐怖之中。其實，伯林說的也不全對，列寧在十月革命之後，也隱約感到了這一問題的嚴重性，他推行的「新經濟政策」的核心觀念就是他設想的「電氣化加蘇維埃」，所謂「電氣化」就是資本主義「高度工業化」的代名詞，可惜他的這一補救措施尚未全面實行，就被無產階級專政的革命浪潮所打斷，到了斯大林專制時期就更是沒有機會進行資本主義式的「高度工業化」的補救了。一九五七年，蘇聯的社會主義剛剛進入一個幾乎是鼎盛發展的關鍵時期，伯林竟然用這樣犀利的眼光來分析它的歷史和未來。改革開放後的中國顯然吸取了蘇聯的教訓，鄧小平同志乾脆避開「姓社還是姓資」的這個永遠繞不清楚的僞命題，徑直加速「高度工業化」進程，以彌補孟什維克所說的那個不可逾越的歷史階段。

在這樣的背景之下，蘇聯的知識分子和文學藝術家們在做些什麼事情呢？伯林毫不客氣地批判了那些「俄羅斯社會良心」的叛徒們：「遠比西方更明顯的是，思想、文學和藝術作品用來爲殘酷事件的合理性做辯護，或充當它們的煙幕，或作爲逃脫罪孽感和愚昧感的工具，或作爲麻痺人民大眾的鴉片。」作爲無產階級專政的「齒輪與螺絲釘」，知識分子和作家們背負著自以爲是的紅色十字架，他們的「得意洋洋」是出於內心的喜悅，爲布爾什維克的文學事業而獻身已經成爲一部分人的自覺意識。這一點是不足爲怪的，在五十年代的中國，這樣的所謂知識分子和作家就更爲普遍。不因爲他們以爲歷史眞正的「時間開始了」！一旦他們發現事實與理想斷裂的時候，一部分正直的知識分子和作家就會進行深刻的反思：「作家和知識分子想要的——在作協最近的一些會議上提出抗議的那些人和提出類似抗議的那些人便是明證——並非是能夠有多大的自由抨擊現行的正統，甚至是有多大的自由去討論意識形態的問題；而是僅僅希望能夠如實地描寫生活，而不必參照意識形態的要求。小說家感到煩憂，或者厭惡，因爲他們不得不將呆板的、概念化的蘇聯英雄和反派人物放進他們的小說或搬上舞臺；他們熱切地希望能夠以更強烈的——即便仍然十分幼稚的——現實主義，更多樣的手法以及更大的心理自由來進行創作；他們抱著一種懷舊心情嚮往列寧主義統治的二十年代，在他們看來那就是一個黃金時代，但也僅僅到此爲止。這與政治反抗的熱情截然不同。作家們——或者說至少是一部分作家——希望在道德層面上公開

談論或指責官僚體制、僞善、謊言、壓迫、正不壓邪等現象，甚至當局在表面上對此也予以支持。」〔註113〕伯林描述的這種蘇聯文學界現象也幾乎同時發生在中國，一九五六至一九五七年的上半年，「引蛇出洞」，「大鳴大放」，許多知識分子和作家開始對現實批判，包括對社會主義現實主義教條的批判，那篇《現實主義──廣闊的道路》的文章就是一個典型事例。從知識分子在「反右鬥爭」中的表現來看，前後判若兩人的作家和知識分子大有人在，爲什麼會這樣呢？這當然也是體制所造成的，就如伯林從蘇聯的文化官員那裏所得到的答覆那樣：「而知識階層，作爲蘇聯社會中很受尊敬的一個階層，不會願意社會秩序受到威脅，因爲他們從這個體制中獲得很多──首先是名望和財富。」這樣的待遇下，許許多多的知識分子和作家就不得不考慮到他們的立場問題了。中國亦是如此，當然除了「文革」的特殊時期是一個特例外，一個在體制內生存的知識分子能夠自由地選擇他的價值立場嗎？

知識分子的分化不可避免。伯林是這樣描述當時蘇聯的知識階層的：「那麼到此爲止，我們已經看到，19 世紀整個俄羅斯文學就是對俄國生活憤怒的大控訴；我們還看到 20 世紀二十年代和三十年代初的各種痛楚、熱情和苦澀，經常的絕望、衝突以及殊死的決鬥。一部分前斯大林時代的文人幸存下來，名聲顯赫，但已是鳳毛麟角；他們是出自神奇但衰亡的時代的傳奇人物，既值得尊敬，又讓人驚詫。張牙舞爪而又趨炎附勢的、半弔子馬克思主義的市儈居於其上。一群真正有教養的、有洞察力的、道德尚未泯滅且通常天賦超群，但被嚇得戰戰兢兢，對政治不聞不問的『專家』居其中；誠實、易受影響、天真得要命、純粹、渴望知識，非馬克思主義又有半弔子文化，充滿難以滿足的好奇之人居其下。大體而言，這便是蘇聯的文化。」我們不能說伯林對一九五七年的蘇聯文化狀況做出了準確的概括，但是就其對蘇聯知識分子的分類，卻是有獨見的，用這樣的分類來考察一九五七年以及之後的中國知識分子階層，即便是進入新世紀以後的今天，也大抵是不會錯的。從這個意義上來說，俄國革命的確是中國革命的「一面鏡子」。

《不死的俄國知識階層》這篇文章寫於一九九〇年，這是在伯林八十一歲時的著述，也是這部書裏最短的一篇論文，只有兩千字左右，但是，從中我們看到伯林對俄國知識界所寄予的無限希望是令人感動的。也就是在蘇聯

〔註113〕〔英〕以賽亞・伯林：《蘇聯的心靈》，潘永強、劉北成譯，譯林出版社 2010年 7 月版，第 152 頁。

剛剛解體的幾年裏，伯林似乎看到了作爲一個階層的知識分子思想的崛起。

首先，伯林對知識階層做了專門的界定：「知識階層並不等同於知識分子。有人說，知識分子關心的只是如何把思想盡可能變得有趣。而『知識階層』是一個俄語詞彙，表達的是一種俄國現象。它誕生於一八一五至一八三〇年，是由一群有教養的、道德敏感的俄國人發起的一場運動，他們不滿蒙昧的教會，不滿對大多數生活在卑賤、貧困和無知中的老百姓無動於衷的殘暴的政府，不滿在他們看來簡直是踐踏人權、阻礙思想與道德進步的統治階級。」「他們堅信個人與政治的自由，堅信非理性的社會不平等注定會被消滅，堅信眞理的存在，在他們看來這與科學的進步在某種程度上是統一的。他們持一種啓蒙的觀點。」伯林列舉的是諸如陀思妥耶夫斯基那樣的一群偉大的作家，他們參加了爭取自由的鬥爭，但是這個知識階層在不同程度上「被系統地瓦解了，但並沒有完全被消滅」。伯林以爲「眞正的知識階層正在變得越來越少」。可是，就在 20 世紀末的 90 年代，他發現在大量的作家和藝術家裏「繼承了老一代知識階層的道德品質、正直思想、敏銳的想像力和極強的個人魅力」的年輕知識分子湧現出來了，其高貴知識階層血統在安德烈・德米特里耶維奇・薩哈羅夫這樣的知識分子那裏得到了繼承：「他的科學眼光，身體上和道德上難以置信的勇氣，特別是他始終不渝地獻身於眞理，讓我們不可能不把他看成是我們時代的新老知識階層中最純潔最善良的典型。」在他身上我們看到了「非常熟悉的屠格涅夫、赫爾岑、別林斯基、薩爾蒂科夫、安能科夫以及他們在 19 世紀四五十年代的朋友們」的影子，這就是俄羅斯文學和文化優越的地方——知識分子的精神品質代代接力、生生不息、薪火承傳——面對強權和高壓，他們始終堅守著一個知識分子的良知和道德底線，這就是俄羅斯民族中最值得驕傲的地方，這足以使伯林這樣帶著西方知識分子眼光的人所敬佩：「俄羅斯人是一個偉大的民族，他們擁有無窮的創造力，一旦他們獲得自由，說不準他們會給世界帶來什麼樣的驚喜呢。出現一種新的專制主義並非沒有可能，但目前我還看不到有任何跡象。邪惡終將被戰勝，奴役正在走向滅亡，人類有理由爲這一切而感到自豪。」〔註114〕

當結束本書最後一句話的時候，伯林也沒有料到的是，他的期望在此後的二十年裏並沒有得到鮮明的兌現，因爲世界發生了巨大的變化，社會主義

〔註114〕〔英〕以賽亞・伯林：《蘇聯的心靈》，潘永強、劉北成譯，譯林出版社 2010 年 7 月版，第 160 頁。

陣營裏的各個國家（除少數極個別的國家）都在全球商品化的席捲下紛紛放棄了極端革命的理念，而進行工業化甚至是後工業化的補課。但是，消費文化語境卻又帶來了一個更加嚴重的問題：作家和藝術家們同時也拋棄了優良的人文傳統，尤其是放棄了自己作爲社會良知存在的知識分子立場。所有這些，應該是我們在俄國這面歷史的鏡子裏得到的最好啓示吧！

第四節　「理性萬歲，但願黑暗消滅」

我是文人，我說這話，痛苦但自豪快樂。俄國文學是我的命，我的血。

我們要什麼樣的生活？我們生活在哪裏？爲什麼生活？

人性的人格我恐怕要愛得發狂了。我現在開始像馬拉一般愛人類。我相信，哪怕能使極少一部分人類幸福快樂，我也會毫不猶豫，用火與劍毀盡其餘。

——別林斯基

一

作爲大批評家，別林斯基一直是和車爾尼雪夫斯基、杜勃羅留波夫並稱爲俄國革命文學批評的「三駕馬車」，被我們幾十年的教科書奉爲正統的馬克思主義理論大亨。殊不知，他和車爾尼雪夫斯基那樣的斯拉夫主義者卻是有著本質區別的思想家和批評家，因爲他提倡的文學的理念是「人性的人格」，既非無產階級專政的鬥爭哲學統攝下的文學，亦非在宗教掩蓋下的僞善而空洞的文學。他更像西方啓蒙以後的思想家和批評家的理念路數，雖然伯林說西方世界對他知之甚少。但是後來的蘇聯無產階級文學中的社會主義現實主義理論家們竭力將他收納進這個流派之中，且奉爲祖師爺，卻是一個巨大的有意性誤讀。

由於別林斯基核心價值理念「人性的人格」文學的釋放，致使許多人會在他關懷貧困的受壓迫者的言論中抽繹出各種各樣的流派歸屬和定位，其實，用一種最簡單的方法來概括別林斯基，我以爲他就是在俄羅斯大時代歷史轉折關頭的一名執啓蒙之火炬的文學批評家。用巴涅夫、屠格涅夫、赫爾岑、安能科夫、歐加列夫、陀思妥耶夫斯基的話來說，「他是俄國知識階層的

『良心』、是天賦靈感且大無畏的政論家；在俄國，幾乎只有他是獨具個性與辯才，而能將眾人感受到的但無法表達或不願表達的事情，予以清晰而嚴肅宣示的作家。」〔註115〕無疑，別林斯基之所以被幾代作家和理論家所推崇，最重要的因素就是他所具備的以下幾點文學批評性格特質：一是他有巨大的理性思辨能力，他的批評依靠著這一雄辯的能量而穿透一切作家作品的表層，而直達其要害；二是他的批評和政論充滿著持之以恒的最基本的人性價值理念，而非隨風變幻、追逐時尚、仰人鼻息、拾人牙慧的「小蜜蜂」式的評論，而是涇渭分明、堅守信仰、獨具個性的「牛虻」式的批評；三是他的批評是絕不留情、絕不寬恕一切政敵和一切朋友的真性批評，他的代表著的是他的「俄羅斯良心」，是他視為「命」和「血」的文學事業。

　　鑒於此，我們就不能不想到中國這個步俄羅斯文學後塵近百年文學的歷史狀況了。首先，我想到的是撒切爾夫人的預言：不用擔心中國會強大，因為中國不可能產生思想家。撒切爾夫人的預言雖然刻薄而無稽，但是，從某種意義上來說，自世界進入現代社會以後，我們的哲學理性之光雖尚未泯滅，但只是如星星點點的螢火蟲那樣飛舞著，沒有強大而明晰透徹的思想理論體系支撐，我們只能永遠在朦朧的黑暗中踽踽獨行。反觀百年的文學批評，我們之所以沒有別林斯基那樣真正的文學批評大家，就是我們缺乏理性的素養和眼光。倘若一個具有理性的批評家不能或不敢說出自己真知灼見，他就不可能成為真正的好批評家。在18世紀30年代，別林斯基就衝破了感情的偏見，對那種狹隘的斯拉夫民族主義的文化與文學做出了科學而理性的批判，亦如伯林對他觀念的總結的那樣：「俄國文化乃人工造作的外來之物，在普希金崛起之前，都不能與莎士比亞、但丁、歌德和席勒同日而言，甚至無法與偉大的寫實作家如司各特和古柏（Fenimore Cooper）相提並論。所謂俄國民族文學，無非是法國模式的二三流模仿之作所形成的一堆可憐的複製品，卻也博得美名。而俄國民歌、民謠以及史詩比這些仿作更可鄙。至於斯拉夫主義者，他們熱愛俄國的舊風俗與舊習慣、熱愛傳統斯拉夫服飾以及傳統俄國歌曲與舞蹈、熱愛老掉牙的樂器、熱愛拜占庭正教的僵化物事，喜歡拿斯拉夫人的精神深度與精神財富同頹廢而『正在腐爛』（被迷信與污穢的物質主義腐化）的西方進行對照——這是幼稚的虛榮與錯覺。……別林斯基高喊：要

〔註115〕〔英〕以賽亞·伯林：《俄國思想家》，彭淮棟譯，譯林出版社2001年版，第181頁。

是蒙特尼格羅人明天死光了，這個世界也不會增加絲毫不幸。與十八世紀任何一個高貴的精神相比較——一個伏爾泰、一個羅伯斯庇爾——拜占庭和俄國拿得出什麼來？只有偉大的彼得，而他屬於西方。」〔註116〕無疑，作為一個革命者，別林斯基早年也是對法國文學和法國式的大革命報以熱烈的擁護，以此來詆毀那種狹隘的斯拉夫民族主義的夜郎自大情緒。的確，任何一種自大而褊狹的民主主義文化和文學觀念都是十分可笑和可悲的，但是，它卻能夠將一個國家和民族的文化和文學膨化到極其無知而可笑的地步而獲得眾星捧月的鼓吹！

　　回眸中國 20 世紀以來的文化和文學，何嘗又不是如此悲哀呢？20 世紀40 年代我們的工農兵文學方向就開始把民族主義的東西誇大到了無以復加的地步，致使我們的文學一直走在黑暗的盲道上還竭力鼓吹和自詡這是一條「金光大道」，我無意詆毀那一批從事工農兵文學的虔誠作家，甚至我也真誠地敬佩他們對文學的忠誠和執著，但是，他們缺乏的恰恰就是一個作家創作必須具備的素養——開闊的視野、廣博的知識和獨立思考的能力！趙樹理的人品絕對是一流的，但是他的作品能夠成為中國的一流文學嗎？他的作品能夠成為世界文學殿堂裏的「一朵奇葩」嗎？柳青是我很欣賞的一個作家，僅憑他為文學獻身的精神就使當今的諸多所謂「農村題材」作家的人品黯然失色，在那個大饑荒的年代裏，他能夠舉家遷入皇甫村做一個地地道道的農民來體驗農村生活，是任何標舉著極左革命口號的作家們都不可能做到的事情，但是，《創業史》能夠成為中國文學的「史詩」嗎？他寫出了中國農民的真正性格了嗎？哪怕是肖洛霍夫《靜靜的頓河》筆下哥薩克農民個性的再現，我以為都沒有達到，何談為「偉大的史詩」！究其原因，就是當時無限誇張了的民族主義的文學思潮——「民族風格和民族氣派」遮住了作家的眼睛，對世界文化和文學的一無所知，使那批工農兵作家走進了創作的死胡同。直至浩然從 1958 年開始的創作由寫農村生活中的男女愛情趣事轉向階級鬥爭的「重大題材」的抒寫，到文化大革命時期被捧上了中國文學創作的「第一把交椅」，成為當時紅極一時的「文學巨人」，可謂中國文學的恥辱史。一個農民作家被吹捧得如此之高，除去彼時的政治因素外，難道我們的文學批評家沒有責任嗎？更值得深思的問題是，即使過去了四十多年，至今尚有批評家和文學史

〔註116〕〔英〕以賽亞・伯林：《俄國思想家》，彭淮棟譯，譯林出版社 2001 年版，第197 頁。

家還在爲《金光大道》這樣的作品鼓吹，這種借屍還魂的極左思潮正印證了那種狹隘的民族主義思潮陰魂不散的現實。

除去 1949 年以後培養出來的工農兵批評家外，那些從五四文學走來的批評家和作家們都是吃過豬肉和聽過豬喊的大作家，但是他們都緘默了，甚至許多人都說出了違心的話。所以，我以爲，在中國的 20 世紀中期（1949 年爲界）到世紀末（1980 年代以後）的文學中，我們是沒有眞正意義上的文學批評家的，不要說像別林斯基這樣敢於高喊出自己見解的批評家絕跡，就連敢於說出對作家作品不滿的批評家都是鳳毛麟角的，因此，中國盛產的是「評論家」──那種只能鑽在作家皮袍底下或是主流意識形態石榴裙下哼哼唧唧、歌功頌德的吹鼓手和唱詩班歌手，時至新世紀尚延綿不絕、流傳有序。

別林斯基站在時代轉折的關鍵時刻，對媚俗的民粹主義和蒙昧的宗教主義文化與文學思潮進行了無情的抨擊，對俄羅斯的強大的斯拉夫農民意識進行了無情的嘲諷，認爲這是阻遏科學進步與發展的反動力量。他甚至贊揚彼得大帝推翻沙俄封建制度的勇氣，因爲他認爲革命須得循序漸進式的向前發展，而非完全毀滅一個舊有國家和社會的存在，所以他所提倡的是彼得大帝式的「改革」！別林斯基在給友人的信中說出的話語是值得革命者反思的。別林斯基擁護革命，但是他厭惡皮相而膚淺的革命後果──「解放了的俄國沒有組織議會，只會奔進酒館，狂歡、摔杯子，把紳士弔死，因爲他們刮鬍子、穿歐洲衣服。」相比俄羅斯革命，中國革命又何嘗不是一次又一次的阿Q式的農民革命的循環往復呢？別林斯基又反對革命，因爲革命後給俄國人民帶來的卻是更多的思想迷茫和精神的困惑──「法國經兩次革命，結果又憲政，而在這個立憲的法國，思想的自由遠遠不及獨裁專制的普魯士。德國才是現代人類的耶路撒冷。」我以爲，所有這些複雜思想的形成，都是與別林斯基革命觀在現實世界的毀滅有關，因爲他是崇拜法國大革命的精神領袖羅伯斯庇爾的，但也從現實世界的殘暴中眞切地體驗到了革命的荒唐性，所以他才試圖擁戴有權威、有智慧、有統治能力的獨裁者，才宣布「強權即公理」的合理存在。作爲一個民主主義的革命者，在多如牛毛的法國革命中，別林斯基無疑是站在資產階級革命的立場上來反對專制的，但是，革命後的許多無產者的革命行爲使他產生了深深的懷疑，可惜的是，就在 1848 年的法國大革命如火如荼進行的時候，別林斯就溘然長逝了，他看不到 1870 年的「九月革命」中人類歷史上第一個無產階級專政的政權巴黎公社的身影

了，儘管這個政權是如此的短命。因此，他對後來的蘇聯無產階級暴力毫無所知，也不可能有所預言，他對革命的認知也就只停留在 1789～1794 年的法國資產階級革命上。因為他沒有將法國大革命與美國革命相比較，也沒有窺見到 1917 年「十月革命的曙光」，所以他指望的資產階級民主革命在俄國沒有爆發，卻迎來的是一場轟轟烈烈的無產階級革命。但是他早年對馬克思設計的理想中社會主義的烏托邦卻是充滿憧憬：「有朝一日，沒有人會活活燒死、沒有人會頭顱落地……沒有富戶、沒有窮人，無人是君、無人為臣……人人都是兄弟。」然而，當他晚年回顧和反省這一理念的時候說出的這樣一段話卻使我震驚：「我痛恨與一個可鄙的現實和解的可鄙欲望，偉大的席勒萬歲——高貴的人性辯士、燦爛的救世之星、使社會脫離血腥傳統的解放者！普希金說得好『理性萬歲，但願黑暗消滅！』現在，我認為人性的人格（the human personality）高於歷史、高於社會、高於人類……天啊，想到自己這一向的主張，使我感到發燒、瘋狂，悚然而驚。我如今的感受有如大病一場。」〔註 117〕也就是說，別林斯基已經意識到從感性出發的對革命的認知是不可靠的，只有在理性燭照下對革命的辨識才是可靠而科學的結論。他渴望民主憲政，但是又看到革命後憲政的種種弊端，從而又轉向開明的獨裁，也就是所謂的「民主獨裁」。殊不知，憲政民主只有在制度與法律的保障下，在人民監督的陽光下才能充分發揮它的活力和作用，靠那種農民起義式的無產階級革命起家，而沒有建立一個有效的民主機制，就有可能導致那種循環往復的惡性政治文化下的新暴政。

為了防止出現農民革命後新的封建帝王的再次還魂的政治格局，法國大革命的歷史經驗不僅是別林斯基那樣的俄羅斯作家和批評家所要記取的歷史教訓，更應該成為中國作家和批評家所要確立的價值目標——革命的目的不是產生新的剝削人和壓迫人的機制，不是建立一個新的少數人統治大多數人的國家制度，更不是把革命變成處決自己政敵的斷頭臺而壓制人的自由。由此，一切革命的暴力的行動都是違反人性自由追求的劊子手。所以，別林斯基才為自己的批評確立了一個批評家應該具備的人文素養——對介入社會現實生活的批評理念成為他文學批評的軸心理論：「不和諧是和諧的一個條件」！「走入社會，否則不如速死！這是我的口號。只要個人還受苦，普遍

〔註117〕〔英〕以賽亞·伯林：《俄國思想家》，彭淮棟譯，譯林出版社 2001 年版，第203 頁。

的東西對我有何意義？當人群在泥沼裏打滾，孤獨的天才卻住在天堂裏，這與我何干？我的人類弟兄、我在基督裏的弟兄，只因無知，實際上就變成陌生人、敵人；即使我領悟……藝術或宗教或歷史的本質，如不能與他們共享，則此悟與我何益？……陰溝裏嬉戲的赤腳兒童、衣衫襤褸的窮人、爛醉的車夫、下班的軍人、手夾公文包而步履蹣跚的官員、沾沾自喜的軍官、倨傲的貴族——這些景象，我都無法忍受。向一名士兵和一位乞丐施捨一文錢，我居然幾乎要哭出來，一路跑開，彷彿幹下了不可告人的勾當，好像不希望聽到自己的腳步聲似的……世界如此，一個人有權利到藝術或科學裏埋首自忘麼？」〔註118〕如此反差的社會圖景和人物素描則是促使別林斯基的批評走向對苦難的揭發和對專制的抨擊，這就是他為什麼被稱為「俄羅斯的良心」的原因，也許我們不難從中找到其清晰的中國式答案吧。

二

　　別林斯基一生中最深刻、最有代表性、最有見地、也是最激動人心的批評就是在他即將離開這個世界前夕所發出的批評的最強音——對果戈理的暴風雨般的批評成為他批評文字的絕唱！

　　果戈理是在別林斯基評論中成長起來的作家，一個一貫贊賞和培育果戈理的大批評家為什麼突然會在臨終前對自己一手扶植起來的作家進行最憤怒、最嚴厲和最無情的抨擊呢？起因就是這位諷刺作家在1847年發表了一本反自由、反西方、欲求恢復農奴制和沙皇統治的小冊子《與友人通訊選粹》〔註119〕引起了別林斯基巨大的憤怒和反彈，他在病入膏肓的最後日子裏奮筆疾書，痛擊果戈理「背叛真理、出賣光明」！他在1847年7月15日撰寫的《致果戈理的公開信》中義正詞嚴地宣稱：「以宗教作掩護，皮鞭為倚恃，虛偽與悖德被當成真理與美德來宣揚的此時，我不能緘默。」「你，提倡皮鞭的教士、宣揚無知的使徒、捍衛蒙昧主義與黑暗反動的鬥士、韃靼生活方式的辯護士——你在幹什麼？瞧瞧你的立足之地罷，你正站在深淵的邊上。你根據正教

〔註118〕〔英〕以賽亞·伯林：《俄國思想家》，彭淮棟譯，譯林出版社2001年版，第205頁。

〔註119〕伯林在此特別加了一條注釋：果戈理在名著《死魂靈》中立志揭露「世人聞所未聞的俄國靈魂富藏」，但書未成而亡。他夢想這筆財富，盛讚農奴之美德，但他基本理想是要使農奴永保被欺辱的既有狀態，這與沙皇政策殊途同歸。《與友人通訊選粹》更進一步，判定農民不應該受教育，認為教士的話比一切書本更有用。

而闡發你的高論，這，我瞭解，因為正教向來偏愛皮鞭和牢獄，向來對專制獨裁五體投地。然而這與基督有何關係？……比起你那班教士、主教、長老、大主教，那個以嬉笑怒罵，將歐洲的迷信與無知之火撲滅的伏爾泰，當然更是基督之子、基督肉中之肉、骨中之骨……我們的鄉下教士是粗劣通俗故事的主角——教士往往無非饕餮之徒、守財奴、阿諛媚俗和寡廉鮮恥之流，不是迂腐玄學的煩瑣多烘，就是盲目無知的小人。只有我們的文學在野蠻的檢查制度下仍然露出生命與前進運動的信號。之所以我這般尊崇作家的志向，之所以認為渺小的文學也能成器，之所以認為文學職業能夠成為炫目的徽章而使豔麗的制服黯然失色，之所以相信一個自由作家即使才能微薄也能引起廣大人民的矚目，就是因為他們握有真理與社會正義。而出賣天資以服侍正教、獨裁與民主主義的大詩人，很快喪失眾望……俄國民族是對的，看出俄國作家是它僅有的領袖、辯護者，以及將它由俄國的君主專制、東正教義與民族至上的昏天黑地裏解放出來的救星。俄國民族可以原諒一本劣書，但不能原諒一本有害的書。」〔註120〕別林斯基為何如此激動、如此憤慨？就是因為果戈理所犯下的是一個真正的知識分子不可饒恕的罪行——以人民信任名義出賣了人民的利益！助紂為虐、為虎作倀！寫到這裡，我想，別林斯基作為一個行將就木的人，當然是沒有任何顧忌了，「只欠一死」者是毫無畏懼之心的，因為他是不再怕殺頭的病人。再仔細想想，也不盡然，按照別林斯基的一貫性格，即使此時他健康良好、家庭幸福，他仍然會舉起投槍與匕首刺向自己思想和精神上的敵人。因為在 19 世紀的俄羅斯文壇上有著一大批堅守著真理與社會正義的作家和批評家，正因為他們的存在，才構成了俄羅斯文學史中的「黃金時代」和「白銀時代」輝煌的文學，是一種有骨有血的文學——反對專制、提倡自由、渴望民主成為他們共同的母題，而作為批評家別林斯基的偉大之處，就在於他用批評的武器聚集了這一大幫作家，是他授予了普希金 19 世紀俄羅斯文學的桂冠，是他把包括果戈理在內的一大批默默無聞的小作家推上了俄羅斯文學史的花壇，但是，使他始料不及，也是使他極度悲哀的是，在原本以為全是同路人的隊伍裏竟然出現了思想的叛徒，果戈理在《欽差大臣》裏嘲諷的王公貴族，卻成了其筆下的德政者，這是別林斯基決不能饒恕的，他的憤怒也可能正是這個大批評家的天真之處——殊不

〔註120〕〔英〕以賽亞·伯林：《俄國思想家》，彭淮棟譯，譯林出版社 2001 年版，第 208～210 頁。

知，知識分子群中最容易產生思想的變節者，而最可貴的卻是那種道德的守持者。同樣，在中國 20 世紀的文學史中，我們也足見許多貌似果戈理那樣的作家和批評家，問題在於，更可怕的是這些思想的變節者並非清醒地意識到自己已經成爲自由民主的叛徒，已經成爲某種勢力的「巴兒狗」或「乏走狗」，也更罕見有人指出他們種種劣跡的本質所在——因爲我們沒有別林斯基！我們沒有產生別林斯基的思想土壤和成長環境。儘管在整個 20 世紀當中，我們是吮吸俄羅斯和蘇聯文學的乳汁最多的國家和民族，可惜的是，我們所汲取的大量營養卻往往是有毒者居多。更關鍵的是，我們往往是喝著他們二三流作家的乳汁，讀的是被曲解了的批評家文字——像被披上了馬克思主義哲學和美學外衣的別車杜（指別林斯基、車爾尼雪夫斯基、杜勃羅留波夫），像被斯大林主義巨人化和紅色化了的高爾基……而這些人物背後眞實的歷史是被遮蔽著的。所以，我們卻獨獨很少在諸如別林斯基對果戈理的批判事件中尋覓到批評的眞諦——爲知識分子施行補鈣醫治的精神手術。

我們的一部新文學史從來就是臣服於政治，臣服於權勢的「歌德派」的歷史，患上了嚴重的軟骨症，就像別林斯基形容他眼裏的中國（筆者認爲別林斯基對中國的看法雖有偏見，但是他看到的正是鴉片戰爭時衰敗不堪的大清帝國景象，那是一幅眞實的圖景，所以，這個比喻是可以成立的）那樣「：像軟骨病的幼童般撐在鐵架子上才站得起來的國家。」不錯！就因爲 20 世紀初的五四啓蒙運動沒有使得中國的知識分子眞正站立起來，才使得現代啓蒙在民間流產，其根本原因就是知識分子的自我啓蒙都遠遠沒有完成，何談啓蒙大眾呢？！這就造成了魯迅所說的那樣，在「血和污穢」來臨時，許多人很快就背叛了啓蒙的初衷，投向了舊體制的思想和精神的庇護所，在其勢力的保護傘下或求得榮華富貴，或求得平和沖淡，或求得苟延殘喘。果戈理「死魂靈」式的作家在中國 20 世紀的文學史之中還少嗎？而一直到 1949 年以後歷次知識分子思想改造運動中，大量的作家和知識分子眞誠的思想懺悔和檢討，以及表現出的種種拙劣的政治表演，可謂給中國的文學史抹上了濃墨重彩的污穢，諸如郭沫若式的政治表演，諸如丁玲式的政治檢討，諸如老舍、曹禺式的政治「配合」，諸如茅盾式的政治沉默……都是值得我們去深思的問題。即便是像胡風那樣被視爲階級異己分子的政治反抗，也是值得反思的——那樣的政治反抗是建立在第三種忠誠不被認可的基礎之上，而非一個眞正的知識分子出於人性和自由民主的普世價值立場上的思考，他雖然不缺鈣，他是站立起來了，但是，他卻是

仍然站立在與人民和人性的對立面上的，是在「時間開始了」的價值觀念河流中徜徉。那是庸眾眼裏的救星落幕，而非如別林斯基那樣的有著獨立批判思想的真正批評家的價值立場。中國新文學史上還沒有一個能夠如別林斯基那樣發言的作家和批評家，即使民國時期有聞一多、朱自清那樣有骨氣的作家敢於說出真言，卻也沒有別林斯基那樣對現代人性觀和自由理念理解得如此透徹、如此具有個性特徵、如此保有哲學的素養的作家呈現。

別林斯基是有骨頭的！難怪當別林斯基在巴黎公開宣讀這封信的時候，連赫爾岑也對記下這一幕的安能科夫說「這是天才之作。我想，也是他的遺囑兼最後的證言。」於是，伯林才以為：「這項著名文件成為俄國革命者的《聖經》！」眾所周知，沙皇時代俄國的政治壓迫也是舉世聞名的，誰敢觸碰專制的政治利益當然就不會有好下場，而陀思妥耶夫斯基卻敢於宣讀別林斯基的這封信，當然就以此換來了一個死罪，並發配西伯利亞。而別林斯基本人也在死去之前獲得了當局的遲到的拘捕令。

三

伯林認為：「最後階段的別林斯基是人文主義者，是神學與形而上學的敵人，也是激進的民主派，更因其信念極端、言論強烈，將文學的爭辯變成社會與政治運動的開端。屠格涅夫由他而歸納了兩類作家：一種是具有煥發精彩的想像力與創造力，但始終停留在他所屬社會的集體經驗的邊緣上；另一種是生活在他的社會核心裏，而與這個共同體的情緒和心靈狀態產生『有機』關係。別林斯基知道——而只有真正的社會批評家知道——一本書、一個見解、一位作者、一派運動、一整個社會的道德何在。俄國社會的核心問題不是政治問題，而是社會與道德問題。聰慧且覺醒了的俄國人最想知道的是該做什麼，如何過個人的生活。」〔註121〕無疑，19世紀下半葉的俄國作家和知識分子都在探索和討論的大問題就是「做什麼」和「怎麼辦」，由此而產生出了一大批文學的巨人，當然這與別林斯基的這樣犀利的文學批評有著極大的關係。回顧中國20世紀的文學，我們不能不遺憾地看到這樣一個事實：那就是在我們的文學思潮史當中也同樣充滿著社會學的文學批評，但可惜的是，它們絕大多數都是庸俗社會學的文學批評，尤其是「文革」前後的紅色文學

〔註121〕〔英〕以賽亞·伯林：《俄國思想家》，彭淮棟譯，譯林出版社2001年版，第210頁。

批評史，則更是充滿了爲政治服務的色彩，離別林斯基式的社會學文學批評相去甚遠，更談不上別林斯基這樣的爲「人性的人格」和「社會良心」而深刻剖析作家作品的大手筆社會批評了。究其原因，我以爲從延安文學開始的文學批評是在第三國際影響下的產物，準確地說，是在 30 年代蘇聯文學批評指導下亦步亦趨走過來的無產階級專政下的批評模式，因爲列寧的「齒輪和螺絲釘」的理論左右著文學批評的大方向，直到「爲政治服務」的本土經驗的出品，我們就把別林斯基這樣的以批判爲宗旨的文學批評淹沒了、閹割了、歪曲了，以致一直到 1980 年代在廢除了「爲政治服務」的清規戒律以後，人們還喋喋不休地去批評所謂的社會批判的文學批評，在提倡文學回歸本位「向內轉」的文學思潮下，文學的先鋒性佔據了上風，儘管這種文學的實驗在中國文學的土壤裏難以生根，但是人們終究還是沒有分清爲意識形態服務的庸俗社會學文學批評與眞正的社會批判的文學批評之間的界限，所以，往往把別林斯基式的社會批判的文學批評也拒之門外，其直接後果就是導致中國文學批評中缺乏那種有眞知灼見、一針見血的文學批評，也就不能從文學的範例中抽繹出大量的思想提供給作家和知識分子進行參照和引導，而使社會生活和精神世界失去了正確的價值和前進的方向。

中國和俄國（包括蘇聯時期）的現代文學史的經驗教訓告訴我們：一旦某個時代的文學陷入了形式主義的思潮當中，文學就會失去活力，文學就會僵化！而在爲一切意識形態服務的語境裏，我們正是缺少了別林斯基這樣有骨血的社會批判的文學批評與之針鋒相對的抗衡和協調，才使得我們的文學批評一直走在黑暗的死胡同裏難見天日。中國新文學的文學批評只因沒有別林斯基這樣的批評家而令人悲嘆，也因爲沒有認識到代表社會良心的文學批評對中國文學的重要性，所以我們才在今天仍然高喊著要「鑽進象牙塔」的文學口號；當然，還有另一個極端就是完全被商品化的市場所左右，文學失去了它應有的高貴血統——這是別林斯基時代所沒有遇到的新世紀病。其實這兩種文學思潮都是別林斯基社會批判的批評方法所能解決的文學現實問題。

伯林一再提醒我們：「別林斯基對藝術創作過程固然不乏洞見，但他所關注的主要是社會與道德之事。他是傳道家，熱烈傳道，卻並非時時能夠控制自己的語氣與腔調，桀驁不馴的個性形諸於筆端。儘管普希金的那班朋友——美學家、文壇當道者——本能上就畏懼這個興奮狂熱的凡夫俗子。但是，因爲別林斯基在其文學上的輝煌成就使得人們仰慕和欽佩，他並撰寫了大量

的文學批評，這就使普希金陷入了深深的屈辱之中。然而，普希金無法改變別林斯基的天性，也無法改變、修飾或略過他往往是看得無比清楚的真理——他獻身於的一項崇高的事業。這項事業就是：忠於不加粉飾的真理。他願為此而生，也可以為此而死。」〔註122〕儘管普希金是別林斯基捧出來的代表著那個時代頂峰的大文學家，但是普希金和他的那班美學家的朋友的尷尬和側目是絲毫不能改變別林斯基這個從底層成長起來的文學批評家現實主義批評初衷的，因為他已經將他的文學批評上升到一種信仰的層面，而非僅僅停留在一種貴族般的偽紳士的批評方法和形式主義的層面，是任何外在的政治和人際力量都不可能改變的，除非是自身的認知的改變。

然而，和其他俄國作家、批評家和思想家所不同的是，別林斯基絲毫沒有斯拉夫主義的民粹思想的偏執，因為「別林斯基思想上如此熱衷西方，而情感上比他任何同時代人都深刻而又痛苦地眷戀著俄國」。也就是說，別林斯基對俄羅斯民族的熱愛之情並不比任何掛著民粹主義冠冕的作家和批評家淡薄，但是他把這種情感化作深切的批判意識來抵達對俄羅斯社會豐富責任感的彼岸：「他猛擊、怒罵、指責最神聖的俄國機構，而不離開他的國家。」和與貴族出身的赫爾岑、屠格涅夫他們所不同的是，他們流亡國外，所持觀念為先進的西方文明思想是毫不奇怪的，而別林斯基能夠持有西方文明理念卻是不容易的，其中一個重要的因素就是：「斯拉夫主義者與反動派都是敵人，但是，你必須在本國土地上，才能與他們作戰。他無法緘默，也不願意遠涉異域。他的頭腦親近西方，而他的心、他多苦多病的身體，親近無言的農民與小商人群眾——陀思妥耶夫斯基的『窮人』、果戈理豐富而可怕的喜劇想像世界裏的居民。」〔註123〕讀到這裡，我想到了那些在20世紀80年代叱吒風雲的許多文壇上的風騷人物，他們在去國後，完全割斷了與祖國文化的切身體驗，他就不可能真切而真實地觸摸到中國二十多年來文學走向的命脈，就不可能準確地體味到這個國家和民族中的人民在想什麼、做什麼和怎麼辦的困厄。

與19世紀60年代車爾尼雪夫斯基和涅克拉索夫的主張——「直接服務社會，告訴社會何事為急務、提供口號、令藝術為某項計劃服務」不同，別林斯基的創作觀和批評觀具有強烈的道德信仰色彩，為真理而藝術，為現實

〔註122〕〔英〕以賽亞·伯林：《俄國思想家》，彭淮棟譯，譯林出版社2001年版，第215～216頁。

〔註123〕〔英〕以賽亞·伯林：《俄國思想家》，彭淮棟譯，譯林出版社2001年版，第217頁。

世界的痛苦而文學，爲人的自由、人性、人道而批評，才是他追求的終極目標，我想，如果別林斯基再多活十幾年，他一定也會像批判果戈理那樣去批判斯拉夫主義者的車爾尼雪夫斯基的！因爲，「別林斯基與高爾基都相信，藝術家的職責是把他才有能力看到並吐露的眞理，化成自己的思想觀念告訴人們……他相信，這眞理必然是社會眞理，所以，凡與環境隔絕、凡逃避出境者，隔絕愈深，逃避愈遠，必定愈扭曲眞理、背叛眞理。據他所見，人、藝術家、公民，都是一體的；無論寫小說、詩、歷史或哲學著作、一首交響曲、一幅畫，都應該是表現你的本質，而非僅表現你受過職業訓練的那一個部分，而且，在道德上，你作爲一個人，須爲你作爲藝術家的所作所爲負責。眞理是不可分的，你舉手投足、一言一行都必須是眞理的見證。沒有純屬美學的眞理，也沒有純屬美學的法則。眞理、美、道德乃人生屬性，無法從中抽離；思想上的荒謬、道德上的醜惡，都不可能造就美。」〔註124〕在這裡，伯林總結了別林斯基的批評個性的幾點要素——追求崇高的眞理；爲人民的利益而介入文學的社會批評；堅守道德本質的文學和批評；將美學融入人性的文學批評之中。所有這些，體現出了別林斯基在本質上仍然是一個理想主義的批評家。

　　誠然，在中國 20 世紀的文學史中，我們也不缺乏這樣有理想、有擔當、有思想的批評家和文學家，但是，在文學體制的制約下，在文學制度的消磨下，這些應有的品格就遠離他們的社會良心和自由心靈而漸行漸遠了。當然，還有一個更重要的原因就是容易被目迷五色的各種思潮所左右，失去最終的判斷力和批判力，在批評方法的選擇中失去方向感，尤其是在無產階級專政下的階級鬥爭中，革命的文學批評究竟「怎麼辦」成爲許多作家和批評家眩惑的問題。但是，別林斯基同樣也面臨了這樣的困惑，他爲什麼能夠堅持自己的信念、堅持始終如一的批評方向和方法呢？「19 世紀漸進，社會階級鬥爭日益尖銳明顯，使得別林斯基飽受思想觀念矛盾的痛苦。馬克思主義者、土地改革派的社會主義者、無政府主義者」的各種觀念和複雜的文壇人際關係，同樣使得別林斯基十分糾結，但是，他最終還是堅持「文學與人生的關係」不可分割的批評理念，爲「忠於不加粉飾的眞理」而付出畢生的精力。所以，在他生命的最後時刻，他還能不顧一切地衝破統治者的政治壓迫，撕

〔註124〕〔英〕以賽亞・伯林：《俄國思想家》，彭淮棟譯，譯林出版社 2001 年版，第219 頁。

掉朋友的面具，向著自己追求的真理拋出了舉世震驚的《致果戈理的公開信》那樣的文學批評檄文。這樣清晰的理念、這樣涇渭分明的價值立場、這樣充滿激情的批判意識，是一個批評家最寶貴的品格所在，而俄羅斯的其他批評家缺的就是這樣的崇高品格，而反觀 20 世紀中國作家和批評家，我們不也正是缺少這樣有風骨，這樣有血有肉的批評品格嗎？否則，我們的文學批評也不至於在整個文學史中那樣蒼白無力，那樣不堪一擊，那樣無知馴服而難有作為。

伯林在評論屠格涅夫那一章裏，特別又將這位英年早逝的批評家和許多俄國當時的作家和批評家相比較，所得出的最後結論是：別林斯基是「正義與真理的尋求者」！無疑，在屠格涅夫生活的那個時代裏能夠如別林斯基那樣從各種思潮突圍出來，為自己「人性的人格」而戰鬥的人也是罕見的，所以伯林說：「他（按指屠格涅夫）那個時代最熱烈、最有影響力的聲音，就是批評家別林斯基的聲音。這個窮困潦倒、肺疾纏身、家世貧寒、教育貧乏但剛正不阿、性格剛毅的人，成為他那個時代的薩伏納羅拉（Savonarola）〔註125〕──一個提倡理論與實踐合一、文學與人生合一的火熱道德家。他的批評天才、他對困擾激進新青年的社會與道德問題核心的本能洞識，使他成為那些青年的天然領袖。他的文學論著是一種殫精竭慮、不屈不撓追求人生目的的真理。」承認別林斯基是一個道德批評家似乎也不過份，不要以為在文學界一談到文學陷入道德層面，就會被「現代性」作家嗤之以鼻是一件羞愧之事，恰恰相反，正因為我們今天的文學離開道德太久太遠了，才使得我們的許多作家在商品的文學的漩渦中沉淪！像別林斯基那樣去弘揚道德的文學與批評的宗旨吧，這樣我們的文學才有希望。

別林斯基去世之前寫出了激怒了沙皇的《致果戈理的公開信》，此時正是尼古拉一世加強俄國文學檢查制度，施行殘酷的鎮壓政策之際，對行將就木的別林斯基也發出了拘捕令，據新考，可惜別林斯基先於拘捕令而死〔註126〕。拘捕別林斯基的理由就像伯林所描述的那樣：「因為信中以格外直率宏辯之辭

〔註125〕原文的編者注：Savonarola（1452～1498），為意大利文藝復興時期反羅馬教令的宗教領袖，曾短期統治佛羅倫薩，後被火刑處死。

〔註126〕原文注：晚近蘇聯關於這位大批評家生平的故事裏，有一則說，他去世之時，當局對他發出拘捕令。杜貝爾特後來確實說可惜別林斯基先死，「我們本來要讓他在牢裏爛掉。」見 M.K. Lemke：《尼古拉一世（一八二六～一八五五）時代的警察與文學》。

歷駁當局、痛斥教會和社會制度，抨擊皇帝及其官員的濫用權力，兼向果戈理問罪，指責他中傷自由與文明之大義，並且詆毀飽受奴役與困頓無助之祖國的性格與需求。這篇辭激氣烈的名文，作於一八四七年，手稿輾轉流傳，遠出莫斯科與聖彼得堡境外。陀思妥耶夫斯基獲死罪，兩年後幾遭處決，大致因他在不滿分子的一場隱秘集會中宣讀了此信。」在中國新文學史上，因作品而罹難的作家有王實味等，因批評而罹難的有胡風等，尤其是在「文革」期間也算是不計其數了，但是，我們還是缺少別林斯基式的大家，因爲我們的哲學修養跟不上，我們的文學修養跟不上，我們的道德修養跟不上。

　　未來的新世紀文學史中，我們的社會能夠產生別林斯基式的批評家嗎？！

第五節　「一切在於人，一切爲了人！」

一

　　最近在讀伯林的《俄羅斯思想家》和《蘇聯的心靈》，同時對讀了許多關於俄羅斯與蘇聯的有關史料，當然也包括像周有光這樣學術人瑞對於蘇聯的解讀，恰恰正在此時，專攻俄羅斯和蘇聯文學的專家汪介之教授的煌煌大著《伏爾加河的呻吟——高爾基的最後二十年》〔註127〕出版了。介之兄畢其半生之學術功力著就的洋洋近 40 餘萬字的著述是我翹首以盼的宏論，我以最快的速度請譯林出版社送來此書，如饑似渴地讀起來。說實話，已經有許多年沒有像這樣的閱讀急迫感了，因爲我們這些喝著俄羅斯文學，尤其是蘇聯文學乳汁長大的幾代人，由於缺乏專業知識，難以分清俄羅斯與蘇聯文學之間的區別，對它們錯綜複雜的政治背景、人際關係和作品表達的眞相根本就不甚了了，更加上多年來極左的斯大林主義對歷史的掩蓋和歪曲，致使我們對俄羅斯文學、蘇聯文學，以及生長在那個狂熱革命時代的許多作家作品的理解多數都是曲解的，甚至是完全錯誤的。因此，在歷史眞相的聚光燈下，我們看到的將是另一幅驚人的俄羅斯與蘇聯文化和文學的眞實圖景。從文化和文學的接受史上來看，我們逐漸發現中國在過去的近一個世紀以來所接受的許許多多關於俄羅斯和蘇聯的文學思潮、文學現象和作家作品信息都是有謬

〔註127〕汪介之：《伏爾加河的呻吟——高爾基的最後二十年》，譯林出版社 2012 年 7 月第 1 版。

誤的，當歷史的真相被揭示出來的時候，一切俄羅斯和蘇聯的文學史都必須改寫，而 20 世紀中國的文學史也同時要接受反思和重釋，因為其中在 20 年代一直到世紀末的整整近一個世紀裏，我們的文化和文學受其影響太深了。

介之兄此著在大量的第一手資料的蒐集的基礎上，包括遠赴俄羅斯各地去蒐集連俄羅斯學者都有所忽略的珍貴資料，試圖力排高爾基研究中的許多誤植和盲點——從俄羅斯本土研究者到西方研究者的許多對高爾基在「十月革命」前後的思想變化的誤讀都予以一一甄別，更難能可貴的是，此著對中國的高爾基研究中的許多誤區也同時予以嚴肅的糾正，不僅使我們看到了一個真實的高爾基，同時也給我們開啟了一扇重新認知俄羅斯和蘇聯文學史與政治史之間關聯性的窗口，使我們從中獲得新的價值觀念。

其實，我對此書最大的興奮點就在於高爾基對 1905 年的俄國民主革命，以及 1917 年的「二月革命」和「十月革命」的不同態度；在於高爾基對待無產階級專政下的暴力行為的態度；在於高爾基對「文學就是人學」的價值立場的終極闡釋。

1905 年的俄國大革命是高爾基嚮往的推翻沙皇統治的革命，其著名的散文詩《海燕之歌》（我們自 20 世紀 50 年代以後的中學課本一直將其作為傳統的教材使用）是推翻沙俄封建專制、謳歌民主主義革命的不朽詩篇，然而，60 多年來，我們對其主題的闡釋都千篇一律含糊地表述為高爾基在呼喚著無產階級革命風暴的到來。恰恰相反，高爾基對革命的渴求是建立在非暴力的人道主義的基礎上的，而非建立起另一種滅絕人性的革命專政。我寧願相信他呼喚的革命是 1917 年俄國的「二月革命」，而非後來的「十月革命」，因為高爾基本質上畢竟不是一個政治家，而是一個徹底的人道主義作家，他所繼承的是代表著「俄羅斯良知」和人性力量的傳統作家觀念，是「黃金時代」和「白銀時代」俄羅斯作家的血脈延續，誠如汪介之先生所言：「這位在 20 世紀初年曾以一曲橫蕩天涯的《海燕之歌》熱情呼喚革命的作家，在第一次俄國革命之後的暗淡年代裏，並沒有以高昂激越的旋律為另一場革命風暴的到來而吶喊。」這是為什麼呢？！

汪介之先生為此提出了七個振聾發聵的問題，的確是我們每一個研究俄國和蘇聯文學史，甚至政治史，乃至反思中國文學史和政治史不可迴避的重要問題。

為什麼高爾基這隻曾經熱情呼喚過 1905 年革命風暴的「海燕」，竟在十

月革命前夕寫下了試圖阻止革命的《不能沉默！》，並在那前後連續發表了八十餘篇文字，表達了自己的「不合時宜的思想」？

爲什麼這位被稱爲「無產階級藝術的最傑出的代表」的作家，卻在布爾什維克奪取政權後離開了俄國，長期流落異邦？

爲什麼他在 1928 年首次回到蘇聯後，一方面被奉爲貴賓，受到高規格的禮遇，另一方面仍繼續受到明暗不一的批判、指責和抵制；而且，在那以後的數年中，他一直來往奔波於莫斯科和索倫托之間，直到 1933 年才最終選擇了回國定居？

爲什麼他一直漠視蘇聯國家出版局負責人對他的反覆催促，拒絕撰寫《斯大林傳》？他對蘇聯的社會現實、個人崇拜和文壇狀況究竟持什麼樣的態度？

爲什麼高爾基被說成是「社會主義現實主義的奠基人」？「社會主義現實主義」這個概念究竟是誰首先提出來的，又是誰首先對其內涵和實質做出權威性解釋的？它是如何被確立爲「蘇聯文學的基本創作方法」的？

爲什麼關於高爾基的死因，歷來有多種不同的說法，令人眞假莫辨？他究竟是自然死亡，還是被殺害的？如何解釋他去世前周圍出現的一系列反常現象？

爲什麼一提起高爾基，人們就想到他的《母親》、《海燕之歌》等少數幾部早期作品？他在自己的「晚期」究竟完成了哪些作品？他以最後十年時間創作的長篇小說《克里姆·薩姆金的一生》，究竟有何價值？

這些問題歸結爲最關鍵的問題就是：我們如何去評價「十月革命」後無產階級專政下的暴力革命問題。

二

眾所周知，1917 年的十月革命前的三月，也就是俄曆的二月，俄國發生了一場推翻封建沙皇制的民主主義的大革命，史稱「二月革命」，無疑，高爾基是十分激賞這一民主主義革命的，我以爲這場革命就是高爾基呼喚的那隻迎接暴風雨的「海燕」！因爲這場革命帶來的是不同的階級對於共同的敵人──封建專制的徹底摧毀的結局，就此而言，它的目標是建立一個多黨聯盟的政體，也就是我們所說的「共和」的民主憲政，但是，由於布爾什維克黨與其他民主黨派，尤其是孟什維克社會主義者在這場革命中的思想觀念和利益的衝突，而導致了隨後而來的「十月革命」，因而改變了民主革命的格局，

從而逐步開始全面實行了無產階級專政。就我目前所閱讀到的材料而言，可以做出的判斷是：高爾基和許多著名的俄羅斯作家和藝術家都是對「十月革命」持保留態度的，即便有些人暫時擁護布爾什維克黨人的這次革命行動，但是，在其後來的許多政治施政措施中，當他們認識到這種專政的殘暴性後果時，就毅然決然地與之決裂了，這也是高爾基之所以在「十月革命」後不斷地寫信給他的朋友列寧和斯大林，為許多不公平的事件、喪失人性的階級剿殺表達自己的看法和勸誡，或為許多遭到政治迫害的作家進行辯護與求情的真正原因，雖然後來蘇聯當局為了年輕的蘇維埃的政治顏面，讓高爾基擔任了蘇聯文學與文化團體的重要職位，但是，對其許多政治態度卻是不予理睬，甚至予以批判的，所以，當他的政治影響力越來越小時，他就不得不找藉口去繼續他那俄羅斯作家式的逃亡流浪生活了。

可是，無論是在蘇聯時代，還是回到了俄羅斯的時代，在整整一個世紀的時間裏，左派們說他是資產階級的代言人，而右派們卻又說他是斯大林主義的御用文人。無疑，在不同的年代和不同的人物那裏，我們可以看到不同的高爾基，那是因為我們都只是看到了高爾基的一個側影，要得到一個高爾基的全息成像，就必須在兼聽則明、偏信則暗的觀念基礎上，全面地考察高爾基每一個時期的行為舉止。從這個意義上來說，汪介之教授的這部著作盡其可能地做到了對各方面史料的全面收集，比如對高爾基最後二十年的評價，汪先生採用了三個具有不同身份的文化大家的價值判斷概括出了三種不同的意見，極富典型性。這就是盧那察爾斯基、索爾仁尼琴和羅曼・羅蘭。

蘇維埃的文化領導者盧那察爾斯基為了無產階級專政的根本利益，將高爾基綁架在這個新興國家機器的戰車之上，這只能使高爾基無言和無奈，因為，高爾基的確在這個國度裏享受到了至高無上的榮譽和物質利益，「十月革命」以後，「從此高爾基便同我們締結了最親密的、不可分割的聯盟。從此高爾基在國外所站的崗位，便是宣揚蘇聯真相的一名勇猛的、公開的、堅定不移的戰士的崗位。從此他對資產階級的憎恨比先前增加了好幾百倍。……高爾基用不可磨滅的文字，將自己的姓名記入了人類的莊嚴史冊。」果真如此嗎？隨著高爾基《不合時宜的思想》的披露，人們看到的是高爾基對這場人類「最偉大的壯麗事業」的否定性判斷和毫不猶豫的質疑，他的這種不配合的言論甚至遭到了斯大林的嚴厲抨擊。斯大林在 1917 年針對高爾基的《不能沉默！》一文，親自撰寫了《許多膘肥體壯的公牛包圍著我》，指責高爾基「從

革命隊伍中臨陣脫逃」，「我們擔心這些『棟樑們』（指普列漢諾夫、克魯泡特金等人）的桂冠會使高爾基不能入睡。我們擔心高爾基會被『死命地』拖到他們那裏、被拖進檔案館裏去。」更有極左的斯大林主義者道出了他們真正的價值判斷：「高爾基自從成為資產階級知識分子的組織者以後，不由自主地也和他們一起反對工人階級……反對無產階級文化。」〔註128〕「無產階級文化派」和「拉普」都把高爾基視為無產階級文化的另類作家，是無產階級的「同路人」，甚至將他定性為「一個巧於規避和偽裝的敵人。」「越來越成為蘇聯文學中的一切反動人物的傳聲筒和防空洞。」〔註129〕面對托洛斯基的指責和馬雅可夫斯基的悲歎，以及「拉普」（這也是高爾基在 1928 年回國以後首先解散「拉普」的原因）們的批判，高爾基應該認識到他對「十月革命」的態度才是他與無產階級專政下的文化和文學體制有著根本思想分歧的真正原因，就在於他堅守的是一個俄羅斯作家未泯的人性和「良知」。

　　即便如此，像獲得諾貝爾文學獎的索爾仁尼琴這樣的無產階級專政的反對派作家仍然不滿意高爾基的行為：「我一向把高爾基從意大利歸來直到他死前的可憐行徑歸結為他的謬見與糊塗。但不久前公佈的他 20 年代的書信促使我用比那更低下的動機——物質欲——解釋這種行為。高爾基在索倫托驚訝地發現，他既未獲得更大的世界榮譽，也未獲得更多的金錢（而他有一大幫僕役要養活）。他明白了，為了獲得金錢和抬高榮譽，必須回到蘇聯，並接受一切附帶條件。他在這裡成了亞戈達的自願俘虜。斯大林搞死他其實完全沒有必要，純粹是出於過份的謹慎：高爾基對 1937 年也會唱讚歌的。」〔註130〕顯然，我不能同意索爾仁尼琴的這種觀點，也許，由於索爾仁尼琴受到了無產階級專政的刺激太深，使得他對在那個時代得到任何榮譽和利益的作家都抱有成見，一葉障目，使他看不到高爾基對「十月革命」的基本立場。其實，高爾基後來對無產階級專政下的蘇聯政治與文化徹底失望的根源就是因為它

〔註128〕白嗣宏編選：《無產階級文化派資料選編》，北京，中國社會科學出版社，1983
　　　　年版，第 263、143 頁。轉引自汪介之著：《伏爾加河的呻吟——高爾基的最
　　　　後二十年》，譯林出版社 2012 年 7 月第 1 版，第 1～2 頁。

〔註129〕白嗣宏編選：《無產階級文化派資料選編》，北京，中國社會科學出版社，1983
　　　　年版，第 263、143 頁。轉引自汪介之著：《伏爾加河的呻吟——高爾基的最
　　　　後二十年》，譯林出版社 2012 年 7 月第 1 版，第 4 頁。

〔註130〕索爾仁尼琴：《古拉格群島》（中冊），田大畏等譯，北京，群眾出版社 1996
　　　　年版。轉引自汪介之著：《伏爾加河的呻吟——高爾基的最後二十年》，譯林
　　　　出版社 2012 年 7 月第 1 版，「前言」第 3 頁。

的非人道主義。所以，我根本不會相信高爾基會在「十月革命」前後贊揚斯大林式的大屠殺，因爲高爾基的「文學是人學」的觀念就是他的政治觀和社會觀的總和。至於1928年以後這隻「雙頭海燕」折斷了翅膀，全面投靠斯大林的專制，那是另一篇文章所要交待的問題。

「十月革命」前後，高爾基則是一個徹頭徹尾的代表著俄羅斯良知和人性的作家與文人，他並不屬於哪個特定的階級和階層。就像中國的魯迅死後被各個時代各種各樣的文化需要所闡釋那樣，高爾基也在被許多不同政治和文學的需要中被解構和誤讀。即便是在蘇聯解體以後，那個創作《這裡黎明靜悄悄》的鮑·瓦西里耶夫和佐洛圖斯基還在批判高爾基1928年回國後面對嚴酷的現實一言不發，以及參與了30年代斯大林「個人崇拜」的鼓譟。直到1990年8月3日科洛德內依在《莫斯科眞理報》上還撰寫了具有代表性的文章《雙頭海燕》，「說高爾基像有兩個腦袋、兩副面孔，這隻曾經呼喚革命風暴的海燕，晚年竟在證明斯大林主義的正確性，甚至支持其恐怖手段、暴力和屠殺。」〔註131〕無疑，隨著大量的史實被無情地披露，我們對高爾基思想在1928年的大逆轉有了一個基本的看法，但是，包括索爾仁尼琴在內的許多作家和研究家對晚年的高爾基，尤其是1935年以後開始與斯大林之間的裂縫沒有進行仔細的研究，所以判定死於1936年的高爾基也會對1937年的斯大林大屠殺表示讚同。我倒以爲，如果高爾基還活著，保不準還會來一次「不合時宜的思想」表態，所以一切無端的指責不應該是毫無依據的推論。我更相信的是俄羅斯世界文學研究所高爾基文獻保管、研究出版部主任斯皮里東諾娃在其《馬·高爾基：與歷史對話》裏的觀點：「與索爾仁尼琴的斷言相反，他不會歌頌1937年，不會爲其辯護，也不會忍耐屈服。」「人性的眞誠和眞正的藝術家的內在嗅覺，不允許他成爲斯大林時代的御前歌手。」〔註132〕雖然1928年以後高爾基背叛過自己的人道主義原則的初衷，但是，他臨死前也是有所反思的。

但是，我們不能不看到這個偉大作家內心深處隱藏著的矛盾與痛苦，我以爲汪介之先生從帕·瓦·巴辛斯基那裏找到了高爾基的思想核心病竈，只不過他是用另一種表達方式來闡明自己的觀點的：「究竟是是什麼樣的思想促使當年的阿列克謝·彼什科夫（高爾基原名）走上了馬克西姆·高爾基的道

〔註131〕轉引自汪介之：《伏爾加河的呻吟——高爾基的最後二十年》，譯林出版社
　　　　2012年7月第1版，第6頁。
〔註132〕轉引自汪介之：《伏爾加河的呻吟——高爾基的最後二十年》，譯林出版社
　　　　2012年7月第1版，第7～8頁。

路？爲什麼他曾有過一次未遂的自殺？他獲得了無論陀思妥耶夫斯基還是列夫·托爾斯泰生前都不曾領受過的那些來勢兇猛、轟動一時的榮譽，其原因究竟何在？『革命海燕』爲什麼斷然離開革命取得了勝利的祖國？他又爲什麼一再拖延，遲遲不回國？那位被稱爲『鐵女人』的瑪麗婭·布德貝爾格在他的命運中到底起過什麼作用？他唯一的兒子和他本人究竟是在什麼樣的情勢下去世的？……」〔註133〕這一系列的詰問就是回答了這個海燕之死的謎團——理想和現實之間的衝突造成了高爾基不可自拔的「雙頭海燕」形象。而我們需要看到是這隻「雙頭海燕」的眞實內心世界，透過《不合時宜的思想》的表達和一系列爲受著無產階級專政迫害而進行的解救行動，我們不難從中找到可信的答案。所以，巴辛斯基得出的結論才似乎是合乎邏輯的：「即他的理想的現實體現正在導致對個性自由的扼殺。」然而，這個結論也並不見得有其深刻性，因爲還有更具慧眼的人早就看出了問題的根本原因所在。

同樣是諾貝爾文學獎的獲得者，高爾基的親密朋友羅曼·羅蘭作爲一個西方作家的看法，或許更加具有局外人的清醒與客觀：「他沒有能騙過我：他的疲憊的微笑說明，昔日的『無政府主義者』並未死去，他依舊對自己的流浪生活眷戀不已。不僅如此，他還徒然地企圖在他所參與的事業中只看到偉大、美和人性（雖然確有偉大之處）——他不願看見、但還是看到了錯誤和痛苦，有時甚至是事業中無人性的東西（這是任何革命所難免的）。他痛苦，他要避開這種場面，他帶著驚恐的目光向那些迫使他直面這種現實的人求饒。但也是徒然；在像高爾基這樣的人的意識深層，任何時候也去不掉那些陰鬱的景象。在他的內心深處總是充溢著痛苦和悲觀，雖然他並不顯露自己的情感……」〔註134〕這個曾經也如高爾基那樣激賞和支持過無產階級革命的西方作家，通過高爾基的切身思想的轉變，看到了這種革命殘忍的一面、戕害人性的一面，充分理解了高爾基在革命語境中的困厄與痛苦。也許這個答案更加客觀、更加合乎高爾基在「十月革命」前後的思想邏輯。也許高爾基曾經讚同過無產階級革命，但是，一旦革命的污穢和血玷污了作家的人性和良知，他就必然會發出「不合時宜」的聲音，因爲他是一個會「思想」的「大寫的人」！

〔註133〕轉引自汪介之：《伏爾加河的呻吟——高爾基的最後二十年》，譯林出版社 2012年7月第1版，第9頁。

〔註134〕轉引自汪介之：《伏爾加河的呻吟——高爾基的最後二十年》，譯林出版社 2012年7月第1版，「前言」第4頁。

　　高爾基的革命理想是什麼呢？早在「二月革命」和「十月革命」之前，他就籌建過「一個介於『左翼』和『右翼』黨派之間的『激進民主黨』的工作。」1905 年的俄國革命失敗後，高爾基「曾傾向於社會─民主主義類型的社會主義，即社會主義與民主制的結合，重視社會主義理想在其發展過程中的歷史繼承性和人道主義化。」就因為高爾基是堅持反對以武裝鬥爭的形式改變「二月革命」的民主主義社會政治現實的態度，所以，當「十月革命」來臨之時，他是站在孟什維克的立場上指責托洛斯基之流是拿工人階級的血肉進行一場革命的實驗，「可恥地對待言論自由、個性自由和民主派曾為其勝利而鬥爭的所有那些權利。」這種武裝鬥爭的最後結局是什麼呢？高爾基居然能夠準確地預言它最後的悲劇性命運：「俄國工人階級應該知道，現實中是不存在奇跡的，等待他們的是飢餓、工業的全面癱瘓、交通運輸的混亂、長期流血的無政府狀態，而在其後的則是也不會少流血的黑暗的反動。」所有這些，斯大林主義者在其無產階級專政的統治中全都實行了。作為一個作家，一個人道主義的知識分子，高爾基反對無產階級「剝奪剝奪者」的邏輯，其原因就是不能沿襲封建專制的暴力手段來建立一個新的暴力制度，用以壓迫人民，儘管他在某些方面讚同他的朋友列寧同志實行的革命，但是他畢竟不是政治家，而是一個充滿著人性普世價值和人道主義理念的知識分子，面對「十月革命」的新政權，他聲明：「無論政權掌握在誰手中，我都保留著批判地看待它的個人權利。」儘管無產階級的左派痛斥他是革命的「直接叛徒」，但是他堅信「思想是不能用肉體上的強制手段戰勝的。」從這個意義上來說，高爾基在「十月革命」後所做的事情無非是兩件：一件是為那些受難的知識分子和普通的公民向當局的領導者求情；另一件就是發表了 55 篇「不合時宜的思想」隨筆，捍衛人道主義和人的尊嚴，維護人類普世價值的理想！

三

　　當我們將視線移到中國 20 世紀無產階級革命接受史上來的時候，就會發現我們在整個近一世紀的歲月中將「十月革命」神聖化了，沒有看到列寧同志和斯大林同志對這場波瀾壯闊的無產階級革命的引導出了問題。無疑，在中國，過份的強調與之同步的革命和過份的傚仿殘酷鬥爭，也使中國革命多走了許多

彎路而妖魔化。然而，是否有人較早的認識到這場無產階級專政下的繼續革命即將走上歧路呢？答案是肯定的，那就是中國共產黨的創始人之一的陳獨秀。

無疑，陳獨秀是最早宣揚「十月革命」的旗手，但是，他也是最早對這場革命進行反思和批判的共產黨人之一，儘管對陳獨秀的政治觀點和文化觀點有著許許多多的非議和爭論，但就他對「十月革命」前後兩種截然不同的觀點變化而言，我們可以窺見其政治洞察力的敏銳，可是，誰又能夠聽信這個落魄的「共產主義的叛徒」之言呢？即便是再精彩、再深刻，也無人問津，何況我們的無產階級革命道路是決不允許有任何疑義的。

學者唐寶林認為陳獨秀對十月革命的看法可分為三個時期〔註135〕：

1920 年……陳獨秀由一個狂熱的法蘭西民主的崇拜者徹底地轉變為一個列寧主義者，開始重視對十月革命的宣傳，並立志在實踐中加以傚仿，從這年五月開始，在列寧派來的維經斯基第三國際代表指導下，發起建立布爾什維克式的中國共產黨。

從這一年至 1936 年，他對十月革命的態度始終堅持著一個基本認識：十月革命，就是「無產階級專政」，就是反對「資產階級民主」（資產階級民主就是資產階級專政）。因此，陳獨秀認為只有經過階級鬥爭（暴力革命）建立無產階級專政，實現無產階級民主，即「社會主義的政治」。

正是出於以上的認識，他在為中共起草的成立綱領和創刊共產黨政治機關報《共產黨》創刊詞《短言》中，主張立即在中國進行十月革命式的社會主義革命。甚至在 1929 年他傾向托洛斯基主義被共產黨開除而一度成為中國托派的領袖以後，也是如此，因為托洛茨基主義的核心也是「無產階級專政」。

第二階段，……1937 年 8 月 23 日，因抗戰爆發出獄。這時的陳獨秀……徹底否定了以上關於十月革命——民主與專政的觀點，並鄭重聲明：「我根據蘇俄二十年來的經驗，沉思熟慮了六七年，始決定了今天的意見。」這些意見主要內容是：一、科學，近代民主制，社會主義，乃是近代人類社會三大發明，至可寶貴。不幸十月

〔註135〕以下引文均來自唐寶林先生在紀念十月革命學術討論會上的發言，其引文中的注釋也均引自唐先生的自注。需要說明的是，因為全文甚長，筆者在注釋中除略去的部分外，也對因為稍稍作了一些技術性的處理，特此說明。

（革命）以來，輕率地把民主制和資產階級的統治一同推翻，以獨裁代替了民主，民主的基本內容被推翻，所謂「無產階級民主」「大眾民主」只是一些無實際內容的空洞名詞，一種抵制資產階級民主的門面語而已。獨裁制如一把利刃，今天用之殺別人，明天便會用之殺自己。二、如果不實現大眾民主，則所謂大眾政權或無級（即無產階級──引者）獨裁，必然流為史大林式的極少數人的格柏烏政制，這是事勢所必然，並非史大林個人的心術特別壞些；史大林的一切罪惡乃是無產階級獨裁制之邏輯的發展。試問史大林一切罪惡，哪一樣不是憑藉著蘇聯十月以來秘密的政治警察大權，黨外無黨，黨內無派，不容許思想、出版、罷工、選舉之自由，這一大串反民主的獨裁而發生呢？我們若不從制度上尋出缺點，得到教訓，只是閉起眼睛反對史大林，將永遠沒有覺悟，一個史大林倒了，會有無數史大林在俄國及別國產生出來。說無產階級政權不需要民主，這一觀點將誤盡天下後世。三、以大眾民主代替資產階級民主是進步的；以德、俄的獨裁代替英、法、美的民主是退步的；直接或間接有意或無意的助成這一退步的人們，都是反動的，不管他口中說得如何左。……八、一班無知的布爾什維克黨人，更加把獨裁制抬到天上，把民主罵得比狗屎不如，這種荒謬的觀點，隨著十月革命的權威，征服了全世界，第一個採用這個觀點的便是墨索里尼，第二個便是希特勒，首倡獨裁本土──蘇聯，更是變本加厲，無惡不作……第一個是莫斯科，第二個是柏林，第三個是羅馬，這三個反動堡壘，把現代變成了新的中世紀，他們企圖把有思想的人類變成無思想的機器牛馬，隨著獨裁者的鞭子轉動……所以，目前全世界的一切鬥爭，必須與推翻這三大反動堡壘連繫起來，才有意義。
〔註136〕九、特別重要的是反對黨派之自由，沒有這些，議會或蘇維埃同樣一文不值。十、政治上民主主義和經濟上的社會主義，是相反而非相反的東西。民主主義並非和資本主義及資產階級是不可分離的。無產政黨若因反對資產階級及資本主義，遂並民主主義而亦反對之，即令各國所謂「無產階級革命」出現了……也只是世界上

〔註136〕以上八條，均載陳獨秀給西流的信（1940 年 9 月），《陳獨秀最後論文和書信》第 36～40 頁。

出現了一些史大林式的官僚政權，殘暴、虛偽、欺騙、腐化、墮落，
決不能創造甚麼社會主義。十一、所謂「無產階級獨裁」，根本沒有
這樣東西，即黨的獨裁，結果也只能是領袖獨裁。任何獨裁都和殘
暴、蒙蔽、欺騙、貪污、腐化的官僚政治是不能分離的。〔註137〕

　　陳獨秀從以上關於「民主與專政」的思想中，得出兩個總結論：

　　一、徹底否定列寧和托洛茨基的無產階級專政理論及其在蘇聯
的實踐。他說：應該毫無成見的領悟蘇俄二十餘年來的教訓，科學
而非宗教的重新估計布爾什維克的理論及其領袖（列寧和托洛茨基
都包含在內）之價值。我自己則已估定他們的價值，我認為納粹是
普魯士與布爾什維克之混合物。〔註138〕

　　二、只崇信「民主主義」，而徹底拋棄列寧主義和托洛茨基主義。
他在給鄭學稼的信中說：列（寧）托（洛茨基）之見解，在中國不
合，在俄國及西歐又何嘗正確……弟久擬寫一冊《俄國革命的教
訓》，將我輩以前的見解徹底推翻。〔註139〕

　　……

　　陳獨秀兩個時期的民主思想反對的對象也是根本不同的：五四
時期的民主思想是反對封建專制主義，晚年的民主思想是反對「無
產階級專政」——對黨內、革命陣營內和人民內部不同意見者的專
政。

〔註137〕以上三條，均載陳獨秀：《我的根本意見》（1940年11月28日），《陳獨秀最
　　　　後論文和書信》第3頁。

〔註138〕陳獨秀：《我的根本意見》（1940年11月28日），《陳獨秀最後論文和書信》
　　　　第3頁；陳獨秀致S和H的信（1941年1月19日），《陳獨秀最後論文和書
　　　　信》第41頁。請注意：H是胡秋原，是國共之外的中間派人士；S是孫幾伊。
　　　　過去人們把S當作孫洪伊，直到1996～1997年，大陸上的鄭超麟寫信問及
　　　　臺灣的胡秋原，胡在1997年1月18日的回信（載唐寶林主編：《陳獨秀研究
　　　　動態》第12期，1997年10月）中，才澄清是「孫幾伊」。此人是蘇州人，
　　　　民國初期已是有名的作家，抗戰爆發後，與胡秋原一起任國民政府國防最高
　　　　委員會秘書，常在《東方雜誌》發表文章，並對陳被中共誣衊為「漢奸」，深
　　　　表不平和同情，為陳所聞。當時，他們二人從何之瑜處見到陳的《我的根本
　　　　意見》，極表贊成，並有所提議，故有此陳獨秀的回信。

〔註139〕《陳獨秀先生晚年致鄭學稼教授原函墨跡》，臺灣《傳記文學》，第30卷第5
　　　　期。

第三階段，由於第二次世界大戰在 1941 年發生了重大轉折，……陳獨秀在他去世前一個半月（也是他生前最後一篇）文章《被壓迫民族之前途》中，改變了以上一個見解，即對蘇聯採取了分析的態度，肯定了列寧領導的十月革命及「前期蘇聯」，依然否定斯大林的獨裁統治的「後期蘇聯」。其實陳獨秀的這一點修正，是沒有意義的。因為十月革命是暴力革命，歷史與現實告訴我們，一切暴力革命的結果都是「以暴易暴」，如十月革命後列寧領導的「前期蘇聯」那樣，必須對被打倒的敵人實行「無產階級專政」制度。而陳獨秀一年前說過，制度是決定一切的，是這個制度產生了斯大林，而不是斯大林才產生無產階級專政制度。這個制度不改變，「一個史大林倒了，會有無數史大林在俄國及別國產生出來。」

我之所以綜合引用唐寶林先生這一大段的文字，並非是偷懶，則是因為他說得實在是太到位了，亦正是本人所要闡釋的觀點，當然，更主要的原因是這位陳獨秀研究專家論述得比我要好。但是，我借用這一篇文章的目的要說明的關鍵問題卻是：高爾基是根據俄國革命的背景和時勢，及時性地對這場革命作出了正確的判斷，其依據就是他站在人道主義的立場上，看到了他對許多知識分子的精神和肉體的屠殺。而陳獨秀卻是在革命後的若干年才徹悟出來，其理論依據就在於他在中國革命的實踐中，真實地體驗到無產階級專政的暴力性帶來的種種弊端，其終極的端點是與高爾基相同的——人道主義的價值立場使他改變了自己發動無產階級革命的初衷。而他的這些言論則完全不被當時仍然沉浸在無產階級專政狂熱中的左派們所接納，反之，卻變本加厲地在自己的陣營中實行斯大林那樣的殘酷階級鬥爭。從這個意義上來說，我們在接受蘇聯文學的時候，將高爾基放入無產階級專制文學的框架之中，是不符合歷史真實的，也是違背了高爾基「文學是人學」的價值定位的。而我們步入 1930 年代的「普羅文學」顯然就是為那時還處於虛擬化的無產階級文化和文學服務的，直至進入 1940 年代後的「解放區」才真正成為一種實實在在的為政治服務的斯大林主義式的金科玉律，這顯然是走上了一條錯誤的文學史軌跡。歷史不可重來，倘若 1930 年代以後的陳獨秀仍然是新文學的旗手，倘若他還是中國共產黨的掌門人，也許中國政治文化和文學的歷史就不會是這樣的運行軌跡了，中國的「普羅文學」也不會走到那樣不堪的境地。可惜了這個既想成為政治家，又想成為文學思想家的怪才，最後一事無成，

但是卻留下了深刻的思想。嗚呼，「畢竟是書生」！而書生是永遠不能掌控歷史的，歷史也不會按照書生的人性和良知而改變其運行的軌跡。這就是歷史的嚴酷性和悲劇性所在，一切「假如」式的設想只能成為中國知識分子的烏托邦而已。但是，正如高爾基所言，批判社會是一個有良知的作家與知識分子的職責，他的功能猶如「牛虻」。

高爾基之所以對「十月革命」持有不同的政見，就是因為它突破了高爾基基本的文學價值觀——人性和人道主義才是他與俄羅斯文學血脈相連的根本紐帶，而無產階級專政下的階級鬥爭卻是戕害人性和人道主義的絞肉機。

陳獨秀作為五四新文化運動的先驅者和發動者，他對民主與自由的追求是一貫的，但是他一開始所看中的「十月革命」恰恰又將無產階級革命的烏托邦引向了歧途，他對斯大林的總結是何等的深刻，又是何等的高瞻遠矚。可是，當他有所徹悟的時候，卻又無法左右中國這條古老文化和文學的大船向著具有現代文化意義的文明航向行駛了，只有任其飄搖，最後墜入與斯大林主義同樣的歷史命運。歷史告訴我們：無論是政治家，還是文學家，只要他能夠站在人道主義的立場上看待、分析和處理一切問題，他就不會偏離民主與自由的航向，將國家、民族和文化、文學的大船引領到幸福的航程之中去。可惜置身於無產階級革命的驚濤駭浪之中的革命舵手們往往是很難辨清前進方向的。

「十月革命」即將百年，但是在中國學界，尤其是在文學界，且不說還存在著許多令人啼笑皆非的左傾陳腐觀念，就以對高爾基《不合時宜的思想》的曲解和誤會甚深而言，也是猶如一團很難釐清的亂麻。凡此種種，好在汪介之先生都做出了合理的學術性和學理性的闡釋，同時，也批駁了一些不知史實而武斷篡改與批評高爾基的不實言論，也算是做了一件正本清源、以正視聽的事情罷。

然而，如何看待 1928 年高爾基回國後效忠於斯大林，幹出了為人不齒、背叛自己人格和原則的種種行徑呢？歷史應該做出一個公正的回答！

第六節　人性與良知的砥礪

如何看待高爾基 1928 年回國後直至 1936 年逝世期間，對自己一貫堅持的人道主義立場進行無情背叛的種種行徑呢？如何去解釋這個「雙頭海燕」給蘇聯政治和文學帶來的毀滅性的災難呢？一百年來，無論是在高爾基的生

前還是死後，無論是在俄國→蘇聯→俄國，還是在中國的學界空間裏，都有
著種種相異的不同觀點和嚴重的分歧意見，直至今日都無法統一。而在中國
社會層面，尤其是在中國的民眾與一般學者眼中，高爾基仍然是一座俄羅斯
文學的聖像。隨著近些年國內過多的對他「不合時宜的思想」的評介，就更
進一步抬高了他的身價。然而，卻少有人對他後期賣身投靠斯大林專制主義
的揭露和批判，而像索爾仁尼琴那樣過於猛烈的批判和攻擊者的言論一般也
不為人所知。就在我瞻前顧後不知從何下筆之際，讀到了金雁女士上個月剛
剛出版的煌煌三部曲巨著中的第一部《倒轉「紅輪」——俄國知識分子的心
路回溯》﹝註140﹞。我十分佩服金雁教授的治學方法，和其他大多數從事外國
歷史與文學研究的學者所不同的是，她在大量史料蒐集的基礎上，釐定了一
條清晰的邏輯理路和價值評判體系，從而發表出了自己獨特而深刻的見解。
作者敢於面對慘淡的史實闡發他人未發現或未敢說的真理！尤其是常常將這
些政治與文學的現象與中國的文學現象進行勾連，以觸發中國學者對自己國
家民族文化和文學歷史進一步反思。這才是最有用的學術。作為一名讀者，
我將陸續發表對她這本書和下兩部書的系列讀書札記，旨在將蘇聯文學與中
國文學的內在政治文化關係進行進一步的梳理，找到「十月革命」後由於制
度缺失所帶來的極左病竈是怎樣從蘇聯蔓延到中國來的脈絡，以及它在漫長
的歲月裏對中國政治文化與文學所造成的種種後果，以引起療救的注意。

一

　　金雁教授在《倒轉「紅輪」》一書的第二章中，用了一章四節 47 頁的篇
幅去《破解「高爾基之謎」》，可謂響鼓重錘。我很贊成金雁教授對高爾基思
想行為變化的大切分法——不糾纏高爾基一生中許許多多次思想忽左忽右的
起伏，而把眼光投注在他是否還堅持著一個知識分子的獨立思考上，是否還
是「社會的良心」上。我也始終以為高爾基思想真正的「大起大落」——亦
即思想行為的大轉折顯然不是 1905 年的民主革命和 1917 年「二月革命」與
「十月革命」前後與俄羅斯知識界的思想分歧和種種論戰，即使是與俄國貴
族知識分子、與「路標派」別爾嘉耶夫等人的論戰，以及圍繞陀思妥耶夫斯
基《群魔》與斯坦尼斯拉夫斯基為首的俄國藝術家的論戰，也還是屬於思想

﹝註140﹞金雁：《倒轉「紅輪」——俄國知識分子的心路回溯》，北京大學出版社 2012
　　　　年版。以下引文凡不再出注者，均引自此書。

觀念的爭論，儘管高爾基經常「變臉」，時而有左傾思想冒頭，但是那還基本上是屬於知識分子間的思想分歧，換言之，彼時的高爾基尚未喪失一個知識分子的社會屬性和思維方法，其行爲的後果雖然有害，但並不完全涉及到個人的道德品質問題。當然，在 1905 年這個俄國知識分子「分水嶺」的年代裏，高爾基向左轉，爲無產階級的暴力革命提供了輿論的支持，是使人難以容忍的，甚至有人認爲 1906 年的高爾基比列寧還要左，到了 1909 年，他成爲比列寧更爲激進的極左革命家，被列寧稱之爲「更加頭腦發熱」的「左的蠢人」〔註 141〕。據此，能否就認定他的道德底線出了問題呢？雖然許多學者都痛陳他這次對「社會良知」的大背叛，但是我仍然猶豫是否對他進行道德的宣判，以及將他歸入極左的「另冊」之中。

然而，可以明確斷定的是，從 1928 年高爾基回國開始，這個「紅色文豪」顯然背叛了自己所設計的一個文學家和思想家的人道主義原則，也就是突破了其做「大寫的人」的道德底線，成爲自己思想的叛徒。金雁說：「從那以後，他沒有捍衛過人民，沒有捍衛過文化、眞理、正義、法律，儘管一切罪惡都發生在他的眼皮底下。」這是確鑿無疑的鐵案！1928 年成爲高爾基思想和人格的分水嶺，用金雁教授的觀點來說，在這之前，他是一個知識分子，在這之後，他就不是知識分子了。這個判斷十分準確，因爲作爲一個俄羅斯的傳統知識分子，一旦失去了批判意識，成爲思想的奴僕，那就意味著喪失了一個知識分子最基本的言說功能。所以，人們怎麼也不能理解，高爾基會墮落到這種地步——從一個人道主義的勇猛「海燕」蛻變成一個反人性、反人道的「文豪」；從一個「雄鷹」變爲「遊蛇」；從一個「愛眞理的啄木鳥」轉變爲一個「撒謊的黃雀」；「從普羅米修斯到流氓」（後兩者均套用高爾基文章的題目）「由有關被壓迫者的捍衛者和鼓舞者變成了壓迫者的辯護人和謀士」。〔註 142〕究其原因，除了金雁教授所說的兩點（一是「人格底線的潰退、沾染權力後獨立性的喪失」；二是他的虛榮心。其實這兩點都可歸結爲第一點人格的喪失上）之外，我們是否還能夠找到更深層次的原因呢？因爲在中國革命勝利前後，許許多多的中國作家也走了如出高爾基一轍的思想道路，無論是有意還是無意的，都對中國文學和中國社會思想造成了極大的傷害，這兩者有著必然的聯繫嗎？

〔註 141〕《列寧全集》第 2 版，第 12 卷，第 168～170 頁，轉引自金雁著《倒轉「紅輪」——俄國知識分子的心路回溯》，北京大學出版社 2012 年版。

〔註 142〕〔波蘭〕古·格·格魯德金斯基：《高爾基的七次死亡》，轉引自金雁著《倒轉「紅輪」——俄國知識分子的心路回溯》，北京大學出版社 2012 年版。

　　其實，金雁教授在概括高爾基蛻變原因時也用高爾基的觀點來反證了蛻變的根本緣由：「如果你不願意向制度做出妥協，你就休想從它那裏得到任何東西。」——也許，這才是問題的要害，知識分子的通病往往是能夠做到「威武不能屈」，而難以抵擋得住「富貴不能淫」的誘惑的，「士可殺而不可辱」的氣節可以使之揚名天下，但高官厚祿與聲色犬馬往往會使一個正直的人墮落，高爾基這樣的文豪也概莫能外。當 1928 年 5 月 28 日的太陽照耀在高爾基的頭頂上的時候，當高爾基從列車踏板上將第一隻腳邁向莫斯科白俄羅斯火車站的那一瞬間，當儀仗隊的鼓樂齊鳴的時候，當布哈林、伏羅希洛夫、盧那察爾斯基等許多國家領導人與之擁抱的時候，一個「文學黨」的奴隸總管、一個掌控「齒輪和螺絲釘」的工頭、一個斯大林主義的政治傳聲筒、一個「鼻孔穿上鐵環的老熊」（高爾基的老朋友羅曼・羅蘭對高爾基晚年形象的評語）的高爾基便在斯大林時代誕生了。作為一個有「良知、善性、人道」的作家，高爾基不僅違背了自己早年就給文學所立下的「大寫的」「人的文學」的定義，而且，他也同時觸犯了俄羅斯知識分子約定俗成的「潛規則」：「在俄羅斯的傳統中，知識分子的力量不在於智慧，而在於心靈，在於良知。知識分子過去和現在的責任是：認識，領悟，反抗，保持自己精神上的獨立，永遠不說假話。」〔註143〕我們還不能估量高爾基在他生命的最後八年中對蘇聯的政治造成的影響有多大，但是，我們卻知道在他所領導下的蘇聯文學界創造的許多文學制度對世界範圍內無產階級陣營中的文學產生了巨大而深遠的影響——作家協會這樣的文學體制的建立，規範了文學創作與理論走向，尤其是對中國的文學制度的建立產生了不可估量的影響。

二

　　我以為，在 1928 年的「大清洗」的專制語境裏，蘇維埃需要高爾基作為「文學黨」黨魁來統治知識分子的思想；而高爾基也需要斯大林給他一個天梯爬上文學的聖壇，得到豐厚的物質和精神的賞賜，以此來滿足安度晚年的奢望。且不說蘇維埃政府給他的巨大物質待遇有多豐裕，就拿他與斯大林兩人可以隨時叼著煙斗、喝著紅酒促膝長談的政治待遇來說，也是任何一個蘇聯公民與官員都無法企及的夢境。那個在 1923 年還對列寧妻子娜傑日達「焚

〔註143〕　這是俄羅斯「國學大師」利加喬夫的說法，轉引自金雁著《倒轉「紅輪」——俄國知識分子的心路回溯》，北京大學出版社 2012 年版。

書坑儒」事件表示強烈憤慨，並宣示：「一旦全部證實了這些殘暴的事實，我將寫信給莫斯科，聲明退出這個罪惡國家的國籍」的高爾基不見了，取而代之的是和斯大林建立一個「主人和臣僕」之間關係的御用文人，用斯大林的話來說，就是：「高爾基虛榮心強，我們應當用粗繩索把他拴在黨的身上。」當然，這個黨的化身就是斯大林。用瓦季姆・巴拉諾夫的話說就是「在制度的範圍內用別人的鮮血爲自己謀到一個距離斯大林不遠的位置。」〔註144〕這一筆政治交易在當時看來並不顯眼，但是，它給俄國文學界和思想界帶來的深遠負面影響，乃至於給中國文學界和思想界所造成的嚴重後果也是顯而易見的。

　　無論如何，斯大林的蘇維埃將一個不是共產黨員的作家請上了文學的殿堂，捧上了統轄知識分子的「奴隸總管」的寶座，絕對是一個預先就設計好的政治騙局。而人們不能理解的是，這個曾經桀驚不馴的「革命的海燕」，爲什麼會自甘情願地成爲專制制度的打手和思想的奴才呢？如果僅僅用列寧以往對高爾基性格中的「最沒有主見而且容易感情用事」來做判斷，顯然是不足以說明問題的本質所在的，他之所以拋棄了「革命的海燕」的角色，主動淪爲「斯大林的玩物」「斯大林集中營中自由的囚徒」，就是知識分子潛在基因中最強大的無意識的裸露──試圖在集權之下分得一份權力的剩羹，於是「文學黨」和「革命文學」的「紅色教父」的桂冠成爲高爾基獲取的最終獵物，所以，「斯大林甚至在蘇聯發起了一場吹捧高爾基的群眾運動，並以『領導』整個蘇聯文學界作爲條件。只要高爾基踏上國土，就注定要扮演斯大林所希望的角色，配合黨的意識形態，爲掩蓋史實服務，完成布爾什維克話語霸權下只存在革命與反革命兩維圖像的宏大敘事，成爲斯大林在意識形態的『旗幟』和吹鼓手。」無疑，在斯大林對知識分子進行大清洗的歲月裏，人們引頸盼望的是「革命的海燕」的歸來，再次從斯大林的殘暴專制下拯救出更多的知識分子和無辜的人民，因爲在「十月革命」前後，就是這隻「革命的海燕」「從列寧的無產階級專政的鐵拳下救出了很多知識分子」，但是，人們失望了，從意大利回國的高爾基由「海燕」變成了「老熊」，在「超墨索里尼獨裁專制制度」（茨威格語）下的高爾基背叛了他原先設定的

〔註144〕〔俄〕瓦季姆・巴拉諾夫：《高爾基傳》，灘江出版社1998年版，第458頁。轉引自金雁著《倒轉「紅輪」──俄國知識分子的心路回溯》，北京大學出版社2012年版。

文學家的人性和人道主義的人格底線，以「海燕」的名義「建立一個毀滅人性的系統」。請不要忘記，此時此刻，中國在大革命失敗以後正在共產國際的指導下，具體說，就是在斯大林的指揮下，醞釀著「土地革命」，醞釀著無產階級的「左翼聯盟」（雖然「左聯」也同時受到了高爾基十分反感的蘇聯「拉普」的影響，我手頭沒有資料證明中國「左聯」的解散是否與高爾基解散蘇聯「拉普」有著直接的因果關係）。那時的中國還不可能產生高爾基式的無產階級革命文學的領袖，而後來的文學史竟然將魯迅塑造成中國的高爾基，真是有些風馬牛不相及了。但是，我們不可不注意到這樣一個事實——中國新文學史的走向在 1928 年以後的轉向顯然是在依蘇聯文學這一葫蘆畫瓢，一直到 1942 年，用了十幾年的時間，在戰爭頻繁的縫隙中完成了對蘇聯文學模式的傚仿過程，直到 1949 年奪取政權以後，就在這個豐厚堅實的基礎上，隨著文學體制和制度的建立，開始了並不亞於斯大林「螺絲釘理論」的文學統治，直到「文革」走向結束。追根溯源，我們可以清晰地看到中國革命文學在傚仿蘇聯文學中所汲取的斯大林主義的毒素所在，倘若這些毒素不加以清除，我們的一部中國現代文學史就難以觸及其最深刻，也是最本質的內涵。

索爾仁尼琴對高爾基所倡導的「無產階級人道主義」嗤之以鼻，是因為高爾基將斯大林殘暴的「勞改集中營」說成是「改造新人」的好方法，索爾仁尼琴認為高爾基已經成為「俄國文學史上破天荒的第一次頌揚奴隸勞動」的開創者，證明高爾基已經淪為「輿論界和科學界暴力的衛道士」。在這樣的思想背景下，高爾基參與建立一個對作家和知識分子進行管束的團體就不奇怪了，1932 年，聯共（布）中央作出決議，成立了蘇聯作家協會，高爾基理所當然地成為這個系統的沙皇「一世」，他旋即對斯大林提出格隆斯基公開宣布的「社會主義現實主義」口號作出了悖離傳統批判現實主義的黨性闡釋。〔註145〕這一「黨性原則」的文學規訓，其蔓延的時間與空間也是驚人的——從 20 世紀的 30 年代直到今天；從蘇聯到整個「社會主義大家庭」裏的各個成員國，無不遵循這個無產階級革命文學創作的原則，而中國的革命文學受其影響為最，且有些理論上的發展更為離譜。還有就是高爾基提出了「藝術思想政治

〔註145〕「社會主義現實主義」口號雖並非高爾基本人發明的，但其具體涵義則是由高爾基作出權威闡釋並加以推廣的。另關於斯大林提出「社會主義現實主義」的問題可參考：汪介之在 2012 年 1 期《南京師範大學文學院學報》上發表的《「社會主義現實主義」在中國的理論行程》一文。

「化」的口號，是否就是直接導致統治中國文學幾十年的「政治標準第一，藝術標準第二」「文學爲政治服務」口號的翻版？爲此，我們則不得不反思高爾基晚年的所作所爲給整個世界革命文學帶來的災難性後果了！否則，我們將永遠在高爾基設定的思想迷宮裏打轉，走不出已經在俄羅斯土地上逐漸消亡，而還在中國大地上徘徊的蘇聯文學理論幽靈的巨大陰影。當然，蘇聯解體以後，高爾基的問題才成爲蘇聯文學研究繞不過去的一個坎，大量的史料披露爲我們最終認識中國文學的思想走向提供了研究的依據，就看我們對這樣的史實採取什麼樣的價值評判立場了。

三

　　人們喜歡用高爾基謾罵「路標派」那篇文章的題目《從普羅米修斯到流氓》還給高爾基晚年的卑劣行徑，誠然是不爲過份的。金雁教授對「十月革命」前後「不合時宜」的高爾基和 1928 年後「紅色文豪」的高爾基進行比照後，用了一個非常有意味且頗爲深刻的比喻：「在前一種情況下，高爾基的形象就如同雨果《九三年》中那個出於比革命更崇高的人道精神而放走了貴族的高尚的革命者郭文。而在後一種情況下，他的形象就如同那篤信『貧下中農打江山坐江山』的阿 Q 式『革命』者。」作爲一個人道主義的作家，高爾基在「十月革命」後爲拯救許多知識分子免遭無產階級專政的迫害而不停地宣示著自己「不合時宜的思想」，他堪比盜火者普羅米修斯，也足以與高尚的郭文媲美。而在 1928 年以後，雖然不能將他說成流氓，但也與阿 Q 相去甚遠，因爲高爾基並非眞正是生活在「底層」的貧下中農，他早就過上了金錢美女的奢華生活，正是因爲他晚年在意大利的日子並不十分適意，而斯大林統治下的蘇維埃可以給他更特別、更優渥的物質待遇和政治待遇，所以他才肯最後出賣自己一次。與阿 Q 式的那種不覺悟的懵懂「革命」不同的是，高爾基知道自己的利益在哪裏，同時也清楚自己在做什麼，和阿 Q 相比，他的行徑更爲不恥，阿 Q 只能造成革命的悲哀，而高爾基是造成了革命的悲劇，因爲他是在爲那個龐大的法西斯機器制度效力，是在爲暴政助紂爲虐，而阿 Q 的思想認知和行動能力還遠遠達不到這樣的水平。由此，我想到了中國革命文學史上的一個風雲人物——郭沫若，這個新文學初期涅槃的「鳳凰」，最後不也是墮落成了爲世人所詬病的小丑式的政治人物了嗎？魯迅早就將他定爲「流氓加才子」式的文人，看來是很準確的判斷。可是魯迅和高爾基同年去世了，他看不到郭沫若在 1936 年以後的政治表演了，尤其是看不到他 1949

年以後所演出的一幕幕鬧劇了。其實，在中國文壇上是不乏高爾基這樣的文人和作家的，翻閱一部中國現代文學史，我們看到的是滿眼的變節文人和政治小丑，只不過我們的文學史書寫都將這些醜行遮蔽掉了，俄羅斯的文學史在重寫過程中，將這些史料勇敢地公佈於眾，讓歷史做出公正的裁決。我們的文學史能夠做到這一點嗎？倘使能夠，我們的文學史將會是另一番景象！

　　如果說「十月革命」前的「二月革命」是以孟什維克社會主義黨人渴望實行的一場「民主社會主義革命」而完成憲政民主的話，高爾基就是一隻站在孟什維克黨人一邊抨擊布爾什維克黨人暴力行為的勇敢而高傲的「海燕」。他在自己主辦的《新生活報》上對「十月革命」中非人道主義的抨擊是如此激烈：「這是一場沒有精神上的社會主義者、沒有社會主義心理參與的俄國式的暴動，是小市民動物性的大釋放，下一步它將會轉向黑暗的君主制，那一天為時不遠了。」「布爾什維克斷送了、掏空了毀壞了祖國，把俄國作為一個瘋狂的大試驗場，把人民變成他們革命夢想的試驗品。」「列寧在用工人的血、工人的皮做一場極端的獸性試驗，列寧為了自己的試驗讓人民血流成河。」你不能不說高爾基是一個充滿著正義感的人道主義者，你不能不說他是一個具有遠見卓識的思想家，他抨擊《真理報》「以無產階級的名義反對知識分子」：「強姦別人的意志、殺人，並不等於，永遠也不等於殺死了思想。」這些思想火花是在強權之下發出的，當時就惹怒了斯大林，他在 1917 年針對高爾基的《不能沉默！》一文，親自撰寫了《許多膘肥體壯的公牛包圍著我》，指責高爾基「從革命隊伍中臨陣脫逃」。可見斯大林同志從一開始就沒有信任過高爾基，但是，他後來投靠斯大林卻著實使人費解，難道他不清楚這是斯大林給他設的一個局嗎？只有在雙方利益都得到保證的時候，這樣的政治交易才能順利成交，如果是這樣，我們只能懷疑高爾基的人格了。儘管我們前文對此給出了可以解釋的理由，然而，似乎仍然不能解釋高爾基在其生命的最後一年裏（也即 1935～1936 年間）「與斯大林的關係發生了逆轉」的事實。以我個人的推測，很有可能是高爾基的思想又開始發生了轉變，以致使斯大林不太理睬這個「紅色文豪」了，為了讓這個「紅色文豪」永遠定格在「齒輪和螺絲釘」的位置上，「斯大林不需要活著的偉大作家，也許卻非常需要一個死去的偉大作家。」此言精闢！道出了斯大林一手製造的「托洛斯基謀殺高爾基」冤案的真實目的，雖然至今尚無直接證據證明斯大林就是謀殺高爾基的元兇，但是，導致其死亡的因素少不了斯大

林對他的不滿。因爲總結高爾基的一生，他在思想立場上永遠如鐘擺一樣左右搖晃，那麼並不能排除其在 1935～1936 年間其思想又發生了突變，從而引起了斯大林的怨恨，以至他還來不及，或者是沒有機會表達自己「不合時宜於思想」的時候就一命嗚呼了。

索爾仁尼琴是一貫抨擊高爾基的作家，他甚至對「十月革命」前後的高爾基也不屑一顧，他在《古拉格群島》、《癌病房》、《紅輪》中指名道姓地罵高爾基「詔媚和賣身求榮，與那些身陷囹圄仍能體現人性光芒的知識分子毫無共同之處」。不錯，依附體制是知識分子，尤其是無產階級專政下的知識分子的本能，像索爾仁尼琴那樣堅持己見的作家和知識分子能有幾人？我們不能苛求每一個作家都像索爾仁尼琴那樣去爲信仰而犧牲自己的生命，但是我們也絕不應該隨時拋棄眞理而獻媚於權貴。

蘇聯解體以後，人們對高爾基的評價越來越開放了，1990 年 8 月 3 日科洛德內依在《莫斯科眞理報》上撰寫了《雙頭海燕》的文章，「說高爾基像有兩個腦袋、兩副面孔，這隻曾經呼喚革命風暴的海燕，晚年竟在證明斯大林主義的正確性，甚至支持其恐怖手段、暴力和屠殺」。這樣的觀點逐漸被人們所接受。但是，以賽亞・伯林在《蘇聯的心靈：共產主義時代的俄國文化》一書中卻認爲高爾基扮演了「俄國人民良心」的角色，他的死使俄國文學失去了「與早先相對比較自由的革命藝術傳統的最後一絲聯繫。」和大多數學者一樣，伯林只把注意力集中在高爾基思想閃光的年代，而對他晚年的變節忽略不計了。我同意金雁教授的觀點，「其實人是複雜的」，也許他性格裏與生俱來就帶有一種如他諍友列寧所說的「沒有主見」的基因，高爾基的一生始終是在左→右→左的搖擺中度過。從他的身上，我們不是也能看到許許多多中國作家的面影嗎？！

四

無疑，在高爾基回國後的日子裏，他的創作並沒有停止，除了撰寫百萬字的理論文章以外，他還寫下了兩部特寫集《蘇聯遊記》（1929）和《英雄的故事》（1930）；兩部劇本《葉戈爾・佈雷喬夫等人》（1932）和《陀斯契加耶夫等人》（1933）。可以看出，這些作品顯然是爲政治服務的應景之作。倒是他傾注極大精力創作的四大部總計百萬字的長篇小說《克里姆・薩姆金的一生》是值得探討的巨製。薩姆金是一個生長在民粹主義家庭裏的知識分子，

他迥異的性格和極端個人主義的思想，使他從一個革命的知識分子墮落成一個反對列寧無產階級革命的反革命分子，最終在群眾遊行集會中被人踩死。高爾基是想通過一個知識分子成長蛻變的思想過程，將四十年來俄國知識分子的心路歷程做一個客觀公正的描寫，其副標題就是叫「四十年」，用他給老朋友羅曼·羅蘭的一封信中的話來說，就是：「這部長篇小說的意義在於它是我過去所做的一切的總結。」從某種意義上來說，它應該被看作是高爾基「自傳體」的小說創作，然而，他自認為的社會主義現實主義的創作手法會贏得黨的認同和人民的理解嗎？

　　無論是蘇聯的文學史，還是中國版的《蘇聯文學史》或《俄羅斯文學史》，都會從不同角度去評判《克里姆·薩姆金的一生》，或頌揚它為社會主義現實主義「史詩性」創作所作出的巨大貢獻，或貶斥它為「齒輪和螺絲釘」的樣本，是「傳聲筒」式的作品。我個人以為，這部作品透露出來的恰恰就是高爾基晚年微妙的心理。用高爾基自己的話來說：「我不能不寫《克里姆·薩克金的一生》，我積累了驚人的豐富材料，這些材料有權要求我把它們連貫起來，加工完成。不把這項工作完成，我沒有死的權力……。也許，我的這部作品不會一下子被理解。但是，總有一天人們會認識它的價值。」〔註146〕是的，這部作品並非是旨在批判薩姆金這樣的知識分子，而是呈現了他們的思想歷程，當然，也並非阿·托爾斯泰那樣去表現俄國和蘇聯的知識分子的思想歷程。所以，當有人認為此書就是抨擊薩姆金時，高爾基做出了曲意的辯解，他在1930年2月18日至19日致格魯茲傑夫的信中說：「假如我過於『惡狠狠地抨擊』薩姆金，那麼這是很不好的。我在1905、1906以後就形成了對這類人斷然否定的態度，而且過去——『從我青年時代起』——對他們就不信任。可是假如是『過於』抨擊，那麼這就已經是主觀主義的了，並意味這本書寫壞了。」〔註147〕從這裡我們可以看出，高爾基使用的並非是自己標榜的「社會主義現實主義」的創作方法，而是老巴爾扎克式的舊現實主義創作方法，因為它無須遵從黨的召喚，客觀現實主義的創作方法是大於世界觀的，只要抵達現實主義的彼岸，就可以克服世界觀上的不足。所以，高爾基的聰明和狡猾都涵蓋在其中了。當然，高爾基有時也會說一些左右逢源、模棱兩可、使人難以捉摸的話，例如他在談及薩姆金形象原型的時候，先是批判薩

〔註146〕汪介之編：《高爾基自傳》，江蘇文藝出版社1998年版，第420～421頁。
〔註147〕汪介之編：《高爾基自傳》，江蘇文藝出版社1998年版，第421頁。

姆金這樣的反革命分子是如何誹謗蘇聯，爾後又說布爾什維克當中也有這樣的典型人物，最後才說道：「我想描寫以薩姆金爲代表的這樣一個中等價碼的知識分子，他懷著種種憂鬱心情，爲自己尋找生活中最獨立的位置，在那裏他在物質上和內心上都會感到舒服。他後來會當上地方自治會和城市聯合會的英雄之一，戰時會穿上制服，然後到前線去勸兵士進攻。最後他將在國外某地做現有的一家報紙的撰稿人或記者，從而結束的一生。也許他會有另一種結局。」〔註148〕就是這樣一個既平庸又卑微的中產階級人物，正是許許多多知識分子的眞實寫照，包括還有高爾基本人在內的影子，爲什麼選擇一個中產階級的知識分子，而不是一個無產階級知識分子的成長歷程，問題本身就可以說明一切了。所以，高爾基在 1934 年 11 月 20 日致扎祖勃林的信中說：「《薩姆金》並非揭露知識分子『無所事事。』」〔註149〕甚至對自己倡導的社會主義現實主義創作方法發生了根本的動搖，他在 1935 年 2 月 19 日致謝爾巴科夫的信中說：「我懷疑，在社會主義現實主義——作爲一種方法——以完全必要的明確性顯示自己之前，我們已經有權來談論它的『勝利』，並且是輝煌的『勝利。』」〔註150〕如果讓我對高爾基的創作動機做一個具有浪漫主義元素的推測的話，我想，此時的高爾基已經失勢，預感到自己不妙的政治結局，他假想自己會不會像薩姆金那樣被斯大林無產階級專政的鐵蹄踩死呢？！如是，那麼爲薩姆金所預設的悲劇顯然也就預示著高爾基自身的悲劇命運了。

　　金雁教授對其一生的最後結論是：「高爾基一生演完了正劇、喜劇、滑稽劇、諷刺劇，最後以悲劇告終。」我以爲還得添上一個「鬧劇」才算完整。

　　我歷來認爲，五四新文化運動之所以很快就潰滅了，其主要原因就是知識分子的自我啓蒙還遠遠沒有完成，其價值理念尚在一片混沌之中，就急於以救世主的姿態去救贖大眾，難免不迅速遁入自我幻滅的情境之中。同樣，人們懷念的所謂 80 年代「新啓蒙」也是如此，依靠一批吮吸「工農兵文學」乳汁長大的作家去啓蒙大眾，能夠會有什麼樣的好結果呢。

　　其實在中國，至今爲止，什麼是知識分子？始終還是一個難解的哲學命題。你可以不給獨裁總統兼中央大學校長蔣公的面子，但是，換了一個歷史時間，你又不得不給其他人的面子。直至今天，我們還能看到一個全國著名

〔註148〕汪介之編：《高爾基自傳》，江蘇文藝出版社 1998 年版，第 430 頁。
〔註149〕汪介之編：《高爾基自傳》，江蘇文藝出版社 1998 年版，第 440 頁。
〔註150〕汪介之編：《高爾基自傳》，江蘇文藝出版社 1998 年版，第 442 頁。

的理科泰斗級的院士，見到一個廳處級的官員來視察其實驗室，那張老臉上綻放出的阿諛奉迎的媚笑，也許這令人作惡的一幕不足掛齒，然而，仔細推敲其脊椎骨是如何斷裂的，才是我們需要追問的真問題，而「錢學森之問」只是叩問了一個表象。如果說理科教授缺乏人文意識，不能與民國時期的理科教授相比（其尚存人文修養與風骨）的話，那麼，文科教授徹底喪失一個知識分子的人文價值底線，已然成為當今中國熟視無睹的普遍現象。誰敢說自己是真正的知識分子呢？！

　　用以賽亞・伯林對知識分子的闡釋（參見〔伊朗〕《伯林談話錄》，拉明・賈漢貝格魯著，楊禎欽譯，譯林出版社 2002 年 4 月第 1 版，第 166 頁）來看，知識分子和知識階層是分屬兩個不同的概念：「知識分子是指那些只對觀念感興趣的人，他們希望盡可能有趣些，正如唯美主義者是指那些希望事物盡可能完美的人。」也就是說，作為單個的「知識分子」，他追求真理的方式是用自己獲得的知識體系去觀察世界，闡釋和發出自己的觀點與個人的聲音，從而對他人與社會產生對話和影響。但是，作為個人，他的思想觀念永遠是孤立的，不能形成一種巨大的合力，去推動一個思想運動的形成。正如伯林說英國的知識分子「沒有團結奮鬥，沒有結成隊伍」那樣，知識分子如果僅僅是憑著個人的興趣與好惡去積累知識和思考問題，而沒有形成一個價值觀念統一的群體的話，那麼，他們就不能構成一個有著共同歷史認知和知識譜系，並有一個共同價值與倫理道德底線的「知識階層」群體。只有形成一個「知識階層」的共同體，才能構成一個推動歷史進程的強大「合力」。那麼，什麼才是「知識階層」呢？伯林的回答是：「知識階層在歷史上是指圍繞某些社會觀念而聯合起來的人。他們追求進步，追求理智，反對墨守傳統，相信科學方法，相信自由批判相信個人自由，簡單地說，他們反對反動，反對蒙昧主義，反對基督教會和獨裁主義的政體，他們視彼此是為共同事業（首先是為人權和正當的社會秩序）而奮鬥的戰友。他們中的一位在 19 世紀 60 年代就說過，他們這些人類似騎士階層，為共同的誓約，為不惜獻出生命也要取勝的信念而團結在一起。」〔註151〕伯林進而將 18 世紀聚集在巴黎的貴族知識分子狄德羅、達朗貝爾、霍爾巴赫、愛爾維修、孔多塞這樣的一批思想家指稱為「知識階層」，其衡量的標準仍然是：「他們互相瞭解，他們討論相同的觀

〔註151〕〔伊朗〕拉明・賈漢貝格魯：《伯林談話錄》，楊禎欽譯，譯林出版社 2002 年 4 月第 1 版，第 166 頁。

點，有共同的立場，他們遭到共同敵人的迫害，而敵人就是教會，就是獨裁主義的政府（那些扼殺眞理的不光彩的東西），他們覺得他們自己是爲光明而戰的鬥士。知識階層產生的前提是啓蒙運動的信念，這種信念鼓舞人們起來跟反動勢力作鬥爭。這也說明，知識階層作爲一個有明確意識的群體爲什麼容易產生在有強大的反教會（比如，羅馬天主教或東正教）的地方。因此，法國、意大利、西班牙和俄國都出現了眞正的知識階層，而挪威和英國則沒有眞正的知識階層。新教教會還不至於讓人覺得它對自由和進步的觀念構成嚴重的威脅。」〔註152〕顯然，以批判的精神和姿態介入社會革命或改革，從而以此推動人類思想的進步。如果用這樣的定義和概念去回眸並衡量中國 20世紀的中國知識分子與中國知識分子的群體的話，的的確確，我們不可能看到一個如俄羅斯那樣從「黃金時代」到「白銀時代」再到「蘇聯時代」那樣一個有著社會良知的知識分子文化傳統的「知識階層」的優秀作家群體。

「五四新文化運動」的興起也確實聚集了一批知識分子在反封建、反專制、反傳統的旗幟下，爲建立一種民主、自由、平等、博愛的理想社會而發出了自己的思想見解，其批判的火力不謂不猛烈，但是，爲什麼這場所謂的啓蒙運動很快就在各自吵吵嚷嚷的理論主張中迅速瓦解了呢？究其原因，中國的知識分子除了知識儲備欠缺外，更重要的是，他們缺乏「相同的觀點」和「共同的立場」──這也許就是一個「知識階層」群體能否結盟的底線！從這裡，我們才能領悟和尋覓到魯迅爲什麼會寫出「兩間餘一卒，荷戟獨徬徨」的悲涼詩句的準確答案來。雖然他們在資產階級革命的啓蒙運動中找到了追求眞理的目標，但是由於傳統士大夫的文人傳統的根深蒂固，使得他們一個個都想獨立門派，創造自身的學說成爲單體知識分子個人的學術目標，而沒有爲「相同的觀點」和「共同的立場」而不惜犧牲自身利益的獻身精神，這一點連古代的門閥和學派中的士子都不如，表面上，它是尊重了個人的自由，本質上卻是渙散了隊伍。在選擇思想道路時，各執一詞，這一點恰恰是被俄國式的民粹主義革命烏托邦所誘惑──它不僅有描繪得絢麗多彩的未來美好世界的藍圖，而且還有綱領性的專政制度和嚴密的組織和紀律。所以它才像磁鐵一樣吸引著一批知識分子向左轉。這和伯林所說的別爾嘉耶夫那樣的「向左轉」是相同的，但不同的卻是別爾嘉耶夫們最後覺醒了，而五四知

〔註152〕〔伊朗〕拉明·賈漢貝格魯：《伯林談話錄》，楊禎欽譯，譯林出版社 2002年 4 月第 1 版，第 166 頁。

識分子們卻一直在托洛斯基的「左翼聯盟」陰影下徘徊，這不能不說是「五四新文化運動」從資產階級知識分子單體的「思想革命」轉至為整體的專政「革命思想」的一個清晰的思想軌跡。

第七節　因為沒有一個「知識階層」

的確，誠如以賽亞・伯林所言，沒有眾多的知識分子精神貴族的存在，就難以形成一個有龐大合力的「知識階層」，而沒有這樣一個階層，一切所謂啟蒙運動就會陷入永遠的徬徨之中。

以賽亞・伯林在與拉明・賈漢貝格魯論及「知識分子和知識階層」這個問題時，認為「知識分子」和「知識階層」（intelli-gentsia）這個詞是一個俄文詞，為了區別它與「知識分子」概念的不同，伯林做出了概念的梳理，並以英國、法國和俄國 18 世紀以來的思想家為例，區分其中的迥異之處。

在柏林看來，知識分子和知識階層是分屬兩個不同的概念：「知識分子是指那些只對觀念感興趣的人，他們希望盡可能有趣些，正如唯美主義者是指那些希望事物盡可能完美的人。」也就是說，作為單個的「知識分子」，他追求真理的方式是用自己獲得的知識體系去觀察世界，闡釋和發出自己的觀點與個人的聲音，從而對他人與社會產生對話和影響。但是，作為個人，他的思想觀念永遠是孤立的，不能形成一種巨大的合力，去推動一個思想運動的形成。正如伯林說英國的知識分子「沒有團結奮鬥，沒有結成隊伍」那樣，知識分子如果僅僅是憑著個人的興趣與好惡去積累知識和思考問題，而沒有形成一個價值觀念統一的群體的話，那麼，他們就不能構成一個有著共同歷史認知和知識譜系，並有一個共同價值與倫理道德底線的「知識階層」群體。只有形成一個「知識階層」的共同體，才能構成一個推動歷史進程的強大「合力」。我以為，法國大革命也好，俄國革命也好，沒有這樣的一批支持或抵抗革命運動的「知識階層」的群體存在，其影響就不會是世界性的，也不會對各國的革命或改革思想運動形成如此波瀾壯闊的影響。其實，我們對法國大革命和俄國革命有許多理解的誤區，從盧梭（甚至可以追溯到柏拉圖的理想主義）到托克維爾；從赫爾岑、車爾尼雪夫斯基到列寧、斯大林；再從陳獨秀到毛澤東，我們對這些革命運動最為壯觀慘烈的國家「知識階層」的整體性梳理還缺乏更為客觀的歷史分析，以及由此所引發的各種各樣的思想交鋒還缺少更深刻的認知，甚至是許多誤讀，例如在考察托克維爾對舊制度與大

革命的思想觀念的眞實闡釋時，倘若不讀他的其他著作，尤其是《論美國的民主》，我們就會陷入隻言片語的誤讀之中（我將專門另著他文探討這個問題）。那麼，什麼才是「知識階層」呢？

我個人認爲，所謂的「知識分子」應該是特指有著強烈個人信仰和獨立思想的人文知識分子，因爲，知識的獲得是屬於科學的範疇，而獲得智慧才能使人進入哲學思考的層面。就此而言，我們往往籠統地把一切有學歷的人，包括理工科的技術人員都稱爲知識分子，這樣的硬性劃分是對知識分子的一種誤解。總之，不管是什麼人，不管他獲得人文的教養從何而來，只要他具備了哲學層面的思考能力和堅定的人文信仰，他才能稱得上是知識分子。

我注意到伯林從 20 世紀 40 年代開始就對俄國和蘇聯的「知識階層」進行了密切的關注，一直到他死前的蘇聯解體後還對這個階層做出了預言性的判斷。他認爲「知識階層在歷史上是指圍繞某些社會觀念而聯合起來的人。他們追求進步，追求理智，反對墨守傳統，相信科學方法，相信自由批判相信個人自由，簡單地說，他們反對反動，反對蒙昧主義，反對基督教會和獨裁主義的政體，他們視彼此是爲共同事業（首先是爲人權和正當的社會秩序）而奮鬥的戰友。他們中的一位在 19 世紀 60 年代就說過，他們這些人類似騎士階層，爲共同的誓約，爲不惜獻出生命也要取勝的信念而團結在一起。」[註153]伯林進而將 18 世紀聚集在巴黎的貴族知識分子狄德羅、達朗貝爾、霍爾巴赫、愛爾維修、孔多塞這樣的一批思想家指稱爲「知識階層」，其衡量的標準仍然是：「他們互相瞭解，他們討論相同的觀點，有共同的立場，他們遭到共同敵人的迫害，而敵人就是教會，就是獨裁主義的政府（那些扼殺眞理的不光彩的東西），他們覺得他們自己是爲光明而戰的鬥士。知識階層產生的前提是啓蒙運動的信念，這種信念鼓舞人們起來跟反動勢力作鬥爭。這也說明，知識階層作爲一個有明確意識的群體爲什麼容易產生在有強大的反教會（比如，羅馬天主教或東正教）的地方。因此，法國、意大利、西班牙和俄國都出現了眞正的知識階層，而挪威和英國則沒有眞正的知識階層。新教教會還不至於讓人覺得它對自由和進步的觀念構成嚴重的威脅。」[註154]顯然，以批判的精神和姿態介入社會革命或改革，從而以此推動人類思想的進步才是知識

[註153]〔伊朗〕拉明・賈漢貝格魯：《伯林談話錄》，楊禎欽譯，譯林出版社 2002 年 4 月第 1 版，第 166 頁。

[註154]〔伊朗〕拉明・賈漢貝格魯：《伯林談話錄》，楊禎欽譯，譯林出版社 2002 年 4 月第 1 版，第 167 頁。

分子和知識階層存在理由和依據。如果用這樣的定義和概念去回眸並衡量中國 20 世紀的中國知識分子與中國知識分子的群體的話，的的確確，我們不可能看到一個如俄羅斯（包括蘇聯時期）那樣一個有貴族文化血統（而非「血統論」）的「知識階層」。也許，它與薛果先生推斷的「民族性格」有關係，但是，與「長期以來經濟落後」並無關係，況且，近代中國並非是因為經濟落後而挨打，而恰恰是因為太富足而使西方列強垂涎欲滴，這一點朱維錚先生在《重讀近代史》一書中就有詳細的經濟數據探集，因此，他才否定了「兩炮論」：一炮是鴉片戰爭把中國轟入了現代；另一炮是「十月革命」給我們送來了馬克思主義。而這樣的「民族性格」與中國的士大夫式的知識分子究竟有多大的關聯性呢？

我發現在《蘇聯的心靈》這部編年史的學術隨筆集子裏，伯林在其 40 年代的著述裏，開始是使用「知識分子」和「知識界」這兩個術語來概括一大批作家群的，包括阿赫瑪托娃、帕斯捷爾納克和曼德爾斯塔姆這樣的作家應該是伯林心儀的「知識階層」，雖然他當時還沒有明確地使用這一專有名詞；而到了 50 年代，尤其是在 1957 年撰寫的《蘇俄文化》一文中，他就儼然區分了兩種不同的知識分子，對「十月革命」以來的知識分子群體的變化進行了細緻的梳理，我認為他把革命的動因上溯到盧梭培養出來的雅各賓派理論，乃至上溯到柏拉圖式的理想主義，是有道理的，因為，任何知識分子都是源於對一種理想的追求而存在的，問題就在於這種理想的理論有多少是合乎合理的人性與人類發展需求的呢，有多少是真正從信仰出發或是從個人的利益而出發的違心順從呢！我注意到一個論證的細節，那就是伯林對斯大林專制主義下的無產階級文化理論進行的批判遠沒有他對蘇俄文化中逝去的「知識階層」血統更為痛心疾首的了：「如何能夠讓這樣一個為歐洲語言增添了『知識分子』這一術語，並為革命勝利起了如此突出甚至決定性作用的知識階層，在這麼長的一段時期內如此絕對地俯首帖耳呢？這是這樣一群人，他們流血犧牲為整個革命播下了種子，其中列寧在推翻舊制度保衛新制度的過程中所扮演的領導角色遠非馬克思所能及；在遭到摧毀時，他們也沒有大聲疾呼：只是流亡國外的有一點憤慨的聲音，但在蘇聯國內則是一片沉默和完全的屈從。僅僅通過恫嚇、酷刑和暗殺在這個國家是不可能做到這一點的，據我們所知，這個國家早已對這類方式司空見慣，但仍然在 19 世紀的很長時間裏保持了一種活躍的革命地下活動。這裡我們必須承認斯大林通過他自己

對統治術的獨創做到了——這一點這些發明值得每一位研究統治的歷史和實踐的學者關注。」〔註 155〕顯然，伯林對蘇聯時期失去了 19 世紀俄羅斯「黃金時代」和「白銀時代」的那個強大的「知識階層」是十分不滿的，尤其是對「某些知識分子真的可以說是統治集團的御用走狗（其中一些人行動遲緩而不情願，另一些人則知足常樂、因自己能幹而得意洋洋）。在那裏，遠比西方更明顯的是，思想、文學和藝術作品用來爲殘酷事件的合理性作辯護，或充當它們的煙霧，或作爲逃脫罪孽感和愚昧感的工具，或作爲麻痺人民大眾的鴉片。」這種斯大林式的「國教」使知識分子喪失了認知真理的能力，「這種漫畫式的國家統治已經敗壞了社會理想主義傳統的聲譽，清洗了與之相關的知識階層，其結果或許比單純迫害更徹底。」〔註 156〕

使我困惑的是，同樣是諾貝爾文學獎獲得者，伯林爲什麼不把索爾仁尼琴這樣有著激烈地反叛意識和批評精神的作家也歸爲「知識階層」呢？我想，無非是他認爲索爾仁尼琴還只是依靠本能地、下意識地反抗來表達自己的情感而已，而沒有真正進入一個形而上的哲學思考的層面。

1922 年留學英國的金岳霖寫了一篇文章《優秀知識分子與今日的社會》，對知識分子提出了四點希望：一是「希望知識分子在經濟上獨立」；二是「希望知識分子不做官」——「不做政客，不把做官當作職業」；三是「希望知識分子不發財」——「如果把發財當作目的，自己就變作一個不折不扣的機器」；四是「希望知識分子能有一個獨立的環境要與一群志同道合者在一起。」這個書生在西方貴族文明的語境薰陶下，試圖在中國「五四新文化運動」中造就出一批獨立人格的知識分子，他的烏托邦式的理想主義是善良和美好的，但是，這在士大夫氣質傳統尤甚的「老中國兒女們」的思想中是行不通的。且不說中國社會不會提供這樣的貴族氣的知識分子環境，就其自身依附和投靠官府與體制的思想就是根深蒂固的。少數「西方派」留學生的話語權在「五四新文化運動」中的聲音還是很微弱的，其中師承白璧德一支的「學衡派」被打壓卻是在那個語境中易如反掌的事，而「東洋派」之所以能夠在「明治維新」中謀求一條可以被五四新知識分子廣泛接受的路徑，就是日本文化裏有許多與中國士大夫文化血脈相通的地方，在那裏可以找到一種名義上反傳

〔註 155〕〔英〕以賽亞·伯林：《蘇聯的心靈》，潘永強、劉北成譯，譯林出版社 2010
　　　　年 7 月版，第 137 頁。

〔註 156〕〔英〕以賽亞·伯林：《蘇聯的心靈》，潘永強、劉北成譯，譯林出版社 2010
　　　　年 7 月版，第 147 頁。

統而骨子裏卻又有歸屬感的舊文人的氣節操守與王權思想。也許這就是魯迅一直在革命的十字路口徬徨的緣由，他也經歷了對俄國革命的贊美和懷疑的過程。但是，畢竟也難逃出階級論思想的籠罩，因為他死於 1936 年，如果再多活幾年，甚至是多活一兩年，就能夠看到斯大林後來的行為，或許他也就不再徬徨了。像錢鍾書那樣機智的「西方派」知識分子為什麼會說魯迅寫短篇很好，寫長篇就不行了，其《阿 Q 正傳》他也認為不怎麼樣，評判雖然犀利尖刻，但是其中值得我們思考的東西卻是意味深長的。可惜歷史沒有給魯迅這種類型的知識分子巨匠留下做出正確判斷的時間和空間，甚至深刻反思的機會。

為什麼五四知識分子大多數選擇了俄國革命的道路？就連孫中山、蔣介石也概莫能外，不是因為歷史的誤會，他們在革命的前期是與俄國革命思想相通的，就因為俄國革命（當然亦包括 1917 年的「二月革命」）推翻了沙俄的獨裁主義的專制，直到「十月革命」以一種全新的無產階級專政替代了舊有的封建專制主義，為工農大眾的解放提供了思想資源與實踐模式，因為它描繪出的美麗圖景正是人類最崇高的理想境界。這就是陳獨秀當年為「五四新文化運動」以俄國「十月革命」為楷模的動因所在。多少年後，這位中國共產黨的創始人和「五四新文化運動」的先驅者，在重新反思這場啟蒙運動時，對蘇俄式的革命，尤其是對斯大林走向了專制道路的事實進行了無情的批判。從中，我們似乎就能夠看清五四「文學革命」到「革命文學」的緣由了。

伯林把俄國的思想者分為「斯拉夫派」和「西化派」，和中國五四時期的知識分子相比較，他們的特徵又在何處呢？伯林甚至並不將俄羅斯「黃金時代」的許多大思想家和大作家都劃在「知識分子」的圈子裏面：「我認為不能說陀思妥耶夫斯基是知識分子，他還討厭知識分子呢！托爾斯泰並不怎麼看重知識分子。普希金、萊蒙托夫、丘特切夫、契訶夫不能說是知識分子，正如不能稱狄更斯、巴爾扎克、福樓拜、喬治·桑、勒南和尼采為知識分子一樣。斯拉夫派的成員更不是知識分子，他們是以神學為旨歸的作家。在 19 世紀，人們無法設想會有什麼信教的知識階層。到了 20 世紀，這才有可能。因為，有些神學家和教士，如別爾嘉耶夫和布爾加科夫，向左派轉變。而且，教士們在全國來來往往，那時『左派教士』成了老生常談。」〔註157〕從這裡，

〔註157〕〔伊朗〕拉明·賈漢貝格魯：《伯林談話錄》，楊禎欽譯，譯林出版社 2002 年 4 月第 1 版，第 167 頁。

我領悟到了伯林的判斷，他認爲「斯拉夫派」是傳統的俄國舊文人的代表，
當然這並非貶義，直到別爾嘉耶夫在 20 世紀裏的華麗左轉，知識分子才完成
現代之轉型。查閱《不列顚百科全書》，我才眞正理解伯林的意思：「別爾佳
耶夫（1874～1948）。宗教思想家、哲學家和馬克思主義者。曾對人採用卡爾‧
馬克思的觀點進行批判。……1894 年起就從事馬克思主義活動，1899 年被判
處在俄國北部流放 3 年，……1917 年他擁護新政權，1920 年被任命爲莫斯科
大學哲學教授。兩年後因不接受正統的馬克思主義而被逐出蘇聯。……1922
年和其他流亡者在柏林建立哲學與宗教學院，1924 年就學院遷往巴黎，並創
辦了《路》（1925～1940），在該刊中批判俄國共產主義。在法國的俄國流亡
者中，最爲有名。……他認爲『現代史的矛盾』預示著一個『神人創造』的
新時代，而人在這個時代裏可以使世界充滿活力。儘管他譴責『蘇維埃制度
的罪惡和暴力行爲』，但仍聲稱十月革命後在俄國取得的進步中，看到了『神
人創造』的跡象。重要著作有《自由與精神》（1927）、《論人的命運》（1931）、
《俄國共產主義之起源》（1937）等。」〔註158〕也許別爾嘉耶夫使許多俄國和
中國的學者肅然起敬的原因就是他的坎坷人生經歷中充滿了一種執著的批判
精神，那種「首先是爲人權和正當的社會秩序而奮鬥」的眞理追求。他用馬
克思主義反對沙皇和教會，也同樣反對無產階級專政，就是一種恒定的反對
「獨裁主義的政府」的價值立場的體現。伯林認爲在俄國，「斯拉夫派」和「西
化派」的矛盾是一直延續著的，他甚至將索爾仁尼琴和薩哈羅夫作爲兩種對
立的代表人物加以區別，才使我眞正認識到了蘇聯時期知識分子的本質區
別：「赫爾岑呼喚自由的洪亮聲音又能聽見了。矛盾在繼續下來，只要存在著
指令性經濟，加上對非俄羅斯人行動的狹隘民族主義的衡量標準，爭執就會
繼續下去，追求自由的黨派會起來造反。索爾仁尼琴不是反對權威的，他反
對的是特殊的共產主義的權威。而薩哈羅夫和他的朋友們才反對一切形式的
非民主制度。索爾仁尼琴不是一個民主主義者，他也不是斯拉夫派的一員。
他關心捷克人、波蘭人或斯洛文尼亞人嗎？當然，人們可以從許多角度反對
一種邪惡的統治。」〔註159〕從這裡，我才找到了同樣是諾貝爾文學獎獲得者，
伯林爲什麼如此尊崇帕斯捷爾納克，而對索爾仁尼琴三緘其口的答案了。同

〔註158〕《不列顚百科全書》。
〔註159〕〔伊朗〕拉明‧賈漢貝格魯：《伯林談話錄》，楊禎欽譯，譯林出版社 2002
　　　　年 4 月第 1 版，第 169 頁。

時也理解了他為什麼對充滿著貴族氣質的阿赫瑪托娃如此的敬慕了，同時，也頓悟了他對曼德爾斯塔姆、茨維塔耶瓦和布羅茨基的態度，更深深地理解他對車爾尼雪夫斯基的民粹主義思想影響了列寧的「十月革命」所抱有的那種深刻地反思。一個真正的知識分子所應該持守的價值立場就不言而喻了。但是，我並不同意伯林將「斯拉夫派」打入「知識階層」另冊的觀點，這種觀念的偏見，恰恰抹殺了俄羅斯「知識階層」的傳承血緣關係，因為「斯拉夫派」雖然有民粹主義的保守傾向，但是，他們對專制主義卻是保持著高度的警惕，一直是持批判態度的，這乃是「知識階層」最起碼的共同底線，我們不能機械地去以派別來劃分「知識階層」的各種群體，而是要視其批判精神是否符合人性和人類進步的需求而定，即便是政治上的反動，你也不能取消他作為一個人文知識分子的權利和義務，因為知識分子只有在不同的觀念搏擊中，才能最後獲得真理的勝利。

在 1990 年撰寫的那篇並不長的《不死的俄國知識階層》一文中，伯林總結道，在漫長的蘇聯時期，俄羅斯的那種「知識階層不同程度地被系統地瓦解了，但並沒有完全被消滅。」「我花了數年時間研究 19 世紀俄國知識階層的思想和行動，發現這場運動還遠沒有到退出歷史舞臺的時候——正如現在還可以這麼稱呼它——而且延續到現在並正在恢復昔日的活力和自由，這是一個啟示，同時也讓我感到無比的欣慰。俄羅斯人是一個偉大的民族，他們擁有無窮的創造力，一旦他們獲得自由，說不准他們會給世界帶來什麼樣的驚喜呢。出現一種新的專制主義並非沒有可能，但目前我還看不到有任何跡象。邪惡必將被戰勝，奴役正在走向滅亡，人類有理由為這一切而感到自豪。」〔註160〕縱觀以賽亞·伯林對蘇聯和蘇聯解體後知識分子和知識階層的分析，我們可以清楚地看到自斯大林時代一直到戈爾巴喬夫以後俄羅斯知識階層的心路歷程，其中許許多多地方與中國知識分子階層的描述是何等相似乃爾，但是，有誰對中國知識階層進行過系統的梳理與分析批判呢？尤其是那種鞭闢入裏的思想與靈魂的解剖！

〔註160〕〔英〕以賽亞·伯林：《蘇聯的心靈》，潘永強、劉北成譯，譯林出版社 2010 年 7 月版，第 160 頁。

第三章　共和國文學史觀

第一節　關於百年文學史入史標準的思考

我們這裡討論的是中國現代文學的入史標準，而非其研究，換言之，研究是無疆域的，而入史卻是有限制的。毋庸置疑，隨著與此時段文學的時間距離越拉越長，其入史的標準將會越來越嚴格，被刪減的內容也就會越來越多，從某種意義上來說，我們今天的刪減並非是終極定論，未來的歷史會無情地告訴我們：今天我們的歷史教科書中的大部分內容將會被壓縮和篩去。

新世紀以來，許多從事中國現代文學史研究的學者都感到了危機：「在當代中國面臨價值、文化轉型的大背景下，重新梳理、反思、選擇、整合各種不同的傳統資源，以構造一個面向未來的新傳統，必將成爲這一轉折期最迫切的文化問題。現代文學研究已經走到一個節骨眼上，我們面臨『價值危機』，到底應在什麼基點上展開我們文學史的研究？研究者如何有效參與到價值重建的進程中？這些年有越來越多的學者在探求這些嚴峻的問題。」〔註1〕因此，溫儒敏先生才提出了兩個亟待解決的問題：「邊界」和「價值尺度」。而本文就是要在本人撰寫的前兩篇文章〔註2〕解決邊界問題後，再次探討中國現

〔註1〕　溫儒敏：《現代文學研究的「邊界」及「價值尺度」問題──對中國現代文學研究現狀的梳理與思考》《華中師範大學學報》2011 年第 1 期，第 68 頁。
〔註2〕　《新舊文學的分水嶺──尋找被中國現代文學史遺忘和遮蔽的七年（1912～1919）》發表在《江蘇社會科學》2011 年第 2 期（《新華文摘》2011 年第 6 期轉載）；《給新文學史重新斷代的理由──關於「民國文學」構想及其他的幾點補充意見》發表在《中國現代文學研究叢刊》2011 年第 3 期。

代文學史的入史標準問題，也就是入史的「價值尺度」問題。當然，我並不以為本人的所謂「邊界」的劃分是能夠被普遍接受的學術標準，相反，我只認為它是一個治史者的常識性問題，作為一家之說，如果能夠引發這一問題的深入討論，也就算是我最大的學術心願了。溫儒敏先生在去年成都的中國現代文學年會上的總結發言，以及在他這篇今年剛發表的文章中，已經對近年來的各種現代文學史觀做出了精闢的歸納和分析，而我在此只是就我個人的觀點做出一個回應，拋磚引玉，以便使問題的討論能夠向更縱深發展。

其實，從邏輯上來說，中國現代文學史總體上可以切分為兩大板塊，而這兩大板塊既有相交，又有相錯之處，它是在交錯的兩種邏輯板塊中呈現的：從歷史的時間經度次序切分上來說，它可以民國文學與共和國文學兩個板塊；而從地理版圖的緯度切分上來說，又可分為大陸本土文學和海外華文文學兩個板塊。須得說明的是，前者的表述並非全稱性判斷，也就是說，其中還囊括了某些歷史時段中的臺港澳的殖民文學與回歸文學，以及歐亞美等區域的所有華文文學，甚至還包括其他語種的非漢語寫作，卻又被翻譯成漢語的華人生活題材的文學作品，從某種意義上來說，它們是跨越國族的文學。面對這樣一個龐大的文學範疇，我們如何去建構一部可以留存的文學史呢。

需要再次強調的問題是：中國現代文學史的研究者們從研究的角度是沒有任何「邊界」可以約束的，但作為一個治史者來說，在汗牛充棟的大量史料當中必須得捨棄許多不該和不能進入文學史的東西，否則其撰寫的未經篩選的文學史是不能稱其為文學史的，那只是資料的堆砌而已。況且，文學史還兼有教科書的功能，儘管以往文學史按朝代劃分的體例被人質疑和詬病，然而，出於一種無可選擇的選擇，我們只能在有局限的文化語境中沿襲傳統的治史方法。

毫無疑問，這一百年文學史中的文學作品（亦包括文學批評和文學史研究著作在內的所有非創作性文字）總量是罕見的，其根本原因不外乎以下幾點。

首先，和整個古代文學相比較，它在進入現代社會時，就比封建的農耕文明時代多出了更多的受教育者，文化知識的普及，使得能夠拿起筆來寫作的人愈來愈多，如果說，在封建時代的文學發展史中，作家的數量是以算術級數疊加的，那麼，進入現代社會，尤其是進入消費社會以來，作家的數量是以幾何級數增長的。

其次，進入現代社會以後，由於現代傳媒日益發達，報刊業、出版業爲更多的作品流傳和保存提供了條件。這也是古代文學在漫長的歷史長河中所不具備的優勢，我們根本無從知道在這一長河之中究竟流失了多少優秀的作家和作品。而如今我們利用發達的科技手段留存下來了數以萬噸的文學資料，孰是孰非，孰優孰劣，有待史家鑒別。

再者，進入現代社會以來，文學業已成爲現代教育當中不可或缺的一門學科，更重要的是，研究這門學問的人越來越多，職業化的研究給文學隊伍的擴充提供了條件，文學批評、文學評論和文學研究成爲文學的重要組成部分，這種領域擴張造成了文學功能在不斷被誇張放大的過程中，囤積起了許許多多文學史須得從中遴選出的有效資料來構成文學史的要件，一部中國百年文學史並不像中國古代文學史那樣單純，因爲往往外在的社會政治影響是文學內驅力爆發的導火索。

最後，我要強調的是，新世紀以來，隨著電子時代網絡的日益發達，一個不可忽視的「怪獸」已經侵入了文學的領域，這就是網絡文學創作日益膨脹發達的事實，文學史的視野是不能略過它強大的客觀存在的。而面對這些良莠不齊、浩如煙海的文學材料，採取熟視無睹、不予理睬的態度，顯然是一種掩耳盜鈴的戰法。怎麼選、選什麼的嚴峻問題就擺在我們的眼前。

面對近百年如此卷帙浩瀚的史料，我們應該怎樣設定我們遴選作家作品、文學社團流派、文學現象與思潮的入史標準呢？這無疑是我們構架一部更接近歷史，亦更無愧於未來的文學史的關鍵問題。

大量的作家作品和文學批評與研究的繁殖孵化，造成了百年來浩如煙海的「產品」堆積，長時間不加清理，良莠不分，垃圾與精品共存，大家與雕蟲並舉，可謂亂象叢生。無疑，我們的文學史不可能照單全收。這就需要我們做好兩個方面的工作：一是削減被以往文學史描述過的，但不該入史的作家作品、文學社團流派、文學現象與思潮，這種二次篩選，既要有眼光，又要有膽識；二是入史的價值標準怎麼定。顯然，第二個問題是第一個問題延伸，但是它是問題的關鍵。所以，我的回答仍然是我個人的標準：人性的、歷史的、審美的組合排列。

倘若我們站在幾百年後的未來去看今天的文學史，可以肯定的是，我們當下許許多多作爲教科書裏的作家作品、文學現象、文學社團和文學思潮論述將會被淘汰，能夠留存下來的是微乎其微的少量精品而已。須得強調的是，

我並不反對大家對文學史上的許許多多「邊角材料」進行研究性的發掘和闡釋，即使是「過度闡釋」，也是有助於文學發展的事情。但是，我絕不主張那種挖掘一個哪怕是價值不高的「邊角材料」也積極要求入史的態度和行爲，因爲入史的標準應該是嚴肅的，也是嚴格的，那種朝三暮四、朝秦暮楚的治史態度是治史的大忌。

一、對「民國文學」（1912～1949）的再思考

如果「民國文學」的概念能夠被確認，那麼，1912年至1949年的文學史就有可能從一個較爲新穎和客觀的視角去審視作家作品、文學現象和文學思潮。需要說明的是，其中，國統區文學、延安文學、淪陷區文學、孤島文學、臺灣1945年以前日據時期的殖民文學，以及此時的香港文學和海外華文文學等，都是需要重新釐清和劃分的治史節點。面對這樣一個近四十年的文學史，肯定會有一部分學者對已經在不斷發掘出來的種種新史料面前存在著難以割捨的情感。也會有一些學者仍然堅持這樣一種觀點：這一時段的文學史經歷了60多年的淘洗，已經充分經典化了，它已經是和古代文學一樣，成爲了基本定型的學科性內涵。就此而言，我以爲，一部文學史的確立，絕不可以只站在一個狹隘的時間和空間中來遴選手中的史料入史，而是要看其在文學史的長河裏所應該佔有的位置。比如作家作品，倘若這個作家的作品在當時的文化環境中迎合了時尚的需求，而其作品在與文學史長河中的許多作家作品比對中，顯然是不夠份量的，我們在遴選的過程中就應該毫不猶豫地進行切割，否則，稍有同情憐憫之心，就會擠進許多不該入史的作家作品，這也是文學史不斷膨化的原因之一。

民國時段的文學史主要集中在五大板塊上，五四前後（主要是20年代）文學、30年代（主要是「左翼」）文學、國統區文學、延安文學（此稱謂更中性客觀，不過我是將四十年代後期諸如東北地區的《暴風驟雨》《太陽照在桑乾河上》的作家作品看作是延安文學的一個延續）和臺灣文學。

20年代文學被從事中國現代文學的學者們一貫看作這一時段的黃金時期，然而，即便是所謂的「黃金時期」，同樣存在著許多良莠不齊的文學材料入史的現象。儘管我個人主張把1912年至1919年間的文學也納入中國現代文學史的範疇，但我絕不主張從這一時段中用放大鏡尋找出一些所謂的代表作家和代表作品，以及文學社團、文學現象和文學思潮來支撐這一時段的文

學，如果僅僅是做研究工作，那是可以的，然而，一旦進入文學史的篩選過程，就應該毫無私心、毫不客氣、大刀闊斧地斧削！因爲我們是在治史。所以我也僅僅是將這一時段作爲五四文學高潮的「序幕」，或者是「前奏曲」而已。因此，諸如蘇曼殊的言情小說和「鴛蝴派」的大家創作，諸如早期的話劇運動等，就不能設專章專節進行詳細論述了，也只能在背景和概述中帶過。鑒於此，像新文學社團中的一些影響極小的社團，應該堅決刪去，這不僅僅是費筆墨的問題，更重要的是它們往往會擾亂人們對重要和主要社團的歷史記憶。

　　一部文學史的最主幹的要件構成是作家作品，而如何重新排列組合，如何進行篩選，則是難度最大的問題。其中價值觀念的確定肯定就決定了治史者的遴選標準。我始終是把人性的和審美的雙重標準作爲入史的座標。在這個座標之下，首先要涉及到的是魯迅，比如魯迅的雜文，雖然它們符合人性標準的前提，但是從審美的標準來說，是否可以大量刪節呢？我並非是說魯迅的雜文沒有藝術性，而是從文學性和審美性的角度來考察，相對來說，與魯迅其他文體的創作相比就顯得弱了一些，如果刪去，也可以消弭幾十年來沿襲政治標準的弊端。我知道自己這樣的說法會遭到一些學者的譴責，但是我堅持自己的學術選擇。包括《故事新編》在內的一些作品，我們不僅是要和同時期的作家作品比較，我們還要將它們與前朝後代的同類作家作品比較，更得與同時期的外國作家作品和外國前後歷史時期的作家作品進行比較。所以，就沒有必要將文學「主帥」相對薄弱的作品也納入文學史序列，這樣反而削弱了「主帥」的文學威望。同樣，像郭沫若這樣的大作家，我們撇開他在史學界的研究成果，從文學審美的角度來考慮，其能夠入史的也就那麼可數的詩歌、散文和戲劇了，換言之，他過去入史的作品太多，如今可以考慮精減一部分了。

　　最近十年來出版的一些文學史已經開始有意地刪減魯、郭、茅，巴、老、曹在文學史上的作品比重了，那麼，這一時段的二三流作家作品，是否應該重新遴選後進行文學史的新定位呢？也就是說，那些過去因爲首次篩選入史時，受了當時的政治影響，或是由於史學家的偏見與偏愛，造成了不應該入史的作家作品也系列其中的入史現象，是否可以糾正呢？比如「未名社」中，除了臺靜農以外，其他無甚影響的作家作品是否可以不在論述之列；比如「淺草—沉鐘社」中的一些小說創作未必就有入史的必要；比如五四後的話劇，

一直保留的丁西林的創作，是否可以刪去。凡此種種，我們是否可以刪繁就簡、突出主幹呢？反之，我倒不怕會有什麼「遺珠之憾」，因爲這三十年來，我們擁有一支龐大的中國現代文學的研究隊伍，已經將這一時段的所有小作家小作品都翻了個底朝天，該入史的早就入史了，何況連不該入史的也入史了呢。

30 年代基本上是「左翼文學」的天下，也是中國現代文學的一個繁榮期，怎樣看待這一時段的文學，其實學界一直存在著分歧意見。也即從「文學革命」向「革命文學」的轉型中，文學的標語化、概念化的傾向削弱了其普遍的藝術水準。怎樣看待像陽翰笙《地泉》這一類當時就被批評爲藝術性低下的作品呢？竊以爲，所有的這類等而下之的作家作品一律都納入被淘汰之列。在這一點上，我以爲嚴家炎先生主編的《20 世紀中國文學史》〔註3〕研究開始做了大量的工作，力排了過去那種陷入政治標準思維而不能自拔的模式，就主幹作家作品進行論述，雖然也還有一些冗繁的痕跡，但是畢竟改變了以往文學史的呈現方式。用主要作家作品帶二三流作家作品的治史篇章結構組合策略並不稀罕，重要的是，在作家作品的二次篩選和重新排列組合中，能夠突出在以往文學史中被淹沒了的輝煌，比如把「李劼人與他的『大河小說』」與「張恨水的章回體小說」〔註4〕提高到較高的文學史的位置，從理念上就更新了過去的文學史觀。當然，就我個人的觀點來看，此著中尚有一些不盡如人意的章節排列組合，比如「馮至與艾青的詩」〔註5〕列爲專章，看似創新的提升，卻有過份之處，因爲比其更有成就的大家卻也在未列入專章之列。而像蕭軍那樣的作家似乎也不必列節，「夏衍的《上海屋檐下》等劇作」〔註6〕以夏衍打頭列節，似乎也不合適，好像又掉進了舊套子中。

從嚴格意義上來說，四十年代的文學實際上就是分割爲幾個地理板塊的區域性文學，從這個角度來看所謂「國統區文學」、「延安文學」（亦爲「解放區文學」）、「淪陷區文學」和「孤島文學」，我們似乎可以就每個區域的代表

〔註3〕 嚴家炎主編：《20 世紀中國文學史》（上冊），高等教育出版社 2010 年 6 月第 1 版。

〔註4〕 嚴家炎主編：《20 世紀中國文學史》（中冊），高等教育出版社 2010 年 6 月第 1 版，第 1 頁。

〔註5〕 嚴家炎主編：《20 世紀中國文學史》（中冊），高等教育出版社 2010 年 6 月第 1 版，第 184 頁。

〔註6〕 嚴家炎主編：《20 世紀中國文學史》（中冊），高等教育出版社 2010 年 6 月第 1 版，第 126 頁。

性的作家作品、文學現象和文學思潮（我以爲許多所謂的「文學運動」都可以納入「文學思潮」範疇進行描述和論證）進行簡要的論述，不必將那些細微的、枝蔓的東西放大誇張，比如四十年代的散文成就本身就不大，大可不必論述；又比如在「延安文學」中，其主幹應該是圍繞著《在延安文藝座談會上的講話》的文學思潮變化展開論述，因爲它的的確確影響著今後長達幾十年的中國大陸文學創作；其次，就是「趙樹理現象」的論述；再就是《太陽照在桑乾河上》與《暴風驟雨》的創作；最後也就是《王貴與李香香》的詩歌。至於過去一直宣揚的「新歌劇運動」，似乎只在思潮變化當中提及即可，大可不必專列章節。

　　在如何處理所謂「淪陷區文學」和「孤島文學」以及此時段海外華文文學問題上，其難度是較大的，就嚴家炎先生最新版的文學史來說，其專章是「抗戰時期的中國淪陷區文學」，就其結構來看，是符合簡化的治史學術目標的，但是由於下列幾節在時空上有交錯之處，就會在邏輯上有錯位之感。比如第一節「『日據』時期的臺灣文學」，其時間的節點上溯至五四前後的臺灣文學，囊括的時間是整個 30 餘年，就不可能在「抗戰時期」統攝之下；比如第四節對「孤島文藝」的論述，也有個時空交錯的誤區，但是，單獨表述也是很難排列組合的，其中的苦衷是可以理解的。好在其作家作品就凸顯了一個張愛玲，卻是很有治史的氣魄的行狀，從中可以見出編者的眼光和清晰的價值理念。

　　不可忽視的問題是：「針對以往文學史相對忽視抗戰時期被佔領區、淪陷區文學的狀況，近年來，淪陷區文學的研究受到重視，之前幾乎是空白的『僞滿洲國』文學研究也開始有人涉足。這些『邊界』的拓展不只是研究範圍的擴大，同時也提供一種重新認識歷史的契機。比如，一般人印象中只有抗戰文學和流亡文學裏才有『抵抗』精神，處於敵佔區的文學寫作則顯得很可疑。而通過對淪陷區、敵佔區的文學狀態的挖掘，人們看到了特定歷史狀態下的寫作也有多面性。」〔註 7〕我完全同意溫儒敏先生的這種客觀嚴肅的治史觀念，然而，就現已呈現的史料而言，似乎還發現不了諸如張愛玲那樣過去因爲政治原因被大陸文學史鎖閉起來的有較大影響的作家作品。我以爲，這可能更多的是當時在那種文化語境下能用漢語寫作的作家，在民族大義下不作

〔註 7〕　溫儒敏：《現代文學研究的「邊界」及「價值尺度」問題——對中國現代文學研究現狀的梳理與思考》《華中師範大學學報》2011 年第 1 期，第 72 頁。

為而形成的原因。因此，其本身的創作數量就少，再加上質量也有限，能夠上文學史的材料屈指可數，何必為了豐富這一地理板塊的文學史而勉為其難呢？除非從中發掘出了驚人的史料，足可以撼動這一時期的文學史格局，方才能在此基礎上做加法，否則，是沒有必要大動干戈的，像嚴家炎先生文學史中那樣的結構佈局就足矣。當然，倘若僅僅是作為一種學術研究工作，那卻是無可厚非的事情。

二、「共和國文學」（1949～）的再思考

　　無疑，共和國文學已經歷經了 60 多年的滄桑，就其創作的數量來說，已經遠遠超過了民國時期，即便是從質量上比較，在某些時段裏，也足以與民國時期媲美，甚至有些文體的創作超越了民國時期。如果說在上個世紀 80 年代初，有許多學者認為在總體質量的對比上，後 30 年的「共和國文學史」不如前 30 年的「民國文學史」，是一個不帶任何偏見的客觀歷史的評價的話，那麼，當「共和國文學史」又翻過 30 年後，仍然還堅持這樣的觀念，似乎就不符合歷史唯物主義的辯證法了。我以為，持此種觀點的人忽略了兩個基本的事實：一是數量是質量的基本保證，沒有一個一定量的基礎保證，就不可能有普遍質的提高，殊不知，共和國時期的創作數量（包括海外華文文學在內）是遠遠多於民國時期的若干倍的，儘管其中有些時段文學創作質量低下，儘管有些時段幾近空白，需要進一步篩選和淘洗，但即便是某些「井噴」時段的高水平的創作也足以令人歎為觀止了；二是人類歷史的發展在 20 世紀發生了巨大的變化，其中審美標準的變化也是巨大的，如果說上個世紀初，中國知識界的普遍審美標準還沉浸在以農耕文明為核心的傳統審美方式中的話，那麼，到了世紀末和本世紀初，其審美標準和方式都發生了不可思議的巨變，倘若還是用老眼光去看待被過去的文學史家所遴選的入史史料所困，我們就看不到文學史發展的必然性。因此，我對於文學史家至今仍然堅持的「以現代文學（1949 年前）為主，以當代文學（1949 年後）為輔」的學術定論提出異議。如果我們的中國現代文學史還是堅持前段占三分之二，後段只占三分之一比重的話，有可能就是對歷史不負責任的行為，最根本的是對文學史的曲解。

　　因此，我以為「共和國文學」能夠入史的材料應該是不小於「民國文學」的 37 年的。但是，它同樣面臨的是需要大面積的縮減和刪除，當然，如果需

要增加那些過去因為種種非文學原因而被排斥在文學史視野之外的作家作品和文學事件，也是可以考慮入史。

如果按照歷史時段次序來進行較細緻切分的話，當然也不外乎沿用習慣的通俗切分法：「十七年文學」、「文革文學」、「80 年代文學」、「90 年代文學」和「新世紀文學」。這裡需要強調的是，我之所以沒有把自 70 年代末到 90 年代的文學表述為「新時期文學」，就是因為這些稱謂只是一個暫時性的符號而已，在將來大時段的文學史切割中，肯定是需要被刪減縮略掉而重新命名的。

不可否認的是，在當下的文學史教科書當中，其「十七年文學」所佔的比重還是相當可觀的，甚至超過了 80 年代以後的 30 年，其理由就在於前者經過了歷史的經典化過程，儘管那是一種冠以「紅色經典」的命名，也似乎可以得到一張入史的通行證。就此而言，我以為，評判文學的價值理念是決定文學史入史標準的關鍵問題。

「十七年文學」的價值存在問題在近幾年的學術爭論中，已然成為了一個原本不是個問題的問題了，從宏觀的大塊切面當中，它存在的主要問題還不僅僅是為政治服務的創作機制問題，更重要的是，從文學審美的角度進行考辨，其中無論是所謂的文學運動，還是文學鬥爭，抑或是作家作品，都超越了文學賴以存在的意義底線。除了少數的作家作品尚能留存於文學史當中，比如老舍「就不再配合」政治與政策而為自己的藝術所創作的《茶館》，像這樣生長在惡劣環境中的藝術奇葩外，暫且還能夠留存下來的作家作品也就是一些與配合政治宣傳，甚至是配合具體政策距離較遠的中性作品了。關於這個問題，我在《一九四九：在「十七年文學」的轉折節點上》一文中將「十七年文學」的創作分為幾種類型，並做了詳細的論述，什麼樣的作品能夠入史，明眼者一看便知，在此不贅。

「文革文學」一直被作為空白時期文學史擱置起來，隨著近些年來對「地下文學」和「潛在文本」的不斷發掘，這個時期的文學史便不斷豐富起來。對於這一逐漸「繁榮」的景象，我以為，其入史的標準是需要經過嚴格的甄別和篩選的。史料的提供首先就是「信」，否則就只能作為「野史軼聞」「僅供參考」而已。比如針對所謂大量「出土」的「獄中日記」之類的「文革」史料，以及歷經「文革」而在後來補寫的作品，是絕對不能進入「文革文學」時段的。倒是有史料證明一批「朦朧詩」出現在當時的「四五運動」的天安門廣場上，它的的確確就是「文革文學」產品，我們沒有理由不將他們中的

一部分納入「文革文學」的範疇。而像《少女的心》、《一雙繡花鞋》等在「文革」時期就已經流傳的手抄本，雖然經過了後來的藝術加工，只要是與當時的手抄本基本情節出入不大，也是應該納入「文革文學」其列的。我以為，就其入史的標準而言，還是需要遵從以當時的出版物為基本史料的原則，一般情況下，不能隨心所欲地將沒有經過嚴格考證的史料作為文學史使用的材料，因為當事人，包括一切有利害關係和無利害關係者的事後陳述和編纂都不可輕率地作為「信史」使用，這可能尤其是我們從事「共和國文學」治史者一個謹記的原則。

「80 年代文學」一直被冠以「新時期文學」沿用至今，其實，這一命名並非歷史科學的界定。首先，從宏觀的大歷史時段上來說，每一個朝代或社會的變革後，都有一個所謂的「新時期」，在從事歷史研究的學者中，它是個無處不在的「時期」，這個「新」就沒有太大的識別性意義了。比如像歐洲的「啓蒙主義時期」可以說是人類最大的「新時期」了，但是，沒有人用這樣的表述來稱謂，當然，用「80 年代文學」的稱謂也是不合適的，文學史是流傳百世的工程，我們曾經經歷和將要經歷許多 80 年代，都用這樣的稱謂會破壞整個中國文學史整體格局和體例的表達。其次，所謂「新時期文學」究竟「新」到何時？至今尚無定論，所以，也就有學者把 90 年代定為所謂的「後新時期」，那麼，肯定會有人詰問：這「後」又「後」到何時呢？只要國體政體不改變，它就將永遠「後」下去。因此，我以為，「新時期文學」不宜再在文學史的表述中出現，而「80 年代文學」也只能是一個暫時借用的名稱，它最終是要歸併到一個大的歷史時段文學的總結性歸納所提煉出的文學史特徵表述的稱謂中。

針對當下許多學者在深深回憶和眷戀 80 年代文學，將此段文學史稱為文學創作的「黃金時代」的現象，我卻有以下幾點不同的看法：首先，我承認80 年代是突破「共和國文學」30 年來，尤其是「文革文學」設置的重重障礙，回到了文學本體的文學史時段。但是，從歷史的大格局來看，它僅僅是重新回到了「五四起跑線」〔註8〕上，有限度地回到文學應該有的常識與規律中而已。其次，它仍然經歷了幾次大的文學回潮現象，其麾下的作品內容和主題的表達上並非都有正確的價值判斷。再者，就是它經歷了文學的「技術革命」階段，無論是「先鋒小說」還是「現代派戲劇」的實驗，都在形式美學上取

〔註8〕 丁帆：《重回五四起跑線》，人民文學出版社 2004 年 2 月第 1 版。

得了很大的進步，但其中並非篇篇是珠璣，其中魚龍混雜、泥沙俱下的現象是存在的。總起而言，在重新審視「80 年代文學」的時候，我們也不能照單全收，還是要進行鑑別和篩選的，包括那些已經入史的許多作品。

「90 年代文學」是屬於近二十年來的文學，按照學界一般不成文的「潛規則」，是不宜入史的，但是，我以為，其中許多作家作品是可以定性和定論的，因為中國「世紀末」的文化發生了裂變性的轉型，這就是消費文化的侵入，使得文學也出現了許多突變的現象，這些現象足以使我們今天清晰地看見了文學史的分野——傳統文學觀念的退守和商業文化的發展，換言之，以農耕文明和五四以後的交混文明（泛指以農耕文明與現代文明在中國不同時空裏的交融）〔註9〕進入 90 年代以後，就與消費文化形成了大衝突，其所謂「人文精神大討論」，其實就是這種衝突下思想交鋒的呈現，表現在文學界，就出現了當時人們難以理解的文學現象。從《廢都》到以女性「身體寫作」為代表的《上海寶貝》和《糖》，我們不僅可以看到商業經濟給作家作品帶來的巨大心理影響，而且也使大家聞到了消費文化的硝煙。所以，這一時期最具這種特徵的代表性作家作品是完全可以入史的，即使他們的藝術質量有待商榷，但也是文學史必須採掘的「活標本」。即便再過一個世紀，它們的文學史意義仍然是存在的，因為，它概括了這個時代文學，乃至於整個文化的本質特徵，我們可以透過這個斷裂帶，看到一個時代文學觀念的變遷。

另一個值得注意的問題是，90 年代以後，中國大陸的網絡文學逐漸興起，大有燎原之勢，如今已經證明了它對紙質傳媒的巨大衝擊，如果我們採取閉目塞聽的方法對待它蓬勃向上的文學書寫，肯定是會被未來的歷史詬病的。當然，就目前的網絡文學的狀況而言，可以肯定的是，其大多數的文學「產品」都是殘次品，只有少量的好作品。即使如此，我們也應該準確對待，給其在文學史上一定的位置。不過，其遴選會遇到更加艱難的選擇。

「新世紀文學」尚處在一個「被研究」的階段，固然還沒有形成足夠入史的條件，目前的研究和評論、批評工作，也正是為將來文學史的二次成熟篩選提供第一次進入和淘汰的理性支持。倘若有些文學史家一定要遴選出入

〔註9〕　詳見丁帆：《「現代性」與「後現代性」同步滲透中的文學》，《文學評論》2001年第 3 期。

史的材料來進行論述，也不是不可以，但是，治史者的犀利眼光和把握全局的能力，則是他所遴選入史材料的主要依靠。否則，一旦失手，將會被後來的文學史家詬病並推倒重來。

中國現代文學史到了一百年的時候，我們對文學史的重寫已經到了一個深度考量的關鍵時刻，不能再像過去那樣，捨不得丟棄那些罈罈罐罐，應該有一個治史者的大氣魄，切割掉那些不適宜入史和勉強入史的材料，拋棄歷史遺留給我們的沉重包袱。唯有這樣，我們才能真正對歷史負責，對文學的未來負責。把現在厚厚的三大本或者是兩大本文學史，簡化縮略成厚厚的一大本，看看是否會有礙於文學史的表達？我以為，這不僅不會妨礙其表達，反而會更加清晰。去掉枝蔓，主幹才能茁壯，才能表現出清楚的樹冠來。

入史標準的制定肯定是仁者見仁、智者見智，怎樣才能取得較相近的一致意見呢？竊以為，只有價值觀的相對一致，才有可能達成入史標準的相對統一，否則也就不可能取得共識。當然，退一萬步來說，即使不能達成一致，甚至在價值觀上有著根本的對立也不要緊，本著「百家爭鳴」的學術理念，在充分的辯論中，歷史總會給出一個較為圓滿的結果，最多就是等待時間的檢驗而已。

我所說的文學史重寫，不再是那種動小手術式的修修補補，而是傷筋動骨式的大手術，這是被有些學者稱其為中國現代文學學術史上的一件大事的舉動。所以，沒有試驗，就不可能有大面積的收穫。而這樣的試驗，是需要冒風險的，然而，我想做第一個吃螃蟹的人，以此來拋磚引玉。從局部試驗，到大面積的推開，這只是我的初步設想，不過，我想有著許多同仁和朋友們的支持，我將堅持下去，使之不至於由於某種原因而中途夭折。

「面對近些年許多關於文化轉型與困擾的討論，包括那些試圖顛覆『五四』與新文學的挑戰，我們有必要重新思考現代文學研究的傳統，以及這個研究領域如何保持活力的問題。就是說，現代文學學科自身發展離不開對當下的『發言』，也離不開通過對傳統資源的發掘、認識與闡釋。」〔註10〕我贊成在對現代文學研究領域和學科領域內的內涵擴張，但是，在文學史研究領域內卻是要採取謹慎嚴謹的態度，給中國現代文學史一個滿意的答卷。

〔註10〕溫儒敏：《現代文學研究的「邊界」及「價值尺度」問題——對中國現代文學研究現狀的梳理與思考》《華中師範大學學報》2011 年第 1 期，第 68 頁。

第二節　文學史觀、文學史料、文學制度

　　新文學史指的就是民國成立以來以白話為主幹但絕不排斥其他語言形式（如文言、方言）和表現方法（如說唱）的具有現代美學意味的漢語創作史。我在一系列文章中曾逐步深入地論證新文學的起點是民國成立的觀點，這是因為民國的成立確立了以現代民主觀念為價值基準、以人的解放和自由為內涵和以新的審美形式為表現方法的漢語創作，只有釐清這一點，才可論及其他。

　　作為一位文學史研究者，我很高興看到最近幾年陸續提出而且思考逐漸深入的「民國文學」、「共和國文學」等觀念所引起的積極反響，因為道理很簡單，新文學的邊界問題超出想像地影響到我們對其價值的準確認知，而新文學史這一基本問題到現在還沒有得到徹底解決，無疑也說明新文學史新的研究範式仍然有待重新建構。

　　治新文學史，價值標準是首要問題。如果一部文學史只是以編年或以文類的方式呈現思潮、社團、流派、作家、作品，那它就只是一本資料彙編，治新文學史，不可或缺的是研究者的價值傾向，而且，應該不憚於表明主體的價值觀。自民國成立迄今，新文學正反兩方面的元素——自由的、人性的、科學的文學因子和禁錮的、黨派的、工具的文學因素都有顯現，面對這樣的局面，今天的治史者尚不難做出價值評判。但問題還有複雜的地方，比如1930年代京派、海派、左翼三足鼎立的文學格局，較早的文學史多數從迎合政治需求出發過於突出左翼文學，稍近的文學史研究又從「文學的啟蒙」角度強調京派的藝術價值，另外也有一部分人因自身的文化處境而過度關注海派所展現的現代都市特質，如此紛紜凌亂，難道它們不是同處一個時空、沒有共同之處？顯然不是這樣。假如我們承認文學是人學，就可以看到，左翼與京派、海派在精神上其實有相通之處，那就是對人的自由的渴望與追逐，分別只在於前者落實在現實政治上，後二者更多地將之納入現代文明本身的發展脈絡之中加以追求，不過海派是正題，京派是反題而已。簡而言之，人性的解放與自由應該成為研治新文學史的價值基準，民主、平等、博愛就是這種理念的具體化。

　　其次，文學不僅是人學，更是語言的藝術，所以治史者更應該注重發掘、闡釋作品的美學內涵，將其在一個較長時段中的傳承關係明白展現出來，然後以價值理念觀照，才可能對其在文學史上的地位有一個較為客觀的判斷。

百年新文學作品總量空前，如何取捨是一大難題，我以為，一篇創作能否入史，主要看具體的文本在語言風格、敘述方法、結構方式等方面有否創新，表露的情感、趣味等是否充分個性化。而更為關鍵的則是在人類共有的人文倫理中，其整體風格對已有的審美風範有無突破、發展，乃至顛覆。比如新寫實小說，它對當時主流的現實主義文學在真實性、典型性、悲劇觀等方面有所顛覆，這是美學上的突破，但它又消解了現代性正面價值並且對後現代性負面價值有所應和，所以只能在文學史上居於一個「斷層」的位置而無永久價值。新文學已經走過一百年，我們對文學史的重寫已經到了一個需要深度考量的關鍵時刻，治史者應有大氣魄，經典作品要充分經典化，邊角料則應毫不留情捨棄。

因此，治新文學史者又必須要具備歷史的眼光，這就是說，考量具體的作家作品，就要看其是否表達出一種過去、現在、未來相交織的中國經驗——這裡也要強調，這種中國經驗應和著全球化進程又是開放的，是基於國族而又超越國族的具體的人的存在感。近年來離散寫作得到較多關注，若用歷史的眼光看，相關創作存在的問題較多：有的是躲進「文化中國」的鄉愁迷霧中，與現代中國精神基本隔膜；有的選取至今未遠的事實為題材，則與鮮活的現實中國絕緣。凡此種種，都沒有把握好中國記憶（過去）、在地體驗（現在）和全球化視野（未來）三者之間的複雜聯繫。大陸作家中有此眼光、能力的也是寥若晨星。但不管怎麼說，以個性化的方式表達中華民族在全球化的進程中的生存體驗，是治新文學史者縱覽百年文學之後可以期待的願景。

歸結說來，人性的、審美的、歷史的三種要素是本人文學史觀的核心，而以思想史為骨骼、以美學風格為血肉、以歷史為場域，也是本人研治新文學史的基本原則和方法。

解決了文學史觀的問題之後，一個實際的問題會來到研究者面前，就是史料的問題。作為一個具有馬克思主義唯物辯證法的現代研究學者，我們不能迴避歷史，因為馬克思主義文藝觀的核心元素就是歷史的和美學的，規避了歷史的元素，我們就偏離了馬克思主義的本源，所以，敢於直面慘淡的歷史，才能更好地推動歷史的車輪前行！我想這個普通的歷史常識應該是每一個學者所必需具備的研究識見吧。

常常使我感到驚訝的是，當我們面對許多博士生講述這半個多世紀的許多歷史事件的時候，他們會一臉茫然，甚至會提出讓你哭笑不得的問題。於

是，我深深地體會到我們的文學史展現出的是歷史碎片，是斷裂的社會史、政治史殘片拼接起來的影像。這一切皆源自於當代史料的匱乏，乃至於被遮蔽，這不僅僅是文學史料的問題，同樣還涉及到文學背景的政治社會的史料問題，因為近 70 年來我們的文學從來就沒有與政治離過婚。作為一個文學史的研究學者，我們有責任去發掘和釐清這些史料，讓教科書在歷史的真相中呈現出她應有的面貌。

首先，我們需要打破的是一個史料認知的誤區，即：當代文學無史料可言。

如果從第一次文代會算起，共和國文學已經走過了 67 個年頭，她的誕生甚至比共和國國體的誕生還要大幾個月，她的最重要的特質就是與政治有著不可分割的血肉關係，其中所經歷過的風風雨雨是每一個代際作家都難以忘懷的，而我們所能夠看到的卻只是他們出版發表時的作品表層所呈現出來的顯在的東西，而其創作背後所看不到的那些大量的文化歷史背景的複雜性，以及個體內心潛藏著的巨大波動，卻是難以知曉的，它往往有可能就被淹沒在個人的日記和談話之中。尋找、發掘和搶救個人資料就成為當務之急。

而從大的方面而言，即使是許多關於文學制度中的政策也沒有得到很規範的整理，除了大量的文件的整理發掘外，更重要的是許多領導人（更是包括許多文化和文學的領導者）對文學的批示，以及他們的內部談話都無法得以全面的查尋與確認。因此，我們所看到的文學史都是不完全的，或者說是不完整的。只有發現海面之下的巨大冰山，我們才有資格去治史；只有隨著共和國文學的史料大量被發現，一部中國當代文學史才會有重寫的可能性，或許這種重寫是有著觀念的顛覆性的。

那麼，在目前沒有解密制度的情況下，我們需要做哪些具有建設性的史料工作呢？

首先，從當代史料的蒐集方法上來看，我以為還是因循文學與政治的關係，按照時段來針對各個不同歷史時期的特點進行有效的拉網式的清理，也就是分段清理，這樣有利於集中一批斷代文學史研究者和作家作品研究專家聯合作戰，形成一個相對集中的研究共同體，有利於互通有無、研究切磋、辨析真偽。

如果讓我進行當代文獻史料劃段，我仍然堅持那種與中國大陸的政治風雲變幻為依據的切分法，因為我們的文學與政治始終是血脈相連的，他們是

連體嬰兒。所以，從大的方面來說，所謂的前三十年和後三十年只是一個籠統的概念，近 70 年所經歷的政治與文學運動是很多的，用周揚的話來說，就是「文學是政治的晴雨錶」。

如果細分下來應該是：1949 年至 1966 年爲第一時段，在這個時段中，歷次的政治運動給作家指定的寫作任務成爲創作的主流，從工農兵題材（被寫的客體）到工農兵作家的培養（寫作主體的介入），其中應該能夠搶救的史料和資料是很多的，除了散佚在民間的史料和官方散落在民間的文件史料外（例如「打倒胡風反革命集團」和「大躍進」時期那些非正式出版的鉛印本內部資料與中央文件），口述史料的建設應該盡快進行，當事人和有關聯的人現在都已經年事已高，搶救時機刻不容緩，這些史料單獨孤立起來看，雖然不可當作信史，但是，在互爲參照和印證下加以客觀的辨析，我們是可以尋覓到更接近歷史真相的史實的。例如，趙樹理在寫《三里灣》時，已經感覺到了農業合作化的政治運動即將風行，也許我們可以在他當年出版的《下鄉集》的手記中找到蛛絲馬蹟，但是我們如果能夠找到趙樹理當時在閱讀文件時的體會文字、日記，或者哪怕是在文件上的隻言片語式的旁批和眉批，也足以讓我們窺見到他在文學創作時的複雜而又劇烈變化的心境。也可以看清楚作家爲文學史中的鄉土題材所提供的歷史貢獻和局限所在。當然，像柳青這樣的作家也不例外。又如，翻開 1949 年的《人民文學》雜誌，你可以看到丁玲、陳企霞批判白朗《戰鬥到明天》的文章，那時的編輯部與作者通信原件是否尚安在？這與丁玲日後批判路翎等人的做派有無變化，以及自己後來又被別人批判的思想軌跡的勾連，都有十分重要的史料意義，而我們絕不能偏聽偏信作家回憶錄和一些文學傳記所提供的歷史「真相」。我以爲這種共和國文學史上「螳螂在前，黃雀在後」政治運動中的史料，對於認知一個個作家的心態變化是有很好的實證作用的，許多原始資料的發現，有時足以改變我們對一個作家，乃至一個流派和團體的歷史評價。尤其是在 1957 年前後的反右鬥爭中的那些寶貴的歷史資料（包括紙質的文字和原始的錄音資料，以及後來錄製的口述資料）都是研究一個作家心路歷程的歷史見證，同時也是我們重新回到文學歷史現場而體驗歷史文化背景的最好教科書素材。包括在「三年自然災害」時期的許多珍貴的社會學的一手史料，也會成爲我們認識那個時代的重要歷史背景的參照物，對照我們許多作家歌頌「三面紅旗」的作品，以至成爲我們幾十年語文教科書的典範文本，我們在修正文學史觀念的時候

是否要考慮到它們存在的合理性。在 1960 年代初期，階級鬥爭日益尖銳的時刻，我們的作家在其創作的背後，還留下了哪些沒有見過天日的文字，蒐集這樣的史料，不僅可以還原許多歷史的原貌，還可以窺探到許多作家在那個時代痛苦而複雜的二律悖反的內心世界。

　　無疑，1966 年至 1976 年（竊以爲其實這個時段應該延至 1979 年）的「文革文學」則是共和國文學史上最重要的一個時期，而以往的文學史將她定性爲「歷史的空白期」，我以爲這是一種歷史虛無主義的觀念，表面上來看，這一時期的文學創作十分稀少，能夠入史的東西不多，但是，大量的「地下文學」的存在，讓我們看不見這段文學史中充滿著反叛異數的地火，雖然只是短暫的十年，但是她能夠給我們提供的文化意義上的史料（即使是非文學的史料），也足以讓我們認清楚前十七年和後幾十年文學史的變化過程，作爲一個歷史的「中間物」，她在共和國文學史上的重要歷史環鏈作用無疑是巨大的，這一段歷史史料不清理出來，我們的共和國文學史就是斷裂的、斷片的。只可惜的是，恰恰最爲缺乏的文化和文學史料就在這個關鍵的歷史環節上。作爲一種人文科學的研究，我們有責任有義務去發掘整理這段歷史資料，但是由於種種原因，我們能夠獲得的第一手的史料是極少的，但是，蒐集整理第二手資料應該是一件並不太難的工作，我們且從這裡起航吧。人們都說「文革」研究在國外，這一點我不完全苟同，你只能說到目前爲止，國外的研究資料的蒐集比我們多，而真正有深度的「文革文學」和「文革文化」的研究尚沒有充分地展開。因爲能夠真正把握那個時代文化和文學命脈的研究學者還活在大陸，他們對那個時代的深刻認識，只有在條件成熟的情況下，才能凸顯出其爆發性的研究當量來。況且，我堅信尚有大量散落和深藏在民間的史料是有待於我們去發掘和搜尋，一俟見天日，許多具有深刻歷史意義的東西就會爲我們提供最豐富的研究資源。

　　1979 年直到今天的近四十年的共和國文學史的資料往往被人看作是一個近在眼前的歷史過程，無須再做文章，其實持這種觀點的人也同樣是陷入了另一種歷史的盲區，殊不知，正是因爲大量的文學史料被一輪一輪的社會經濟的文化大潮席捲而去，當人們還沒有看清楚一個浪頭的真貌時，另一個浪頭又迎頭撲來，用 1980 年代後期的一句通俗的話語來描述，就是：現代性像狗一樣攆著我們，連撒泡尿的工夫都沒有。因此，一波一波地文學思潮、現象如電影鏡頭一樣瞬息閃過，整天陷入口號、名詞與概念的狂轟濫炸之中，

讓人連一點思考的空間都沒有，重新整理這段史實，同時發掘許多被人們忽略了的史料，仍然是刻不容緩的工作，因爲，越是短距離的史料越容易發現、收集和整理，千萬不要讓許多史料化爲紙漿後成爲歷史的遺憾。

總之，隨著共和國歷史不斷在延長，我們堆積下來的史料就越多，被遮蔽的東西也就愈加沉重，只有認清史料發掘的重要意義，我們才有可能眞正讀懂許多被歷史沉澱下來的作品，我們才有治史的資本和資格。

除文學史觀和文學史料之外，另外一個影響文學史進程的因素是文學制度。任何一個時代和任何一個國家都會有自己的文學制度，它是有效保障本國的文學運動按照自身規定的軌跡運行的基礎，因此，文學與制度的關係應該是一種互動的循環關係，當然，它可以是良性的，也可以是惡性的，這就要看這個制度對文學的制約是否有利於其發展，所以，在很大程度上取決於制定文學制度者是如何操縱和駕馭這一龐大機器。美國批評家傑弗里·J·威廉斯在《文學制度》一書的「引言」中說：「從各種意義上說，制度產生了我們所稱的文學，文學問題與我們的制度實踐和制度定位是密不可分的。『制度』（institution）一詞內涵豐富，而且往往帶有貶義。它與『官僚主義』（bureaucracy）、『規訓』（discipline）和『職業化』（professionalization）同屬一類詞語。它指代的是當代大眾社會與文化的規章與管理機構，毫無『自由』、『個性』或『獨立』等詞語正好處於相反的方向。從一個極端來說，它意味著危險的禁錮……更普遍的說法是，它設定了一些看似難以調和的國家或公務員官僚機構……我們置身其中，我們的所作所爲受其管制。」〔註11〕毫無疑問，這種管制是國家政權的需要，也是一種對文學意識形態的管控，我將其稱之爲「有形的文學制度」，它是由國家的許多法規條例構成的，經由某一官方機構製定和修改成各種各樣的規章與條例，用以規範文學的範疇，以及處理各種文學事件，使文學按照預設的運行軌道前進。在一定程度上，它有著某種強制性的效應。還有一種是「無形的文學制度」，正如傑弗里·J·威廉斯所言：「『制度』還有一層更爲模糊、抽象的含義，指的是一種慣例或傳統。根據《牛津現代英語用法詞典》所載，下午茶在英國文化中屬於一種制度。婚姻、板球、伊頓公學亦然。而在美國文化中，我們可以說棒球是一種制度，哈佛也是一種制度，它比位於馬薩諸塞州劍橋市的校園具有更深刻的象徵意

〔註11〕〔美〕傑弗里·威廉斯：《文學制度》，李佳暢、穆雷譯，南京大學出版社2014
　　　年版，第2頁。

義。」〔註12〕也就是說，一種文化形態就是一隻無形之手，它所規範的「文學制度」雖然是隱形的，但是其影響是巨大的，因爲它所構成的約定俗成的潛在元素也是一種更強大的「文學制度」構成要件，我們之所以將這部分由各種各樣文化形態稱之爲「無形的文學制度」，就是因爲各個時代都有其自身不同的文化形態特點，大到文化思潮、現象，小至各種時尚，都是影響「無形的文學制度」的重要因素。在我們百年文學制度史中，尤其是在 20 世紀後半葉以來的兩岸文學制度史上往往是以文學運動、文學思潮、社團流派乃至於會議交流等形態呈現出來的，它們既與那些「無形的文學制度」有著血緣上的關聯性，又與國家制定的出版、言論和組織等規章制度有著不可分離的聯繫，它們之間有時是同步合拍的互動關係，有時卻呈逆向運動的關係，需要梳理作用與反作用二者之間的歷史關係。

我們以爲，在中國近百年的文學制度的建構和變遷史中，「有形的文學制度」和「無形的文學制度」在不同的時空當中所呈現出的形態是各不相同的，對其進行必要的釐清，是百年文學史不可或缺的一項重要任務。從時間的維度來看，百年文學制度史的變遷，隨著政權的更迭，半個多世紀來，如果以 1949 年爲切分線的話，那麼以此時間爲節點來解讀 1949 年前後的文學制度史，無論是晚清還是民國，抑或共和國的文學制度都有著既相同的「有形」和「無形」的形態特徵，也有許多相異之處。而從空間的角度來看，地域特徵（不僅僅是兩岸）主要是受制於那些「無形的文學制度」鉗制，那些可以從發生學方法來考察的許多文學現象，卻往往會改變「有形的文學制度」的走向。要釐清這些紛繁複雜、犬牙交錯的文學制度的過程，除了閱讀大量的史料外，更重要的就是必須建構一個縱向的史的體系和橫向的空間比較體系，但是，這樣的體系結構統攝起來的難度是較大的。

毫無疑問，構成文學制度的前提要件肯定是重要文本，沒有文本當然也就不會產生與之相對應的許許多多圍繞著文學制度而互動的其他要件。將文學史的發生與制度史的建構之間的關係勾連起來分析：外部結構是法律、規章、出版、會議、文件等大量的制度「軟件系統」；而內部結構則是文學思潮、現象、社團、流派、作家、作品等「硬件系統」。只有在兩者互動分析模式下，才能看清楚整個制度史發展走向的內在驅力。

〔註12〕〔美〕傑弗里·威廉斯：《文學制度》，李佳暢、穆雷譯，南京大學出版社 2014 年版，第 2 頁。

第三節　中國新文學史的治史理念與實踐

　　《中國新文學史》（高等教育出版社 2013 年 4 月初版）問世以來，學界同仁就這本文學史的斷代和分期理念、作家作品遴選標準、文學史觀、價值立場等問題頗有評議，與此同時，多所高等院校採用本書作爲教材，在使用過程中也有一些意見、建議陸續反饋回來。此時恰值本書出版兩週年，我們想藉此機會，一方面系統總結本書的得失，爲後面的修訂做一番清理的工作；另一方面，也對相關評議做一個較爲全面的回應，並對與之相關的幾個重要問題進行深入闡發。

　　需要強調的是，「歷史不僅僅是一個理論建構，而且也是一個政治建構」〔註 13〕。任何一部中國新文學史其實都牽涉到這兩個方面，即學理和現實，而後者就是最廣泛意義上的政治，那些「引導我們共同生活於社會之中的規則、實踐和制度的整體」〔註 14〕。學理和現實孰輕孰重？正如我在一次訪談中提到的那樣，我們「尊重其他人對於學術的較爲職業化的認知，同時保持那種純粹的知識上的興趣」，但個人傾向於「維繫學術與現實之間的親和感，維繫學術的開放性」〔註 15〕。簡而言之，堅持「學術」和時代「政治」之間的對話意識及互動關係，是我們展開論述的一個基本前提。

一、《中國新文學史》的最初設想與最終呈現

　　在《中國新文學史》的後記中我曾這樣說過，這本文學史的目標就是要「在內容和體例框架上有較大的突破，在書寫風格上力求統一」。儘管因爲一些限制，最初的一些設想沒有得到完全、完整地呈現，但基本的體系還是得以保留，相關設想也或隱或顯地充盈於論述之中。下面就整體框架、內容體系、書寫風格這三個最主要的問題，談談我們幾個同人的思考和操作。

　　第一，民國文學和共和國文學對立統一的整體構想。表面看來，作爲中華民族內部在社會轉型期的不同追求並分別落實爲不同的兩種具體發展路徑，資本主義的民國與社會主義的共和國之間存在巨大的斷裂，而正是這一

〔註13〕〔英〕特里·伊格爾頓：《沃爾特·本雅明或走向革命批評》，郭國良、陸漢臻譯，譯林出版社，2005 年版，第 75 頁。

〔註14〕〔英〕David Miller：《政治哲學與幸福根基》，李里峰譯，譯林出版社，2008年版，第 5 頁。

〔註15〕丁帆、施龍：《從歷史的夾縫中尋找學術良知———丁帆教授訪談》，《福建論壇·人文社會科學版》2014 年第 9 期。

差別決定了生長於兩種母體之內的民國文學與共和國文學在主題、審美、技法等諸多方面的差異、矛盾、對抗；但就其本質而言，民國、共和國都是現代性價值體系的組成部分，它們共同分享民主、自由、平等、獨立等現代價值理念，所以不論具體的文學現象如何紛擾，民國文學和共和國文學在各自的發展過程中卻呈現出殊途同歸的態勢。民國文學和共和國文學之間相反相成的關係使得百年中國文學成為一個充滿張力同時也充滿生機的場域，我們擬採取這樣的架構設置，最大限度地展現這種多元共生的文學格局。在撰述過程中，我們曾一度堅持上、下兩編直接採用「民國文學」「共和國文學」的命名，但因為這兩個概念尚處於學術探討期，在出版社的要求下，我們最終還是放棄了這樣的命名方法，只是最大限度地保留了這一構想的基本體系。當然，現在還是可以看到一絲痕跡，如下編第三章就是「共和國三十年的民族文學與兒童文學」。

　　現在看來，民國文學與共和國文學的命名仍然是有充分的現實依據的。民國文學今天仍然在延續，這一點我之前有專文辨析：「一九四九年以前的臺灣文學只是一個地域性文化特徵很強的文學呈現，而一九四九年以後，雖然其在政治上仍然是區域性的存在，但是，其文化和文學卻十分嚴重地受制於一種新的體制的制約──文學服務屈從於政治，不僅成為大陸一九四九年後的文學特徵，同時也是臺灣一九四九年以後幾十年的文學特徵。」〔註 16〕臺灣威權統治結束以後，民國文學就從「非人」的屈從政治的傳統回覆到五四以來「人的文學」傳統，只是在新的社會條件下呈現出與 1949 年前不同的若干表徵而已。而共和國文學也是這樣。如果說新時期之前的共和國文學是這一形態文學的典型呈現，即文學為權力服務〔註 17〕，那麼新時期文學可以說只是一個物極必反的變奏，即短暫地回歸「人的文學」傳統（且同時受到權力干擾），而 1990 年代以來文學的過度商品化、市場化則是權力放縱文學的一個必然後果，當然，更是其所樂於看到的結果，所以就本質而言，共和國文學的基本屬性並沒有改變，而其與民國文學所共有的若干理念，如自由、平等、博愛等觀念，也從來都處於權力的重壓之下。

〔註 16〕丁帆：《關於建構民國文學史過程中難以迴避的幾個問題》，《當代作家評論》
　　　　2012 年第 5 期。
〔註 17〕這裡需要強調一下，我們慣常說的文學為政治服務其實並不準確。問題的實
　　　　質在於文學為權力服務，或者更準確一點說，是權力利用文學。

　　第二，以審美價值爲據遴選作家作品，以創作傾向爲據建立體系。從局部來看，我們基本捨棄傳統的文學史著述視爲重點的文學思潮、文學論爭等內容，將撰寫的中心置於作品的分析之中，致力於以精細的辨析遴選文學經典。具體方法是：充分把握宏觀的歷史背景但壓在紙背之下，而對某一作家的代表作品進行細緻的審美分析，或肯定（如《邊城》《長河》），或部分否定（如《子夜》《家》）並予以置換（《蝕》三部曲、《寒夜》），同時由代表作品延伸至其他作品，或以代表作品的風格詮釋其他作品，或以其他作品的變奏商榷代表作品，以期闡明文學的歷史狀態乃是中心與邊緣界限分明但兩者互動頻繁的共生態勢。從整體來看，爲體現文學生態的多元化和文學格局的豐富性，我們打破新文學史通常採用的文體分類慣例，也不過多強調文學時代演變的歷史線索感，而以差不多同一時段中主題內容或審美形式相近的作家作品進行歸類的方法，採取內在梳理的方式，以期更爲細膩、也更爲準確地貼近文學脈搏跳動的起承轉合。如專門設立「智識階層形象譜系」一章，集合魯迅的《在酒樓上》、沈從文的《八駿圖》、錢鍾書的《圍城》等三十年間的代表作品，圍繞民國文學的一個重大主題「知識分子邊緣化」展開論述，不僅較圓滿地闡釋了相關創作，更以貫通的方式展現文學演進的歷史軌跡；又如「敘事新潮」一章，涵蓋閻連科的反諷書寫、李洱「花腔」式的解構敘事、「晚生代」混沌的欲望敘述以及孟京輝大膽的形式實驗等諸多內容，呈現出眾聲喧嘩的貌似多元化的趨向，但卻不過共同凸顯了物欲化的強勢。其他如「傳統與現代的審美融合」「歷史病症的文學呈現」「眩惑的文學形式」，都力圖在內容和形式雙重意義上使得文學史的書寫回歸文學自身。

　　《中國新文學史》對創作傾向的突出，當然反映了我們紙背之後的治史理念：「突出創作傾向，實是在探尋文學創作觀念的承接和文學價值譜系的連續。」〔註 18〕我之前主張的中國現代文學的治史觀念和原則應遵循的一個基本原則是「人、人性和人道主義」，而「審美的和表現的工具層面是其評價體系的第二原則」。〔註 19〕關於這一點，我也曾在學理上做過簡要論析：

　　　　審美現代性與社會現代性是一種對立共生的關係，它們之間有

〔註18〕 王堯、張蕾：《評丁帆主編的〈中國新文學史〉》，《中國現代文學研究叢刊》2013 年第 12 期。

〔註19〕 丁帆：《關於構建百年文學史的幾點意見和設想》，《文學評論》2010 年第 1 期。

　　對立，但首先是作爲一個整體對立於傳統。對於中國和任何其他後發的非現代國家來說，呈現在他們眼中的西方現代性，是一個「完成」時態的現代性，它作爲一個整體「對立於傳統」的那一面已經成爲歷史的過去，進入不了他們的視野，因此才會有許多人看不到他們面對「傳統」時曾經有過的協作，誤以爲審美現代性只有和社會現代性的對立這一種絕對的關係。我認爲，在灰暗傳統、幽黯意識仍然十分強大的中國大陸，審美現代性與社會現代性將如同它們歷史上的協作一樣，在相當長的時期內主要表現爲一種合作關係，也就是說，它們統一於現代性之內而對立於所謂傳統。所以，談新文學的審美特質，必須老調重彈，突出其自由、民主、平等、博愛等現代思想內核。〔註20〕

現在看，甚至可以這樣說，在相當長的一段時期內，可能社會現代性這一面的重要性要超過審美現代性的那一面。當然，這一段話只是學理上的必要分析，至於結論，則是我一直堅守的一個信念，那就是人、人性、人道主義是中國新文學史治史者的第一原則，審美的及技巧層面的因素不過是第二原則。堅持這一立場，卑之無甚高論，那就是現實大於學理。

　　第三，在邏輯清晰和表述準確之外，我們還進行文學史敘述語言方面的探索，努力將秉筆直書的史筆與富有韻味的文筆結合起來，這一點正如本書《緒論》所說，「在平實簡潔的文字表達背後，儘量追求有意味、有韻味和有詩意的激情奔突的語言表達」。

　　中國新文學史的敘述對象是中國自民國建立以來這一既定時空範圍內的文學創作及相關現象，因其對象屬客觀存在，所以不同的文學史著述之間有著較爲一致的恒定內容，雖然這些內容會因治史者的立場、觀念甚至態度的不同而有所伸縮。我們的初衷是拷問新文學的經典品質，所以一個很重要的工作就是「二次篩選」，「削減被文學史描述過的但不該入史的作家作品、文學社團流派、文學現象與思潮」〔註21〕，做好去蕪存菁工作之後則是細膩的辨析。眾所周知，文學經典的生成是一個由具體語境選擇並受後世讀者檢驗的長期過程：既是具體語境選擇，所以必須充分考慮到文學經典產生的複雜性，所有論述應當建立

〔註20〕丁帆、施龍：《從歷史的夾縫中尋找學術良知———丁帆教授訪談》，《福建論壇·人文社會科學版》2014 年第 9 期。
〔註21〕丁帆：《關於百年文學史入史標準的思考》，《文藝研究》2011 年第 8 期。

在紮實（絕不是繁複）的史料基礎之上；既是後世讀者檢驗，所以又應該當仁不讓地貢獻個人觀點（也絕不是武斷），具體的闡釋不宜求全責備。我們一方面力求在「史」與「論」之間儘量保持一種平衡，另一方面則以銳意求新的詮釋表現出鮮明的個人（同人）風格。比如對老舍、沈從文、茅盾、賈平凹、先鋒小說等文學現象的評價，我以為較為鮮明地體現了這一特色。當然，秉筆直書的治史追求並不排斥具有包容性、拓展性的語言風格，所以我們努力追求的是以少博多的文字效果，努力在平實簡潔的文字之中醞釀激情奔突的詩意情境。至於效果如何，則尚需進一步接受讀者的檢驗和評判。

我以為，我們圍繞以上幾點而展開的相關設想在《中國新文學史》中基本得以落實並得到呈現。兩年來，面對這百餘萬字的撰述，我以為有兩點我們本可以做得更好：第一，「史」與「論」的平衡問題。《中國新文學史》表現出我們傾向性較為明顯的價值觀與治史立場，因為是從文明、文學兩種現代性之間對立共生關係的宏觀層面出發，主動捨棄了眾多枝節，所以在同時也難免形成對晚近歷史細節的某種形式的失察。雖然我們紙背之後的閱讀甚為豐富，但如何呈現出來，使得本成果真正做到「論從史出」，仍需進一步完善。第二，臺港文學與離散寫作（海外華文文學）和作為主體的大陸文學之間的互動關係。在民國文學、共和國文學的整體框架中，應該說這一問題比之以前得到了較為妥善的處理，但二者之間的關係、關聯，特別是它們作為一個矛盾結構體的複雜多樣性，尚難以在書裏得到更多展現。這些不足，以及其他因為時限而沒有得到充分探討的若干問題，諸如從民國成立到新文學作品產生的這一階段的文學實證研究、民國文學和共和國文學的審美內涵等問題，都是我們修訂時亟待彌補的缺憾。

二、對相關批評的回應

《中國新文學史》甫一問世，學界同仁就熱心給予評議，這是我十分感念的。這種感念，出於學術同仁之間的交誼，更出於大家共同表現出的對作為公器的學術的熱忱。為了能使這一撰述更趨完善，我們極為期盼更多的批評聲音，兼聽則明乃為君子風度。正因為如此，在涉及一些重要的觀念分歧時，我們也願意坦誠面對，並盡可能地做出「答辯」，以期在爭論中凸顯問題，使得相關討論可以深入進行下去。

在這些批評者中，陳曉明、叢治辰表現出了較多的質疑，準確地說，基本

是否定的。陳、叢兩位先生在《啓蒙理念與文學史敍述──評丁帆主編〈中國新文學史〉》〔註22〕一文中，主要分析了撰述者過於鮮明的啓蒙文學立場以及因此造成的以「論」理「史」的後果，進而論及這本撰述陷入史觀與史實二者之間難以兼顧的文學史陷阱，所以結語雖然很委婉，但結論還是明確的：「尊重歷史事實，努力從諸多偶然之中耙梳必然之邏輯，自然不免受到史實之掣肘；而以自家見解燭照歷史、修剪取捨，也難免有粗暴武斷之嫌。」這是文學史撰述必須面對的二律背反，兩位批評者的論證導向何者，其實不言自明，故結論雖說陷入了大而化之的俗套，但批評的鋒芒不減，而這種嚴肅的批評正是我所歡迎的。不過，我以爲在該文的結論及其背後的觀念方面，我們雙方並沒有分歧。任何一部文學史都不可避免地會對豐富得蕪雜的文學現實有所忽視、遮蔽、改寫，要想不受「史實之掣肘」，最徹底的解決辦法是取消文學史。而在事實上，文學史當然有其自身的學術價值，至於文學史在中國爲什麼如此發達，已有眾多學人做出反思，就我個人而言，也從未忽視過文學史的消極作用，所以就這一問題而言，我們雙方不會有爭論。儘管如此，兩位先生文中涉及的諸多問題還是十分尖銳的，所以有嚴肅作答的必要。陳、叢兩位先生有一些意見我是認同的。如他們提到「一九一二年前後十年之內，什麼都沒有發生」，因而這是一個「政治意味飽滿而文學內涵尚顯欠缺的年份」，我在上面的總結中也提到了這一點。事實上，這一歷史時段最重要的文學現象是通俗小說的盛行（這在最近蘇州大學中國近現代通俗文學研究中心揭牌儀式上的發言中也充分強調了這十年是新文學的第一個「黃金時代」，只不過是被五四打入了另冊，現在是到了應該正名的時候了），《中國新文學史》只在前後章節簡要帶過，是存在明顯不足的。不過，這在本書的論述框架之內尚能得到解決，因爲以1914年《禮拜六》創刊爲標誌的通俗小說的興盛，在審美方面雖無較大突破，但其與差不多同時期的科學小說「經以科學，緯以人情」模式〔註23〕存在相通之處，在推進社會文明的現代性方面是有所貢獻的，而這正是審美現代性能夠得以確立的一個必要條件。我們之所以主張民國元年的新文學起點說，的確如兩位先生所言，是「有懷抱」，不過不需加上一個「另」字，原因又正如兩位先生所論，文學史「相當程度上起到了塑造人文價值取向的意識形態功能」。再如論「臺港文學與離散

〔註22〕陳曉明、叢治辰：《啓蒙理念與文學史敍述──評丁帆主編〈中國新文學史〉》，《當代作家評論》2014年第4期。以下引文出自該文者，恕不一一注明。
〔註23〕魯迅：《〈月界旅行〉辨言》，《魯迅全集》第10卷，人民文學出版社，1981年版，第151～152頁。

寫作」部分，他們認為「以短短一章篇幅討論一個相對獨立的文化圈在一百年之內的文學流變，當然顯得粗疏和捉襟見肘，許多重要作家作品未被提及，而對一些已論及作家的認識也不無可商榷之處」，這也是我們應該接受的批評。坦率地說，因為這一部分的撰寫者的知識結構不足以支撐起較為全面的論述，所以我們在開始就設定了簡化處理方案，也因此，臺灣文學自經濟起飛之後、特別是晚近時期發生的諸多新變的確沒有得到較多考慮。但是，若從更久遠的文學史角度來考量，這些區域與地緣裏的文學呈現在文學史的不斷淘洗過程中，多數終將會被邊緣化。

不過，兩位先生以為，本書對臺灣文學史「是否得到完整的論述和介紹就不甚重要；重要的乃是將臺灣文學中與新文學有關之部分納入文學史論述之中，成為後者的有機組件」，因而「中國新文學史之所以涉及臺灣，恐怕並不是為臺灣文學，而是為以啟蒙為價值核心的新文學」，那就言過其實了。我們當然是意圖將臺灣文學作為一個有機體納入新文學譜系，既是有機納入，就必須找到二者之間的對接點，否則和其他文學史「很少或很難將同為漢語寫作的臺灣文學、港澳文學與海外華人寫作囊括其中」有何區別？我們以為，不能因為我們只涉及臺灣文學的某一側面或相關論述不夠充分，就得出這樣的結論。當然，陳、叢二位如此立論，有一個很重要的依據，那就是他們認為《中國新文學史》沒有做到「帶有理解之同情地講述那些與自家史觀相齟齬的歷史事實」，舉文中特別提及的，是「五十——七十年代的文學理念與文學實踐」。

在這裡，殊不知二位先生其實存在一個邏輯問題。《中國新文學史》認為，如何看待這一時期的創作，存在「政治性的文學經典化」和「基於文學品質的經典化」兩種路徑，這兩種觀察、評價的角度，之前有，現在有（這是我們的立足點），將來可能還有。政治性標準在當下作為構建文學體系的一種方法，當然沒問題，這有若干性質比較接近的「左翼」文學史為證。我們持後一立場，但從未否認依據政治性標準而形成的文學是一種客觀存在，也不否認這一標準本身也是一種客觀存在，同樣都有獨立研究的價值。陳、叢二先生以為「政治性的文學標準既然自成體系，當然有其歷史淵源和運行機制，有其必須回應的歷史命題和造成的歷史影響」，就把觀察歷史現象的角度性問題轉換成歷史現象本體的對象性問題了，換句話說，是把一個學術方法的問題置換成了一個學術問題。

　　當然，作爲學術對象、問題的歷史上的政治性標準和相應的文學實踐也應該是《中國新文學史》的內容。我們認爲，這一時段的文學實踐是與延安整風運動以來逐漸形成的文學體制是緊密聯繫在一起的，所以不僅僅是一個政治性標準的問題，因此，最初的設計是把「延安文學」作爲「共和國文學」的起點加以敍述的（當然，它在 1937～1949 年間的文學格局中也有其地位），如此，則對「五十──七十年代的文學理念與文學實踐」流變的梳理更爲嚴密，但因爲本書首先是作爲教材編述的，所以我們最終接受出版社的建議，此處還是按照通行的框架予以設定，但堅持在具體論述中注意對這一歷史流變有所照應，也就是說，努力在學理上予以分析。

　　陳、叢二位批評《中國新文學史》這一部分的書寫所存在的問題是「價值上的不讚同」「簡單變爲學理上的不理解」，並且反問我們：「預先將其中的主流作品都認定爲是政治性過強而不做更深入探討，與這些作品預先以政治理念來構造文本，又有何區別呢？」我以爲這裡可以討論的地方很多。第一，「政治性過強」的作品是不是都不好？第二，我們有沒有把所謂主流作品認定爲「政治性過強」？第三，我們有沒有「預先」？第四，什麼是「深入探討」？從行文中推斷，「這些作品預先以政治理念構造文本」應該是我們雙方共有的一個基本判斷，如果這個推斷是準確的，那麼以上幾個問題就可以簡要回答如下：這一時期的主流作品當然含有成色不一的「政治性」，強度問題應該具體問題具體分析；既是具體分析，所以就不能「預先」；更重要的是，「政治性過強」的作品雖然從理論上講未必不能是好作品，但我想，兩位先生恐怕也難以舉出「政治性」強且藝術價值高的例子；至於「深入」，倒是和強度問題一樣難以界定，但陳、叢二位所提及的「關於五十──七十年代文學的研究和討論其實學界早有諸多積累」，我是明白所指爲何的，但就事論事說來，在文學史撰述的具體操作層面這一原因之外，是不是還有一個雙方視爲當然前提的學界相關學術積累的選擇性差異問題？

　　不過，我感謝兩位先生對我們的期許和好意，將《中國新文學史》以「一部集學術之大成的文學史著作」對待，但實事求是地說，這本文學史尚達不到這樣的高度（恐怕所有的文學史著述都很難做到這一點）。正如我在該書後記中所說的那樣，它只是「一部眞正能夠表達自己內心世界感受的新文學史」，呈現出來，則像何錫章先生所指出的那樣，是「個性化」〔註24〕。這一

〔註24〕何錫章、王婷：《評丁帆主編的〈中國新文學史〉兼及新文學史寫作的思考》，

個性化，可能因爲我個人過於鮮明的文學啓蒙立場而有所爭議，而陳、叢兩先生說我們「預先」，究其實際，最主要的也是指的這一點。

尚須表達的意思還有，讀書不能望文生義，我們在文學史中的許多表達是遵循一種「潛規則」的，即許多問題只要是熟諳中國當代體制，或者通讀過一些相關史著者，都會理解的，也就是「你懂的」，就不至於提出一些常識外的問題來。

三、啓蒙文學觀與知識分子立場

我們和陳、叢兩位先生之所以會有一些分歧，來源於雙方在「價值」與「學理」之間的傾向性不同。不過，這不是說有一方只講價值觀而另一方只講學理，而是怎樣看待二者之間的輕重、主次關係的問題。我以爲，這裡面的關鍵在於對中國歷史和現實的判斷，同時，也取決於我們有無眞正的知識分子意識，在今天，可能後者更爲重要。

民國成立之後，從《臨時約法》開始，自由、民主、平等、博愛等現代性價值成爲民國政府制定系列法規的核心理念，雖然絕大部分淪爲一紙空文，陳、叢二位先生也指出「所謂從國家意識形態層面對『大寫的人』的尊重無非是空洞的象徵而已」，雖說「空洞」，但畢竟還有「象徵」的意義。只要這一象徵還存在，雖然相應的制度建設進程緩慢，在某些時期會有反覆乃至倒退，但象徵背後的理念不可能被否定，而在文化、文學當中也得到愈來愈多富有意味的表現。這裡以丁玲的《阿毛姑娘》爲例，簡單談談文明、文學兩種現代性相輔相成同時也是相反相成關係的一種「辯證法」。

小說敘述閉塞的山村姑娘阿毛嫁到西湖邊上的夫家，在接觸了城市及城裏人之後，逐漸陷入對城市生活的嚮往之中；她開始是把改變現狀的希望寄託在丈夫身上，待發覺此路不通之後，從失望變爲絕望，最終自殺。丁玲對受物欲蠱惑的阿毛是充滿同情的，而對城市及城裏人爲代表的物欲則是批判的，所以，小說的主題就可以在兩個向度上予以分析：就前者來說，阿毛對城市文明、對城裏人體面生活的嚮往，是應該肯定的，這是一個「人」所應該擁有的「人的生活」；就後者來說，工商文明造成了機械複製時代人們永無饜足的欲望，使得人性的虛榮膨脹成爲吞噬自身的惡魔，則又是應該否定的。《中國新文學史》沒有單獨分析這篇小說，而是把它揉進了相關敘述，書中

《中國現代文學研究叢刊》2013 年第 12 期。

這樣表述：「丁玲對都市的觀點，基本像她筆下的『阿毛姑娘』，始則以羨，繼之以驚詫、驚駭等情緒，終則以懼，以爲都市的欲望只會吞噬人的個性。」從這裡可以看到，我們是從文學的角度直接呈現結論而省略了具體的論證過程，因爲一部文學史的容量還是太有限。

　　全書還有很多這樣的論述。我們對每一個具體對象（作家作品）的論述可能側重點有所不同，但差不多都貫穿著一條線索，那就是文明、文學兩種現代性在民國成立之後中國語境中存在的一種辯證關係，具體到文學，就是文學對現代工商文明既肯定又否定的充滿張力的內在矛盾性，而這一中國文學實踐明顯區別於西方自波德萊爾以來的「美學現代性同傳統對立起來，而且將它同實際的資產階級文明現代性對立起來」〔註25〕的文學思潮。中國文學的這一內在矛盾，來源於作家在社會中的具體存在感與藝術感悟力之間的分歧：作家處身於晚清開始、直到今天也尚未完成現代轉型的中國社會，面對紛紜凌亂的種種現實情狀，一個很自然的反應是力求順應現代文明的發展潮流，反映在文學之中，就是對「資產階級文明現代性」的肯定；然而「資產階級文明現代性」也不可能盡善盡美，比如「新感覺派」，一方面肯定以現代城市爲代表的現代文明的物質成就，另一方面也對溺於物欲的都市男女內心的孤獨多有展現，不自覺地表現出對文明現代性壓抑人性的反抗，所以可以這樣說，文學從其本性出發，或自覺或不自覺，也都有超脫於現實的另外一面。簡而言之，雖然每一個即時時刻點上的文學狀況要複雜得多，但串聯起這些節點，我們應該看到新文學發展的這一主潮，這是中國新文學的「現實性」與「超越性」。勃蘭兌斯認爲，「文學史，就其最深刻的意義來說，是一種心理學，研究人的靈魂，是靈魂的歷史」，所以他撰寫《19世紀文學主流》，爲的是「勾畫出19世紀上半葉的心理輪廓」。〔註26〕我們幾位同人有這樣的學術抱負，嘗試勾勒近現代以來中華民族在中國社會轉型期的「靈魂的歷史」。

　　我在上面引用過一次訪談的文字並予以補充，認爲在中國，社會現代性的緊迫性要超過審美現代性，道理很簡單，那就是中國遠未完成現代轉型。二者之間的關係，是不是也是一種形式的「皮之不存，毛將焉附」？正是出於對中國的歷史和現實的這一體認，我一直以來都強調文學和文學研究的現

〔註25〕〔美〕馬泰・卡林內斯庫：《現代性的五副面孔》，顧愛彬、李瑞華譯，商務印書館，2002年版，第10～11頁。

〔註26〕〔丹麥〕勃蘭兌斯：《19世紀文學主流・引言》，《19世紀文學主流》（第一分冊），張道眞譯，人民文學出版社1997年版。

代性價值理念。正如同中國新文學史上那些作家對他們所處的具體語境、具體問題有所反映一樣，今天的研究者也應該對今天的具體語境、具體問題有所回應，而回應的一個基本立足點，就是知識分子立場。我曾在一篇文章中引用過這樣的話：「成為知識分子意味著社會參與。很難既為思想而活，又不試圖去影響社會。這意味著不僅參與到創造性的思想活動中，而且也擔負社會責任，選取一種政治立場。不是每個知識分子都有社會參與的天性，但是作為一個群體，知識分子（應——疑脫落此字）被引向政治生活。」〔註27〕

　　這一知識分子立場落實在我個人的研究之中，那就是啓蒙立場。毋庸諱言，《中國新文學史》是以這一理念為「預先」立場，但應該看到的是，「預先」的啓蒙立場之前還有一個「預先」，那就是對中國歷史和現實的判斷：「問題不在於從某些理論和方法問題出發：問題在於，先看我們要做什麼，然後再看哪些方法和理論將最有助於我們實現這些目的。」〔註28〕進一步來說，我也不是空洞地堅守這一立場，作為學者，還是要和自己的研究結合起來。在這方面，不謙虛地說，我也做過一些努力。例如，我在《80年代：文學思潮中啓蒙與反啓蒙的再思考》一文中，對1980年代文化思潮的三個轉折節點和文學創作之間的關聯性有過詳盡的分析，認為基本的事實是「歷史的環鏈是環環相扣的，沒有七十年代後期的政治動蕩就產生不了80年代文學；沒有80年代中期的『清污』與『反自由化』，就沒有80年代後期文學的『向內轉』『尋根文學』和『視點下沉』；沒有80年代後期的政治風波，就沒有90年代文學進入消費時代的大潮」，所以結論自然就是「對於一個沒有真正經過完全性現代文明洗禮的國家和民族而言，啓蒙仍然是彌足珍貴的人文思想武器，仍然是一個繞不開的話題」。〔註29〕

　　一段時間以來，新文學和新文學史研究為了擺脫政治中心主義的敘述模式，做出了很多努力，應該承認，這些工作不無價值，但我以為，應該反對的是「中心」本身的支配性，而不應輕視事實上存在的政治對文學的影響。

〔註27〕引用文字參見〔英〕弗蘭克·富里迪：《知識分子都到哪裏去了》，戴從容譯，江蘇人民出版社，2009年版，第32頁。相關論述可參丁帆：《知識分子應當承擔的道義與責任》，《粵海風》2010年第5期。

〔註28〕〔英〕特里·伊格爾頓：《20世紀西方文學理論》，伍曉明譯，陝西師範大學出版社，1986年版，第263頁。

〔註29〕丁帆：《80年代：文學思潮中啓蒙與反啓蒙的再思考》，《當代作家評論》2010年第1期。

我們應該做的，是儘量使我們的理解多元化。歷史的「新的，廣義的」意涵，正是「對持續、相關的過程做各種不同的系統化解釋」〔註30〕，出於這樣的思考，才有《中國新文學史》的產生。同樣，「政治」也應做廣義對待，任何影響到他人、社會的有意志的言行都是「政治」，在這一事實面前，學人不可須臾忘卻知識分子的責任。馬克思・韋伯在《以政治爲業》的演說中最後這樣說：「一個人得確信，即使這個世界在他看來愚陋不堪，根本不值得他爲之獻身，他仍能無悔無怨；儘管面對這樣的局面，他仍能夠說：『等著瞧吧！』只有做到了這一步，才能說他聽到了政治的『召喚』。」〔註31〕這一境界，雖不能至，心嚮往之。

〔註30〕 〔英〕雷蒙・威廉斯：《關鍵詞：文化與社會的詞彙》，劉建基譯，北京三聯書店，2005 年版，第 205 頁。

〔註31〕 〔德〕馬克思・韋伯：《學術與政治》，馮克利譯，北京三聯書店，1998 年版，第 117 頁。